我们的村庄

脱贫攻坚中的安徽故事

余同友　苗秀侠
罗光成　储劲松　著

时代出版传媒股份有限公司
安徽文艺出版社

图书在版编目（CIP）数据

我们的村庄：脱贫攻坚中的安徽故事/余同友等著.--合肥：安徽文艺出版社，2021.7
ISBN 978-7-5396-7243-4

Ⅰ.①我… Ⅱ.①余… Ⅲ.①纪实文学－中国－当代 Ⅳ.①I25

中国版本图书馆 CIP 数据核字（2021）第 119876 号

出 版 人：段晓静
责任编辑：韩　露　　　　　　　装帧设计：马德龙

出版发行：时代出版传媒股份有限公司　www.press-mart.com
　　　　　安徽文艺出版社　　www.awpub.com
地　　址：合肥市翡翠路 1118 号　邮政编码：230071
营 销 部：(0551)63533889
印　　制：安徽联众印刷有限公司　(0551)65661327

开本：710×1010　1/16　印张：14.5　字数：260 千字
版次：2021 年 7 月第 1 版
印次：2021 年 7 月第 1 次印刷
定价：58.00 元

（如发现印装质量问题，影响阅读，请与出版社联系调换）
版权所有，侵权必究

序

历史从此改写

走在乡间的田埂上,一望无际的麦田里,农业的景象纷至沓来。蓦然回首,发现我们在这田埂上已走了五千年,麦田里落满了祖先饥饿的目光和听天由命的粮食。

五千年的中国历史实际上是一部农业文明史。雨水、春分、谷雨、小满、芒种,二十四节气划分,在气候的变更中,到处弥漫着农业的影子。

五千年一以贯之,中国乡村的父老乡亲为填饱肚子,在古老的土地上四季耕作,疲于奔命,永不生锈的犁铧和闪闪发亮的镰刀是他们手中最可靠的生存工具,铁锅里雪白的米饭和村庄上空的袅袅炊烟成了他们一生的梦想。

就这简单而朴素的梦想,却在战乱中破碎,在天灾中幻灭,在人祸中崩溃,在虚拟中坍塌,饥饿、贫穷、封闭、愚昧,耗尽了五千年乡村残缺不堪的自信和元气。

凤阳花鼓的歌词远没有旋律那么优美动人,"自从出了个朱皇帝,十年倒有九年荒",这沿门乞讨的《讨饭歌》是几千年中国乡村历史的真实写照。

然而,时光不会倒流,历史不会在持续重复中永久沉默。

21世纪中国站在"百年未有之大变局"的十字路口,中国共产党领导下的中国人民以绝地反击的勇气、狂飙突进的姿势,终于打响了中国乡村"脱贫攻坚"的战役。

这是国家行动,是全民意志,是时代宣言,是历史召唤!

于是,中国故事有了最新的版本,于是,《我们的村庄》成了一个最忠实的讲述者,"脱贫攻坚中的安徽故事"在嵌进这历史的瞬间后,终将成为"中国故事"里一个全新的篇章。

"脱贫攻坚"落实在村庄,"深入生活"扎根于人民。

安徽文学界的行动开始了,苗秀侠、余同友、罗光成、储劲松等创作经验丰富、乡村情感真诚的作家走进了田间地头,走进了"脱贫攻坚"的火热现场。他们用脚步丈量乡村坚硬的道路,用情感体验决战贫困的壮举,用笔墨记录乡村历史的巨变,用文学见证时代的光荣和梦想。

于是,一个个鲜活的人物、一个个生动的故事,从《我们的村庄》中走了出来。

大湾村的陈泽申中年丧子,老年丧妻,儿媳出走,只剩下爷孙俩相依为命,他拆掉了家中的大门,改了门向,却没有改变命运。陈泽申后来靠异地搬迁住上了新房,靠产业扶贫在茶厂练成了炒茶能手,在过年的鞭炮声中,孙子也学成就业了,爷孙俩在数票子的兴奋中回忆着不堪回首的岁月。

80后的李朝阳离开灯火辉煌的省城,先乘汽车,再坐小四轮,最后踩着一路的泥泞,一头扎进石台大山里的河口村。三年村支书干下来,正收拾行李准备回到省城,享受老婆孩子热炕头的生活,老支书请他到家中喝酒,三杯下肚,老支书掏出了一张按满了289个红手印的"挽留请愿书",李朝阳的眼睛湿润了,他放下酒杯,一拍桌子:"再干三年!"

吕佛才交不起50块钱的学费,11岁辍学,背井离乡外出当童工。三十年后,在厦门混出人样了的吕佛才放下公司,回老家歙县当上了村支书。他有多少钱不知道,只知道为村里修桥铺路、扶危济困捐出了600多万,他的理想很简单:"村子不能再穷下去了,没钱上学太伤人了!"

大歇村不大,却要做大文章。岳西深山里的"老三线"遗址,废弃的山洞里蝙蝠、虫蝇四处飞舞,村里能人汪品峰靠着闯荡市场多年的经验,愣是将穷山恶水的贫困村打造成了集旅游、生态农业、文化产业于一体的"安徽美丽乡村"的重点示范村。美丽何处?重点几何?数据最有说服力。村里在国家养老金之外,给每个60岁以上的村民另发300到1000元不等的养老金,一年发掉了20万。

灵璧姑娘王啥啥,1岁时就已患上脑瘫,家里穷得买不起一张轮椅,残联送了一张,她的世界就被局限在一张椅子上。打工的弟弟给她买了一部手机打发时光,双手残疾的她,用灵活的脚趾在手机上玩出了一个崭新的世界,由聊天高手到微商达人。是扶贫工作队帮她贷了5000块钱做本钱,免除了上网费,王啥啥在网上开了一个"贝店",她将村里的土特产推送到全国各地,一出手,居然卖出了5万多块钱的红薯、萝卜、粉丝、大白菜。她还流转了父母的土地,父母成了她的雇员,给父母按时足月开工资。

阿基米德说:"给我一个支点,我就能撬动地球!"推出一个"脱贫攻坚"战略,就改写了整个中国乡村五千年的历史。2021年2月25日,习近平总书记在人民大会堂向全世界庄严宣布:"我国脱贫攻坚战取得了全面胜利。"

在省委、省政府的坚强领导和指挥下,安徽"脱贫攻坚"战役从打响的第一天起,就一直在创造着改天换地的奇迹,书写着激荡人心的故事。《我们的村庄》覆盖十六个市,撷取十六个村庄,讲述十六个故事,这是安徽"脱贫攻坚"的一个缩影,这是安徽作家以文学参与这一伟大历史进程的生动实践和具体行动,也是安徽"脱贫攻坚"留给未来的"《史记》"。

讲好安徽故事,讲好中国故事,这是安徽作家的文学使命和时代责任。许多年后,人们也许会发现,《我们的村庄》讲述的是故事,留下的是鲜活的历史。

而历史在这本书出版之前已被改写。

目　录

序　历史从此改写 / 001

池州篇：李朝阳下乡记 / 001
亳州篇：幸福的蒲公英 / 014
淮南篇：找呀找钥匙 / 026
黄山篇：古稔追梦人 / 036
安庆篇：大歇的山水文章 / 050
阜阳篇：永远的庄台 / 066
蚌埠篇：小村大名 / 087
合肥篇：花样年华 / 097
马鞍山篇：太湖有青舍 / 112
宿州篇：姚山脚下 / 123
六安篇：大湾村的"门道" / 139
铜陵篇：冠玉记 / 152
宣城篇：水墨大南坑 / 166
滁州篇：清流关下有乐土 / 179
芜湖篇："非遗"黄山村 / 192
淮北篇：唱着过日子 / 203

附录：脱贫攻坚的"皖"美答卷　乡村振兴的"皖"美之约 / 218
后记 / 225

池州篇

李朝阳下乡记

引 子

  一条弯弯曲曲的省道从县城出发,翻越数十座大山和三处峻岭:大越岭、小越岭、稠岭,行进39公里后,方才到达石台县七都镇河口村。

  初夏时节,晨光初露,一轮朝阳刚刚从东方的山岭上升起,山林里的鸟开始了一天的鸣叫,而山村里早起的人也开始了新的一天。如果从空中俯瞰这个山村,你会发现这个处在深山的村庄正在渐次醒来,一切都那么生机勃勃:

  食用菌大棚内,农民夏云和正在采摘最后一茬平菇,他一边采摘,一边计算着这一季的收入,无声地微笑着;

  黄牛养殖合作社的牛圈里,120多头黄牛有的低头吃草,有的伸颈长哞,"牛司令"桂来胜巡视着牛群,佯装着骂着淘气的黄牛,眼神里满是温柔;

  茶叶合作社加工车间里,春茶生产虽已结束,但夏茶即将开始,几个茶农一早就在车间里调试制茶设备,茶香弥漫在车间里;

  服装加工扶贫车间门前,聚集着骑着电动车从附近村民组赶来上班的农妇,她们互相打着招呼,说着昨天晚上追剧的内容……

  是的,这就是深山里的早晨,它正开启着充满希望的一天。而曾几何时,这里因位置偏僻交通不畅而被人们称为"沉睡的空心村",多年来都是省市县各级单位重点扶持的贫困村。它是怎么苏醒过来并焕发出活力的?

山里的老百姓告诉我说:"是朝阳叫醒了我们山村。"

这"朝阳",便是全国脱贫攻坚奖贡献奖获得者、中国好人、安徽省池州市石台县七都镇河口村党总支第一书记兼驻村扶贫工作队队长李朝阳。

1. 修路记

虽然是一名80后,但李朝阳可是个"老扶贫"了,早在2012年,他就被所在单位选派至淮南市谢家集区孤堆回族乡杨村镇任职第一书记。2年期满后,得知单位的扶贫点调整至石台县,他又主动申报参加第六批选派干部工作。于是,2014年10月,他来到了河口村。

尽管此前已有心理准备,但李朝阳第一次来到河口村时,还是吃了一惊:全村17个村民组,432户1608人,经2014年精准识别,全村有建档立卡贫困户141户413人。而因为地处深山,关山难越,村里没有一家像样的企业,没有一个像样的产业,村级集体经济更是空白,放眼望去,眼前除了山,还是山。

正式到任的第一天,李朝阳让村干部陪他到最偏僻的村庄石马塘去看看。出生于皖北平原的他,感觉一出门,那些山就耸立在他的眼前。到石马塘有一条小砂石路,但只能跑乡村小四轮,头天刚下过雨,山路泥泞,这让坐小四轮去的计划泡汤了,因为一下雨,小四轮就打滑,爬不上山坡,必须要有人不断地在车后推,而转动的车轮会溅人一身黄泥。于是,他们决定走着去。李朝阳原以为不过3公里的路,再远能远到哪里去呢？仗着年轻，他大踏步走起来。不料，岭越来越陡，人越走越累，他出了一身汗，溅了一腿泥。当他气喘吁吁地赶到石马塘时，觉得狼狈极了。

他接着到几户贫困家庭走访。听说村里来了第一书记，村民们都围拢了上来，七嘴八舌地说着村里的事。大家一致反映，因为交通问题，山里的山货运不出去，外面的农资运不进来，这里成了被人遗忘的角落。李朝阳认真地记着村民们反映的问题，最后他笑笑说："这是第一次走访，以后我会常来看望大家的。"

"刚才和你说的修路的事要是没有眉目，就不要再来了！"贫困户王重阳突然直视着李朝阳大声说。

这犹如兜头泼下的一瓢冷水，李朝阳愣住了，几十双眼睛都在看着他。一旁的村干部连忙打圆场，说这事还是要慢慢想办法。李朝阳慢慢站了起来，他向乡亲们拱拱手说："好，王大姐，我肯定会再来的。"

为了这一句承诺，李朝阳连续几个晚上没睡好觉。通过走访，他发现，修路只是乡亲们的愿望之一，当时，河口村的基础设施非常落后，山区溪流众多，桥梁、拦河坝、防汛堤，这些都急需建设。李朝阳下定了决心，要改变河口面貌，就得先从改善基础设施入手。

李朝阳一方面安排人设计道路走向、拟订施工计划，一方面跑项目跑资金，申报了"安徽省农村公路畅通工程"项目，又整合其他扶贫资金，通过努力，总算把修路资金落实了。然而，工程将要开工时又遇到了难题。

原来，根据设计，这条路如果撇开山岭，就要经过附近的毛坦行政村1公里，工程征地牵涉到该村9户村民，因赔偿达不成一致而不能动工。李朝阳带着村干部反反复复上门做工作，"少的人家跑5次，多的跑了有20多次。"村干部徐年发回忆说。每次上门做工作，遇到农户在从事生产劳动，李朝阳总是二话不说，挽起袖子就上前帮忙，采茶的时候帮助采茶,抬木材的时候抬木材,从小就没有干过农活的他干起这些活来总显得有几分笨拙,但他这份诚意感动了村民,最后,所有农户签下了征地协议。

2017年,石马塘村通了水泥路,不仅是村村通,而且是户户通。这条三岔路,解决了3个村民组100多户人家的出行问题,村民们也可以买摩托车、电动车了,十多分钟就可以到村部。路修通后的一天,李朝阳到石马塘的路上遇到了王重阳。她不好意思地笑着说:"李书记,那次我们是跟你开玩笑的,没想到你还真把这件事办成了。"

2. 种菇记

李朝阳第一次见夏云和是在一个下雨天。夏家低矮的老房子里散发着一股霉烂的气味,低头一看,堂前地上汪着一小摊水,再抬头看,屋顶上的瓦片多处碎裂,外面下大雨,里面下小雨。

才40多岁的夏云和却面孔苍老,见到李朝阳时,半天说不出话来。他是被贫困压得透不过气来:他一家5口人,母亲86岁了,全家一年的收入加起来不到1万元。妻子是云南人,他们是2006年结婚的,十几年了,因为总是凑不齐路费,老婆没有回过娘家一次,以至于经常夜里流泪,思念着远方的亲人。这让夏云和也十分难受。他常常想,自己和妻子起早摸黑地做事,却总是挣不到钱,摆脱贫困怎么那样难呢?

李朝阳说:"老夏,愿不愿种平菇?这个能挣钱呢。"

夏云和说:"种平菇?可我只会种田做茶,那个东西我一点不懂啊。"

李朝阳说:"不懂没关系。你看啊,我们准备这么干……"

那段日子,李朝阳白天在村里转,晚上躺在床上辗转反侧,想办法、找出路。他多次带着村里的同志外出学习考察,还请到了安徽农业大学的专家来村里帮他们把脉。最后,村委决定在村里搞秸秆食用菌立体种植,成立食用菌种植合作社,通过"村集体+合作社+贫困户"的4∶3∶3分红模式,吸收贫困户加入合作社,同时为合作社打工。

听说有人指导,只要在大棚里干活就行了,夏云和高兴地说:"那我愿意!"

说干就干,资金筹措起来了,大棚建起来了,专家入驻指导了,菌棒也顺利上架了。李朝阳每天第一件事就是到大棚里看看"平菇娘",他称平菇为"平菇娘",这可是乡亲们的希望啊。

"平菇娘"长得很好,2014年底,河口村食用菌合作社的第一批大棚平菇丰收了。可是,没容李朝阳高兴,问题来了,原定的承销商出了问题,"平菇娘"嫁不出去。平菇的保鲜期短暂又不耐长途运输,如果滞销,必然会影响合作社的收益,李朝阳急出了一嘴火泡。

怎么办?看来得自己闯市场。李朝阳带领村干部,晚上十点多出发,凌晨四点钟赶到铜陵、安庆、芜湖等地的蔬菜批发市场,那个时候,正是大批发商进场经营的时候。李朝阳先是装扮成进货商,和一个个商户谈价格、摸行情,了解到食用菌市场行情后,他拿着样品一家家推销。一开始那些批发商信不过李朝阳:"你不像是做生意的啊?"李朝阳抖出自己的身份:"我是省里下派干部,这可是我们村老百姓的希望啊。"这样一说,批发商们不禁赞叹:"你这干部可真能吃苦,一连多少天都在天不亮时赶到这里,行,你们的平菇我们销了!"

有了第一季的成功,大家伙儿干劲十足,2015年初,为了加快出菇,赶在春节前把合作社的平菇卖个好价钱,村民们等不及了,他们觉得要想"平菇娘"长得快,得升温,于是把大棚都密封了起来。一天以后,夏云和发现大棚内的平菇原本个顶个水灵灵的,现在却干瘪瘦弱,有的甚至烂死了,他赶紧报告合作社的社长。大家伙一看,猜想可能是缺氧,于是立马又来了个大通风,将密封帘全都撤去了,可是,过了一天,"平菇娘"更干瘦了,这样的菇子根本卖不掉。大家慌了,打电话给远在浙江跑项目的李朝阳。李朝阳得知情况后也吓坏了,他连夜从浙江赶回合肥,找到安农大农业技术专业的专家,那位专家重感冒,正躺在诊所打点滴呢。李朝阳向专家拱拱手说:"老师,我求求您,随我去一趟村里吧!"就这样,他和专家连夜赶到村里,走进大棚,在专家指导下立即采取紧急补救措施,"平菇娘"总算转危为安。

2015年,夏云和从合作社分到了1万多元,他高兴得眼泪都流了下来。后来,根据市场需求,合作社的13个大棚又因地制宜地种起了香菇,共吸纳了39户贫困户,每个菌棒可挣上3元~3.5元的利润,而一个棚子有一万多个菌棒。

"'平菇娘'好像花一样。"李朝阳经常这样开玩笑说。靠着这些美丽的"平菇娘",食用菌产业在村里扎下了根,合作社还注册了"彩蝶菇"商标,如今,河口村的食用菌已经供不应求。而夏云和通过加入食用菌合作社,生活不断改善,每年仅食用菌产业一项纯收入就有3万多元。2016年春节,他第一次带着老婆孩子去云南看望岳父母,2017年又盖起了二层小楼房,日子有了奔头,他紧锁的眉头也舒展开来了。

不光是食用菌产业,李朝阳结合河口村实际,积极打造"合作社+扶贫"的致富平台和共富载体,还引导成立了生态富硒茶种植合作社、生态黄牛养殖合作社、植保服务合作社等,慢慢形成了一个个产业群。全村贫困户基本参与其中,到2016年,贫困户从141户减至10户,贫困发生率降至1.7%。

3. 奔跑记

天刚亮时,15岁的吴家洛就起床了。听着他弄出的窸窸窣窣的声音,他母亲说:"下小雨,就别跑了。"

吴家洛没回话,他有点烦,初中毕业后的这半年里,他一直不知道自己的未来在哪里。在家里做农活,他不愿意,而出去打工,又因为年龄不够,正规单位根本不会要他。

这个从小喜欢跑步,在学校召开的运动会上多次夺冠的少年,便每天起床后就去跑步,除了觉得自己有还不错的短跑天赋,他不知道自己还能做什么。只有跑起来,他才对生活保持着一点憧憬。

听着儿子跑远的脚步声,父亲吴多平叹了口气,他很焦虑,孩子一早出去跑步,在村里人眼中像是个笑话。家中4口人,上有70多岁患病的老母亲,下有在家待业的独子,平时生活全靠夫妻俩种茶叶和打零工维持。儿子的未来该怎么办?难道像十几年前的自己,去工地上做小工?

吴多平记不清当年卖一天力气能赚多少钱。他只知道,初中没有毕业的自己,每天的收入不到工地上技术工人的一半。

"我想让他学一门傍身的技术,但我们家没有钱,也没有门路。"坐在家门口的小竹凳上,吴多平叹了口气对前来走访的李朝阳说。

李朝阳记下了吴多平的话。他在思索着,通过走访,他发现,扶贫其实是一个系统工程,扶贫先扶智,而开展教育扶贫是阻断贫困代际传递的重要途径。想到这里,他坐不住了,立即赶回合肥,寻找合适的能为贫困户所用的教育资源,这一找,找到了安徽汽车工业学校。

听说是为贫困户解难,安徽汽车工业学校领导一口答应下来,2016年春季,河口村5个来自贫困户家庭的孩子赴安徽汽车工业学校就读汽车制造与检修的春招班。校方给了孩子们很大关照:一年3000元学费,免去;一年600元住宿费,免去;刚进校门,学校就给河口村的孩子发了价值500元的床单、被褥等生活用品。此外,学校还给孩子们每个月发200元助学金,补贴他们生活。

听着儿子从省城打来的电话,看着他发来的照片,特别是听儿子说,因市场上技术工人缺乏,近几年他们学校毕业生的就业前景很不错,能很快找到一份不错的工作,吴多平高兴极了:"这一下,我不操心了。"

吴家洛这个爱奔跑的少年,在学校里除了照常练习跑步外,还积极参加学校的各项课外活动。有一次,学校举办了国学经典诵读比赛,吴家洛和班上的同学以朗诵梁启超的《少年中国说》在 90 多个班级中获得了第 9 名的好成绩。那一天,恰好有记者去学校采访,记者问他最喜欢这篇朝气蓬勃的散文中的哪一句。

"少年智则国智,少年富则国富,少年强则国强……" 16 岁的吴家洛脱口而出。

2019 年,吴家洛毕业了,顺利地进入了省内一家大型汽车公司就业,月薪 6000 多元。听到这一消息时,当初介绍他到合肥读书的李朝阳也倍感欣慰,他由这个爱奔跑的少年想到,贫困村的乡亲们,其实很多人心里都有一个奔跑的梦想,如何激发他们的热情呢?那就必须志智同扶。

为此,李朝阳在每个村民小组建起了"扶贫夜校",宣传扶贫政策,为便于村民参加,夜校就选择在村民家举办,通过宣读政策,大家的认识普遍提高。有一次,夜校刚开始,主持人李朝阳的开场白还没说完,从屋外闯进来一个人,他喝了点酒。脸色通红,满身酒气。这个人常年在外打工,不常回乡,李朝阳并不认识他。他大大咧咧地说:"什么扶贫夜校?都说扶贫政策好,好什么好?我可是一分钱都没得到!"李朝阳心想,这下完蛋了,这家伙是专门来砸场子的,今晚上的会怕是开不成了。

不料,这个人话音刚落,立即有村民站起来驳斥:"就你事多!扶贫政策怎么不好了?你睁开眼看看,以前是砂石土路,现在是水泥路;以前是黑灯瞎火,现在是太阳能路灯照到家门口;以前是自己挑水吃,现在是自来水通到屋里头,还是免费的,这不是带来的好处吗?你非得要给你一个人发钱才算好？你是猫尿喝多了吧？"

大家一个个站起来，"声讨"这位不速之客，细数着扶贫带给山村的一项项变化，那个村民在大家伙的笑声里怏怏地走了。

这更加坚定了李朝阳的想法——让乡亲们都有一颗奔跑的心。为此，李朝阳组织开办了8期"河口大讲堂"，邀请安徽省农科院等单位专家和创业成功人士来村里，分享实用技术、创业等方面知识，一批贫困户学得一技之长，实现勤劳致富，一举摘掉了"穷帽子"。随后，李朝阳又在一些企业的支持下，组织开展了"河口村脱贫贡献奖""河口好人""河口十大最美女性"等各种评选表彰活动，用榜样的力量提升精气神。

深山村里的这些评比活动、学习讲堂，李朝阳每次都亲自参加，每次听着村民们开心的笑声，他都要在心里喊一声：嗨，乡亲们，让我们奔跑起来！

4. 留客记

天黑了，村支书老章特意来村部喊李朝阳："走，今晚上我家吃饭去，这次你必须得去，到村几年还很少摸我家的筷子呢。"

李朝阳知道老章的意思了，眼看着在河口村干了快三年了，按规定他这一届的任期将满，就要回城了，老章这是提前话别呢。他说："好，这饭我得吃！"

山村的夜晚一片安详，秋虫鸣唱，山月无声，老章和李朝阳"把酒话桑麻"，说着村里的事：老桂的黄牛又卖掉了几头、家洛在学校里参加了演讲比赛、蔡小芳的病有了好转……说着说着，老章忽然沉默了，他默默地喝了一杯酒，然后郑重地说："朝阳啊，听说你要调回省里了，大家非常舍不得啊！"接着，他又说："我们确实需要你，但也知道你在村里都干了六年了,不好开口,可是乡亲们的想法我也拦不住。"

听了这话,李朝阳心里特别不是滋味,确实,三年来,他的所有牵挂都与这个小山村联系在了一起,他也舍不得乡亲们,他更放不下尚未脱贫的那 10 户乡亲。可是,如果组织上同意自己再留任,这一待可又是三年啊!对个人来说,这又是多么宝贵的三年啊!

见李朝阳犹豫着,老章从口袋里摸出了一封信递给他。

李朝阳打开一看,这个五尺男儿不禁眼眶湿润。

这是河口村村民为挽留李朝阳而写的信:"听说李书记今年就要回省里工作了,大家都很舍不得,我们村里就需要这样的干部,特别是村里的工作离不开他……恳请省民委领导能让他在村里再干几年。"看到这里,李朝阳已哽咽得说不出话来,他的手指有些颤抖,而信的末尾落款是一个个红手印。

李朝阳顿时明白了,淳朴的河口村人是在用最朴素的方式挽留他。

他慢慢数起鲜艳的红手印——方来根、吴红明、李风秀……红手印下是每个村民透着真情的名字,足足 289 个。

老章轻轻说道:"朝阳,村民需要你,留下来吧!"

李朝阳含着泪,点点头。这一夜,李朝阳失眠了,凌晨时分,他睡不着,爬起来,向省委组织部和省扶贫办写下了请战书:河口村的扶贫事业尚未结束,剩下的都是难啃的硬骨头,这个任务务必让我来完成。

两个月后,组织上同意了李朝阳的请求。

而自从递交了挽留信后,村民们就关心李朝阳到底能不能留下来。开年过后刚上班,石马塘村民组的贫困户王重阳一早就骑着电动车到村部,她不是来办事的,而是来打听消息的,她向值班的村干部打听:"李书记留下来的事可定了?"

"定了,再干三年!"村干部笑着说。

"那就好,这手印没白按!"王重阳这才松了一口气,放心地走了。

乡亲们松了口气,李朝阳的心里却觉得担子更重了,他想,无论如何都不能辜负了乡亲们的信任啊!剩下的三年,更要撸起袖子加油干。可是从哪干起?李朝阳在村"两委"会上抛出的想法吓了大家一跳,他说:"要着眼河口村长远发展,融进长三角,统筹推进脱贫攻坚和乡村振兴战略。"

"一个深山村也敢说融入长三角?"不要说老百姓们想不通,村"两委"班子人员也很疑惑。

李朝阳做大家伙的工作,他说:"别小看了自己嘛,长三角区域一体化发展是国家战略,我们就处在长三角区域内,不要自己先把自己给排除掉了。"当然,光说不练,那是假把式,有意识还得有行动。李朝阳说:"你们把我留下来了,而融入长三角,我们得学会留人。"

李朝阳果然会"劝人"会"留人"。村里的服装扶贫车间就是他劝出来的。他得知浙江一家服饰公司意欲在省外建立童装加工基地,立即和公司联系,在村里建成了扶贫车间,发展服装代加工产业。公司一来考察,发现村里的留守妇女较多,是很好的劳动力资源,便答应合作。但村里无法选出一个车间管理人员,眼看合作要泡汤。李朝阳通过摸底走访,得知本村村民孙小平在外地服装厂正好干车间主任,便动员他回乡来负责扶贫车间。孙小平一开始不愿意,他担心在家门口都是熟人,不好管理。李朝阳劝他:"在外地你是给别人打工,在家里你是自己当老板,这可不一样啊。"孙小平有点心动,他接着又犹豫,村里这个车间条件不行,没有电脑、打印机,没法办公,也没有地暖,遇冷遇热,工人们就会待不住。李朝阳立即表态,你只要回来,这些立刻给你办好。他随后到一些单位化缘,满足了孙小平的要求。这个家门口的服装车间很快就投产了。村里的妇女们特别高兴,她们有务工需求,但是因为家里有老人小孩要照顾,走不了,现在在家门口就能就业,真是太好了。车间里铺上了地毯,装上了空调,不论寒暑,妇女们在车间劳动,她们的孩子们就在地毯上游戏……

李朝阳不但"劝"回了本村人,还"劝"来了江苏客商。那是2019年年初,李朝阳到一家农户走访,见他家里来了位客人,便交谈起来。交谈中,李朝阳了解到,这位客人姓宋,他年轻时在苏北等地从事船舶航运,后来有了自己的船舶公司。由于长期海上作业,随着年龄增长,他的身体出了些状况,肺部不适,时常不明原因地咳嗽,且皮肤易过敏。现在公司交由别人打理,自己处于休养状态。他一到河口村,就发现这里良好的生态环境有益于他恢复身体健康,因此经常来亲戚家小住。这一交谈,李朝阳立即抓住了机遇,他劝说宋老板不如就在河口村投资办茶厂。宋老板摇摇头说:"不行,干不了,我又不懂茶。"李朝阳继续"劝":"不懂茶不要紧,我们帮你找茶师傅。至于企业管理,不都是相通的?你管理一个船舶公司都行,这个小茶厂还不是妥妥的?再说了,你那么多商业渠道不是仍然可以用吗?这么好的环境,这么好的茶,你那些商业伙伴不也需要?"宋老板想想似乎是这个理儿,不容他说什么,李朝阳又"劝":"你要是建茶厂,村里出面帮你租赁一户民房,你就可以长期居住在这里。至于厂房,村里原有的集体茶厂就一并租给你……"一番劝说,宋老板当年就投资建起了以茶叶为主的农产品公司,一时,深山村里第一次有了茶叶品牌、包装,通过了各种认证,另外,通过发展电商,不仅茶叶不够卖,还带动了笋干、蜂蜜、富硒米等的销售,宋老板干得越来越欢。

李朝阳还"劝"名人来到深山村。上海巴比馒头创始人、中饮巴比食品公司董事长刘会平,为李朝阳多年驻村扶贫的精神所感动,欣然受聘担任河口村"名誉村主任",他和公司负责人多次到村里参观考察,从此,村里的香菇、黑木耳成功进入了上海市场……

"旭日东升",是李朝阳驻村扶贫以来一直使用的网名。他告诉我:"其中既有名字的寓意,也表达为群众带去脱贫致富希望的美好祝愿。"

我告诉他:"乡亲都说你就是叫醒山村的朝阳。"

李朝阳谦虚地摆摆手说:"不,不,应该说是我们一起叫醒的,我们每个人都是一轮朝阳。"

又是一个初夏的清晨,走在去村民家的路上,李朝阳又开始了一天的忙碌。薄雾散去,醒来的山村越发美丽,迎着朝阳,他的步伐也越发坚定。

亳州篇

幸福的蒲公英

1

"啥,种蒲公英?"

"不就是婆婆丁嘛!往年是喂猪吃的,这有啥搞头?"

"这玩意儿风险太大,搞砸了,负不起这个责任哪!"

2018年的春天,利辛县永兴镇永兴村的村部会议室里,一听村党支部第一书记、驻村工作队队长马大虎的想法,大家伙儿立即炸开了锅。按马大虎的计划,村里的扶贫产业园要在上一年500亩的基础上,再扩大至2000亩,要建大棚种蔬菜,种药材,其中要拿出500亩连片种植蒲公英。种蔬菜大家都没意见,但这种"草"——蒲公英不就是皖北平原田间地头常见的"草"嘛!大家是真的想不通。

马大虎不急着说话,让大家先讨论一阵子,他站起来,走到窗前瞭望着外面的田野。春天的皖北平原,刚起身的麦苗成为大地的封面。

这是一种风景,也是一种无奈。

永兴村是利辛县90个重点贫困村之一。2014年,全村建档立卡贫困户231户579人,贫困发生率14.68%。

贫困的根子有很多,但最重要的一条是村里没有产业,村民们在土地上辛苦一年,种一季麦子,再种一季玉米,这种传统种植延续了很多年,吃饱肚子可以,要想致富奔小康,则是天方夜谭。20世纪80年代,村里办有一家面粉厂,算是村里唯一的企业,可是已经倒闭多年了,后来租给一家养獭兔的,因为连年亏损,2015年关张了。没有产业,使得村集体经济几乎为零,上级拨的几千元钱,支付完水费、电费和报刊费,差不多没了,这也导致村里想为老百姓办事却有心无力。

马大虎突然想起去年冬天的一件事。

那一天,大雪纷纷扬扬下了一夜,村道上的积雪厚如几床棉被,第二天一大早,村民老杨来敲村部的门,他焦急地说:"完了,这么大的雪,路全给堵住了,我可怎么办哪?村里能不能想想办法,把这路给通了?"原来,老杨家当天要办酒席,给儿子娶亲,这路一封堵,他一下子慌了。马大虎当天在市里开会没回来,另一位村干部得知情况后,打电话给他,马大虎说:"那赶紧请辆推土机来村里铲雪吧。"那位村干部犹豫了一下,说了声"好的",就挂了电话。后来,马大虎才了解到,当天那位村干部请了辆推土机来,总算将道路上的积雪铲除了,但村里没钱支付费用,最后是村干部自己掏腰包垫付的。

想到这里,马大虎转过身说:"村里要发展,没有产业肯定不行,种蒲公英,我也考察了好久,接下来,我们选几个代表去外地亲眼,看看人家是怎么种的。"

转过天,马大虎组织村干部、党员代表、村民代表去了河南省的鹿邑县,那里有一个蒲公英种植基地。大家伙儿下了车,看到大片的蒲公英顶着绒球,像雪一样铺盖在大地上,都惊呆了。再听当地的人一算账,他们更吃惊了。据了解,种植蒲公英不用怎么管理,第一年撒下种子后,它会自己繁育,可生吃、炒食、做汤,是药食兼用的经济型植物,蒲公英不仅具有药用价值,而且其根部含乳汁,可提取出来生产橡胶制品。蒲公英每年从3月到11月都可以收割,像割韭菜一样,现在的市场价是一公斤

5.8元,一亩可以产300公斤干货,而一个月就可以收获一茬,一年可收六茬,这样一来,一亩一年的产值可达到6000元。这可比种小麦和玉米强多了。

一回到村里,马大虎就和村委会的成员们统一了意见,流转村民的土地,因为"土地活了,集约利用了,抗风险的能力也强了"。

马大虎满以为大家出去亲自了解了土地集约经营的好处和种植蒲公英的"钱"途,所谓眼见为实,这一项工作肯定很快能开展,可是,他没想到,难题还在后面。

2

听说村里要流转自己家的土地来种植蒲公英,杨寨庄的老杨向前来做工作的马大虎直摇头。

70岁的老杨种了一辈子地,他就是喜欢种地,所以,别人家出去打工,他不出去,他就爱在土地上劳作,每天天亮了,他泡一大壶茶,喝美了,就扛着锄头走到自己家的地里,锄草、扶苗、施肥,太阳照着他的头顶,额头上沁出了汗珠,听着村庄里传来的鸡鸣,他心里踏实而安稳,"家有薄地,心中不慌"。而这个城里来的马书记天天让老杨把土地交出去,这不是要了他的命吗?"咱一个农民,没有了地,吃啥喝啥呢"?老杨找到村里其他几个老汉,大家的想法都是一样的,"不成,说得天上掉金子咱也不干"!

这土地流转不下来,马大虎心里着急啊,蒲公英的种子都已经订购了,技术员也聘请到位了,原计划是6月份整地下种的,因为小麦是6月份收割,如果流转不成,村民们就要准备种下一茬玉米了,这季节不等人哪。

马大虎和村"两委"干部挨家挨户地走访,与他们算账。白天,村民们出去干活,干部们就晚上去堵门,总算有些农户答应签字了。但像老杨这样的还有十几户呢,因为老杨在庄子里说话还是挺有影响力的,马大虎决定专攻老杨这一户。不料,老杨和马大虎打起了游击战,他远远地看见马大虎来了,就赶紧把大门关紧,任凭马大虎在门外怎么喊叫,他也不吱一声,直到听到马大虎不情愿地踢踏着鞋走远了,他才开始在屋子里做饭、烧水。

又一个清晨,老杨扛起锄头到地里去,正躬着身锄黄豆地里的草,突然,麦地里钻出一个人,咧着嘴对着他笑。

老杨一看,得,又是那个马大虎。他说:"马书记,你这是打埋伏啊!"

马大虎说:"老杨,你干你的,我看看风景。"

老杨一摆手说:"风景?这哪有什么风景!"

马大虎说:"不,美得很,你没看出来?"

老杨说:"庄稼人,一年能挣个肚子饱,哪有闲工夫看风景呢?"

马大虎顾不得老杨话里带刺,他照旧说他的:"老杨,可能我不该说你,我觉得你不会种地。"

老杨被激得跳了起来:"笑话,我种了一辈子地,整地、播种、割麦、扬场,我哪一样不会?"

马大虎说:"那我问你,就你这地,一亩一年能挣多少钱?"

老杨愣了一下说:"不是钱的事!"

马大虎说:"我算过了,你这一亩地一年收两季庄稼,去掉种子、化肥,能剩下400块钱就不错了!"

老杨不吱声。

马大虎继续说:"什么叫会种地,就是这地里能种出更多的钱!"

老杨说:"你能!那你说你怎么种?"

马大虎暗自高兴,看来老杨有点动心了,继续说:"你看,你这地流转以后,除了流转费一亩750元,这是净得,后面还有分红,哪样划算?"

老杨说:"那不行,土地被你们收去了,我没事干了,我这贱骨头一天离不开土地。"

马大虎说:"你这地不是政府收去了,土地还是你的,你是好把式,到时也要请你到地里干活的,一天还有50元钱的保底工资。"

老杨沉默了一会儿,在心底里盘算着,最后,他嘿嘿地笑着说:"走,回家喝茶去!"

老杨这一户攻下了,另外几户便都顺利地签了土地流转合同。这蒲公英种子也到了村里。

皖北有句天气谚语:五月二十五,龙王爷来探母。意思是,农历五月下旬,雨季就要来临。眼看着土地平整好了,500亩的麦地上,新翻出的黑土闪着光,仿佛在呼唤着人们快来播种吧!

马大虎想赶在雨季之前将500亩土地全种上蒲公英,但地里配套的微喷灌设施铺设进度太慢,一个多星期才铺了10多亩地的,他有点着急。大家伙儿一商量,觉得还是先抢着下种为好,微喷灌系统主要是浇水灌溉用的,雨季一来,还能少了水?于是,村"两委"一班人带头到地里去,和请来的务工人员一齐撒种。

蒲公英的种子很轻,一阵风就给吹远了,为了落实到地面上,撒种子时得拦上沙子,均匀地铺在土上。马大虎一边撒着种子,一边看着远远近近的劳动的人,他想象着,到了开花的季节,满地黄花,绿叶亭亭,那是多么美的景象哪!更美的是,收割了第一茬蒲公英,就可以为好多像老杨一样的人带来新的希望。这样想着,他挥舞的动作就更大了。

河南方面提供的种子质量很好,过了一周的时间,500亩地里全都萌出了新绿,一棵棵小苗看起来非常可爱,每天早晨,马大虎都顶着露水去看这些苗苗,看着它们长出两片小叶子了,分叉了,绿莹莹的,怎么看都看不够。

可是,这年的雨季变成了旱季,半个月后,因为迟迟不下雨,眼看那些蒲公英的叶子枯萎了,一测量,地表温度达到50摄氏度,小苗儿蔫巴巴的。马大虎有点儿绝望,天天去看蒲公英,地里的绿色却是越看越少,后来,地里像着了一场火,焦土一片,风一吹,刮起了一阵浮尘,扑在人的脸上。唯有那10多亩铺设了微喷灌系统的地里,因为有水,仍然绿油油一片,一朵朵蒲公英挺起伞状的花序。

马大虎这才意识到,原来,河南那边的技术员一再强调,一定要将喷灌设施搞好,而自己却凭经验主义,导致重大失误。他连着几夜没睡着觉。

那几天,马大虎站在干死的蒲公英地里,任凭头顶上毒辣的太阳直直地照射着自己。怎么向乡亲们交代?

远远地,一个人小跑过来,是老杨。

马大虎恨不得找个地缝钻下去。他准备好了,等待着老杨的奚落。

不料,老杨将一顶草帽戴在马大虎的头上说:"马书记,不着急,可以补救呢。"

"补救?怎么补救?"马大虎瞪大了眼睛。

听了老杨的意见,马大虎的心头又萌生了新的希望。

3

马大虎在村"两委"班子会上就蒲公英干死之事做了检讨,并又到镇里做了汇报,再一次检讨自己的工作失误,尽管是集体决策,但他认为自己作为第一责任人,打板子应该首先打到自己身上。随后,马大虎就去了山东，按老杨说的"搬救兵"。

所谓"搬救兵"，其实指的是抢救性补种一茬白萝卜，老杨根据经验，蒲公英地补一茬萝卜，可以接续上，下半年的蒲公英重新播种。马大虎在山东找到了一家蔬菜公司，签订了白萝卜回收协议，协议价是每公斤 0.56 元。为了防止再出现技术失误，村里委托一位技术员全权管理，按每公斤 0.2 元支付管理费。

这个"救兵"算是搬对了，这年白萝卜大丰收，到了秋天，白萝卜卖了 20 多万元钱。收完了萝卜，到了立秋后，微喷灌系统也铺设到位了，村里再一次组织人播撒蒲公英种子。

又是一年春天，500 亩的蒲公英又一次顽强地钻出了土地，铺开了绿色。4 月中旬，蒲公英们嫩绿的叶片肆意地舒展开来，黄花白冠，一点点黄，一片片绿，一朵朵毛茸茸，点缀着平原。大家伙儿不敢怠慢，看见地里长出了草，而按照"绿色产品"认证要求，蒲公英地里是不能打农药的，于是，村里的干部们带头去地里拔草。

拔草让马大虎有了个发现，这些地里，草们都是成块出现的，有些地里几乎没什么草，而有些地里则长成一片，这是什么原因？他去问老杨。老杨笑着说："通过这草的长势，你就可以知道庄里哪一块地原先的主人勤与懒，勤快的，地里的草就少，懒汉地里草就多。"这么一说，马大虎就明白了，他对老杨说："那我知道了，你家的地里肯定是最干净的。"老杨也不谦虚，爽着声音说："那是当然的。"

4 月下旬，第一茬蒲公英可以收获了，其中有一个环节是收种子，即将蒲公英毛茸茸的花冠脱毛，留下种子，为了节省成本，村干部们亲自上阵。进了脱毛的屋子里，进去的时候是个光鲜的人，出来的时候，就成了一个"毛人"。虽然辛苦，但这一茬的收获给了大家伙儿信心，一算，效益还真是不一般。

2019年,永兴村"兴"了!

这一年通过种植蒲公英以及蔬菜大棚等,全村集体收入达到127万元,并带动全村及周边400多人务工,其中贫困户44人,2019年村集体发放给村民工资60万元,给贫困户分红8.9万元。

"搁在过去的一家一户种植,怎么可能?"老杨打电话给在外地打工的儿子,说,"今年光拿工钱就拿了1万多,在家就能挣钱,以前是想都不敢想!"

永兴村所有人的"钱袋子"都鼓了,开始反哺村里的民生和公共事业。145平方米的村卫生室改善了村民就医条件,修建的村民健身广场让村民不再发愁"健身去哪儿"的问题;村室、乡村大舞台和宣传长廊建起来了,99座桥涵和71眼机井的修建工作也已完成;考上大学的学生、表现优秀的党员、环卫工人等,年终都有奖励。

然而,好事多磨,2020年,永兴村的"蒲公英之梦"又一次进入困境。这一次的困境差点让村里的蒲公英产业夭折。

4

2020年的蒲公英长势喜人,看来又是一个丰收年,可是,到了收获季,大家被兜头泼了一瓢冷水:因为全国大面积种植,当年蒲公英价格猛跌,上一年还每公斤5.8元,现在每公斤只有1.3元,这价格也差得太多了。更要命的是,受疫情影响,收下来的蒲公英还不能发卖。

这时,有的人建议,像全国其他地方一样,刨了,改种别的。这是最省事的做法。但马大虎不舍得,都这样一遇到挫折就一刨了事,怎么能发展特色产业呢?

有没有另外的途径可走?

当年发展蒲公英产业的时候，马大虎就考虑了市场风险，认为蒲公英既是药，又是菜，作为中药材，这价格是下来了，但能不能在"食"这方面做点文章？

马大虎不停地在网上搜索有关蒲公英食疗方面的资讯，突然，他发现山东有家公司在卖蒲公英面条，他当即购买了几袋来，试吃了一下，口感不错。可这蒲公英面条是怎么做的呢？他试着与山东那家公司联系，人家一听说讨要配方，立即不再搭理他。马大虎心想，网上目前只有这一家有卖的，这说明有市场空间，绝对是个方向。

马大虎的想法得到了村里其他干部的支持。经过反复讨论，村里决定将蒲公英加工成面条和花茶进行销售。经过考察，永兴村决定，与利辛县东华面粉有限责任公司合作生产蒲公英面条，与河南省鹿邑县广进缘中药材公司合作生产蒲公英系列花茶，充分利用永兴村扶贫产业园现有农产品做深加工。

经过反复的试验，永兴村的蒲公英面条做成功了，其实做法也挺简单，就是生产过程中不加一滴水，全部用蒲公英的根茎榨汁和面。产品有了，村里也开始探索网上销售。

直播室里，马大虎拿出一包蒲公英面放入沸水中，只见浅绿色的面条在沸水中逐渐变软，散发出淡淡的草香味。面条快熟时，放入青菜、番茄等辅料，装碗后放上葱花、滴上香油，一碗喷香扑鼻的蒲公英面就做好了。马大虎端着这碗蒲公英面介绍道："与其他面条不同，蒲公英面吃起来带有草药类植物最原始的味道，清香、微苦。我们村生产的蒲公英面条最大限度地保留了蒲公英的有效成分和丰富营养，面条口感细腻、味道清香、劲道爽滑。"

没想到，蒲公英面条一炮打响，当年6月份上市，试生产了6000斤，在没有花钱宣传的情况下，一个月的时间就在网上卖出了4000包，共

4000斤,按照每包面条零售价9.9元、团购价7.9元的价格销售,利润比按照中药材销售,价格涨了几倍。

距蒲公英种植基地不远处就是永兴村的扶贫车间,花茶生产设备已经进了车间。

2020年的这一难关顺利渡过,2021年,因为全国蒲公英生产基地在上一年砍掉不少,价格再次回升,现在市场价为每公斤3—5元。永兴村的蒲公英产业还在向前延伸,除了蒲公英面条、蒲公英茶,他们又在谋划建立冷冻、保温、烘干车间,将蒲公英叶子做成蔬菜配送到商超,将蒲公英的价值"吃干榨净",把项目做大做深做强。

5

春阳下,蒲公英地里,老杨在拔草,这个劳作了一辈子的农民,此时才真正感受到了土地的活力。

2020年永兴村贫困户人均收入达1.1万元,全部脱贫。老杨也甩掉了多年贫困户的帽子。

风吹过来,蒲公英伞状的花冠摇动着,像一个梦在摇曳。

马大虎站在蒲公英地里,远远地,他看见了地那头的老杨,他冲着老杨喊了一声,挥了挥手,老杨也朝他挥了挥,虽然看不清老杨的脸,但马大虎能猜得到,他的脸上一定绽放着大大的笑容,这是最让马大虎高兴的事。

春阳暖暖的,空气中弥漫着蒲公英特有的香草气味,马大虎突然想起,前几天到贫困户老李家走访,他拿出上高中的孙子抄在本子上的一首诗递给马大虎。老李说,这孩子说他将这首诗抄在学校黑板上了,是写蒲公英的。

我是一颗蒲公英的种子
曾经花开在春日的早晨
只因我太过平凡
没有遇到你的出现
和你温柔如水的目光
于是
我孤独地走向暮年
静静地不再期待
我知道
错过的花期不再重来
生命的尽头不会再有暖阳
在夏日的冷雨中
我只能听到自己心里的哀颤
闭着眼
不再想所谓的明天
……
你来了——风
你走向我
在你满是柔情的目光里
坚定地
牵起我的手
在我不知所措的慌乱中
你拥着我飞向梦想的天空
我终于等到了你
等到了你

马大虎在手机里搜出了那首诗,他轻声地读着,心里暖暖的,他觉得,此刻幸福极了,自己也成了一棵幸福的蒲公英。

淮南篇

找呀找钥匙

1

"祠堂呢？你们老邹家的祠堂在哪？"金新一下车就问村支部书记邹多柱。

知道自己将到淮南市寿县板桥镇邹祠村任村第一书记和扶贫工作队队长，金新就对这个村名产生好奇，他特意在百度地图上搜索了一番，发现这个村子位于安丰塘畔。安丰塘可是了不得啊！它是中国淮河流域重要的水利工程，由春秋时期楚国令尹孙叔敖主持修建，距今2600多年了，古时候被誉为"天下第一塘"，与后来的都江堰、漳河渠、郑国渠并称为"中国古代四大水利工程"。他想，这样一个历史文化底蕴深厚的地方，一个村庄里有一个祠堂，而且以祠为村名，也就不奇怪了。小车驶过安丰塘大堤，见到路旁一些村庄里闪过"江家祠堂"等标识牌，更加坚定了金新的判断，他甚至都在脑子里勾勒出了邹家祠堂的模样了。

却不料，下车一看，村子里并没有什么宏伟的老祠堂，眼前所见，不少人家的房子还是土坯墙、茅草顶，路边的水渠里堆满了垃圾，发出一股股难闻的气味，一群蚊蝇纠缠在水草上。由于头一天才下雨，脚下的一条通往村部的土路泥泞湿滑。双脚深陷在泥巴里的金新这样有些失望地问了邹多柱关于祠堂的问题。

邹多柱摇了摇头,他有些自嘲地说:"祠堂?那只是一个传说。"邹多柱知道这个金队长是淮南市粮食局和物资储备局的副局长,管着好多人呢,听说很能干,可他不明白这位金队长为什么一上来就问祠堂的问题。

这是2017年4月27日的傍晚。皖北平原上,大片的麦子开始抽穗,火烧云将西边的天空烧得通红,站立在村口,看着乡村景致,金新的心情却突然沉重起来。来之前,他还了解到,邹祠村还是一个有革命传统的村庄,出生于本村的顾剑萍(本名邹本尧),1921年参加革命,1927年入党,曾经参加过长征,1948年在南京雨花台英勇就义。这样一个村庄,现在却这般贫穷,全村还有152户402人深陷贫困当中,他感到肩上的担子重了。

这一夜,金新睡在破旧的村部办公室里,在笔记本上写了一首诗:"安丰古塘民安丰,脱贫使命记心中。国家立下扶贫志,我等一定当先锋。"

写完后,他陷入了沉思,俗话说,"一把钥匙开一把锁",脱贫攻坚不可能是统一的模式,那邹祠脱贫的钥匙在哪?恐怕还是要认真调研,分类施策,精准扶贫,为每一个贫困户找到不同的钥匙。他睡不着了,打电话给邹多柱:"老邹,过来再聊聊!"

2

陶善全对上门来的金新一脸警惕:"啥?养鹅?"他顿了一下,摇摇头,扭头去看躺在床上的老伴。

老伴的风湿病又犯了,痛苦地皱着眉。她头顶上的屋瓦已破了好几块,一丝天光从中泻下来。

这个结果让金新没想到。因为经过摸排、调研,村"两委"和扶贫工作队有了统一认识,认为找到了一把邹祠村脱贫的"金钥匙",那就是养殖大白鹅。因为这里背靠安丰塘,水资源丰富,历史上老百姓有养皖西大白鹅的传统,相对于别的项目,养白鹅投入不大,当年就能见效。他们还得知,村里的贫困户陶善全从小就养鹅,有很好的养殖技术。老陶本人腿脚残疾,妻子常年生病,一个儿子又得了肾病,家里几乎没有能干活的人,养鹅刚好不需要重体力,这不正适合他家吗?还有,只要老陶家发展起来了,其他贫困户也就可以带动起来了。可为什么老陶就是不乐意呢?

金新反复做工作,老陶最后说出了顾虑:一是没有资金,鹅苗、饲料、防疫,都要钱哪。二是怕大家伙儿都养鹅了,鹅多价贱,到时卖不掉怎么办?这个情况又不是没有出现过。

金新说:"这个我们都考虑好了,缺资金,我们帮助你办理5万元小额扶贫信贷,至于销售,村里也联系了大公司,保证不低于市场价收购。"

这么一说,陶善全两眼顿时有了光,他说:"真的?真有这好事?"

金新说:"不光这些,我们村'两委'还决定,所有贫困户只要养鹅达到100只规模,每只鹅补助50元。"

陶善全迅速在心里算了账,这样的话就没有压力了,他满面愁容一扫而空,连连说:"那我干!"

从此,邹祠村的水塘边响起了皖西大白鹅向天高歌的声音,一群群白鹅行进在村庄中,成了村庄的一道风景。

2017年,陶善全通过发展白鹅、鸡、鸭等特色养殖实现收入4万元,顺利脱贫。

邹祠村也因地制宜地摸索出了一套"白鹅脱贫模式",即采取"龙头企业+合作社+养殖大户+贫困户"的"四带一自"模式,每年向市粮食和物资储备局争取白鹅养殖引导资金3万元,还协调皖西白鹅养殖场开展社会帮扶,免费为20户贫困户提供白鹅幼苗,与此同时,发挥皖西白鹅场龙头带动作用,为贫困户提供技术服务,指导贫困户养殖白鹅,村里还整合扶贫资金,投入50万元购置白鹅屠宰加工生产线入股白鹅场,既有集体收入,也让贫困户养的鹅不愁销路,一下子带动了51户贫困户增收。

2019年,陶善全家通过白鹅养殖实现收入近8万元,走上了脱贫致富的道路。驻村工作队与村"两委"为陶善全落实了危房改造资金2万元,住了多年的土坯房被扒倒了,平地盖起了两层小楼。

老陶没想到,大白鹅真的让自己脱了贫致了富,他整个人都变了,脸上始终洋溢着笑容,见到金新,隔着老远就打招呼。其他贫困户遇到技术上的难题都来找老陶,他也毫无保留地教授。每年春天,村里向贫困户赠送小鹅苗时,他都早早赶去,叮嘱那些养殖户有哪些注意事项:小鹅一定不要着凉,要保暖,不能让它们扎堆……

2020年初,受新冠肺炎疫情影响,老陶又遇到了难题,他家养的100多只鸡、鸭、鹅出现了滞销。驻村工作队知道了,便积极发动市粮食系统广大干部职工开展消费扶贫,将陶善全家滞销的鸡、鸭、鹅全部买下,这让老陶感动不已。后来,他托人绣了面锦旗,上面写着:"真扶贫 扶真贫",送给了工作队。

金新捧着这面旗,想了好久,在笔记本上写了一首诗:"身残志坚人高尚,扶贫政策添力量。起早贪黑养鹅忙,勤劳致富做榜样。老陶脱贫精神爽,献上锦旗感恩党。"

几天后,金新将这首诗的内容传给自己的一位书法家朋友,请他写出来并裱好装框,郑重地送到老陶家。老陶接过这幅字,高兴坏了,他将它摆放在堂屋正中的位置,对老伴和孩子说:"这个以后就是我们家的传家宝,代代传下去!"

走出老陶家的新房子,听着家家院子里鹅的叫声,金新心里想,看来白鹅这把"钥匙"算是找对了。

2017年至今,市粮食和物资储备局驻村工作队已累计为贫困户免费提供鹅苗24000只,累计投入11万元,落实产业补贴35.517万元。白鹅养殖带动贫困户增收50余万元,很多贫困户通过发展白鹅养殖实现了脱贫致富的梦想。

3

席草是邹祠村的另一传统产业,因为安丰塘水源丰富,水质好,土地肥沃,空气质量优,是天然席草生长之地,但通过调查,金新发现,这把"钥匙"并不好使,在邹祠村有相当多的贫困户并没有在席草上得到收益。

问题在哪呢?金新和村"两委"以及工作队员一户户上门去找问题。

隗墙组村民蔚厚宝说:"问题可不少,水渠不行,栽席草时愁着没水,村里土路没浇上水泥,晒席草的季节就愁着没地方晾晒,有这两条制约着,哪敢种多啊!"

贫困户张士忠种了多年席草,他的问题更直接:"种植席草的多了,形成无序竞争,外地来收草的经销商,也坐地压价。这还不算,我们卖的是草,那是辛苦钱,人家加工成成品就赚大了,1斤席草只卖到2元钱,而打成简单的草绳,最少也得卖到3元钱,所以,现在最先要解决粗加工问题。"

一个个问题摆出来,接下来村里开始一个个去解决,要将这把"土钥匙"打造成"金钥匙"。

先是改善基础设施,争取项目资金700多万元,修建了村村通、组组通、户户通水泥道路22条,长13公里,新建水泥渠道2255米,同时修建了污水处理站和排水工程,有水了,有硬化路面了,种席草再也不愁水不愁晒了。接下来,村里又出台了补助政策,种 1 亩席草,补助 1000 元。

这一下,贫困户们只要家中有劳力的全都行动起来了。

种席草是一桩非常辛苦的活,有一整套流程——

铲:将头一年的草根留下来,使之发芽,作为种苗。到了霜降时,虽然天气寒冷,却是席草移栽之时,村民要将种苗铲下来。

掰:铲下来的种苗要一棵棵掰开,这都需要手工劳作。劳作时天寒地冻,村农手指冻得通红。

剪:草苗要剪得低矮整齐,因为太长了就容易倒伏,不利于后期生长。

插:剪好的草苗要赶快插到草田里去,如插秧一般,但季节是寒冬。

光插下去还不算,到春天得除草、施肥,而收割季节则是在夏天,正是酷暑,越是火热越是要下田收割,趁着大太阳好晒干席草,那真是一个忙季。

说起种席草,张士忠总是刹不住,站在席草田里,他抚摸着露头的青青的席草,像抚摸着自己的孩子,确实,他对席草太有感情了。

张士忠家里有四口人,女儿张欢欢、儿子张乐乐是一对双胞胎,都在上学,而他本人又患有高血压、糖尿病。2014 年,他家因病、因学被识别为贫困户。此前,张士忠没日没夜地下田种草,却挡不住一个"穷"字。驻村工作队与村"两委"针对他家的实际情况,为他量身定做了"一户一策"的精准扶贫计划,采取"四带一自"模式,敏锐地抓住席草种植这一特色产业支撑点,着力解决扶贫"最后一公里"问题。

2017 年张士忠获得金融信贷 5 万元,使用年限 3 年,他用小额信贷购置了 5 台席草编织机器进行生产。张士忠当年栽了 5 亩席草,还带动群众栽种,并高价回收席草十几亩。他自建仓库 300 平方米,对收购来的席草进行筛选晾晒,然后加工编制成草席销往浙江、江苏等地,成为一位名副其实的席草种植、加工、编织专业户。现在张士忠两个孩子已经大学毕业参加工作,家里年收入十几万元,过上了小康生活。

如今,寿县板桥镇是全国最大的席草种植基地,在全国四大席草基地中产销量第一。邹祠村家家户户都种植席草,多则五六亩,少则一两亩,已经成为一种特色种植产业链。2017年至今,驻村扶贫工作队为贫困户申请落实产业补贴46.4万元,引导贫困群众种植席草209亩,为84户贫困群众实现增收近83万元,户均增收9000余元。

"盛夏时节收席草,席草翠绿密如毛。早起割草鸟未叫,晒草更喜艳阳照。勤劳致富心情好,席草清香暑气消。一亩席草三亩稻,芝麻开花节节高。"盛夏,站在宽阔的乡村公路上,看着人们将席草呈扇形地摊放在水泥地上,席草特有的香气在空气中氤氲,金新想,席草这把"钥匙"算是又找对了,于是,他写了上面这首诗。

4

找一把大伙儿能共用的脱贫"钥匙"可能并不太难,但要为每一户贫困户找到他们合适的"钥匙"不是一件容易的事。转眼到了2020年,村里还有3户未脱贫的贫困户,而这3户中最难办的是代言礼家。

70岁的代言礼患有脑梗,身体弱,老伴早逝,多年来,他和儿子、儿媳都在外打工,一直在城市租房生活。2017年儿子突然患病去世,这么一来,在外地打工也打不成了,代言礼带着儿媳和3个孙子、孙女回到了邹祠。回到老家一看,家里的老房子坍塌了,他们只好租了别人家的一间小柴房暂住下来。

金新还记得第一次到代言礼家那间租住房的情景。那是个雨天,小屋的屋墙裂开了个大口子,甚至都能塞进去一只拳头,雨丝从破屋瓦上、从裂开的墙上飘飞进来,老代坐在门槛上,望在屋外的田野发呆,老代的儿媳妇黄泽梅外出干活了,屋子里三个孩子,一个最小的男孩,本该上幼儿园了,却在泥地上爬着,他的一双手在泥墙上抓着一个东西,权当玩具玩。金新仔细一看,吓了一跳,小男孩把玩着的是一个钉在墙上的电插座,他赶紧走过去把小男孩抱起来,并让支书邹多柱去请个电工来,立即将这些插座做处理。再往屋子里走去,两个女孩,一个读初中,一个读小学,昏暗中,这姐妹俩的眼睛却那么明亮,她们借助着昏黄的灯光,正在认真地写作业。金新拿过她们的作业本一看,发现这俩孩子的作业特别干净整洁,一页页都是老师批注的红红的对钩。

金新那天在老代家的租住屋里好久说不出话来,他看见一窝燕子正在屋檐下飞进飞出,燕窝里的几只小燕子伸长着脖子,仰着头,张大嘴,叫嚷着,等待着母燕来喂食。

针对老代这一户的情况,回到村部,驻村工作队和村"两委"特意召开了一个分析会,如何精准扶贫到老代家?如何实现"两不愁三保障"?

老代家的情况特殊,一是缺少劳动力,养白鹅和种席草都不现实;二是负担重,老弱病残集于一户。另外,黄泽梅是贵州人,当初是因为在外地打工与老代儿子认识的,她一个外乡年轻女人,如果在邹祠村找不到归属感,日子过不下去,很有可能就会离开这里,那这一屋子老的老小的小,又该怎么办?再者,两个上学的小女孩怎么保证上学?

一条条地讨论,寻找解决办法,最终,驻村工作队与村里拿出了一个"一揽子计划":一是根据扶贫政策,为老代家申请低保,这样全家每月保证有1200元收入,吃饭没问题;二是与镇上企业沟通,为黄泽梅在服装厂找到了一份工作,每个月工资有1000多元;三是由金新出面,联系淮南市罗山国家粮食储备库,由他们每年资助6000元,进行社会帮扶,连续3

年,解决两个孩子读书上学的日常开支;四是安排老代在公益性岗位就业,考虑到老代的身体状况,让他任村里的秸秆焚烧宣传员,每月1000元。另外,以土地等入股,参与村里开发的各项分红,这样细细一算账,基本生活有了保障,剩下的一大难题是房子问题。

老代家原来的房子倒塌后,已经成片退耕了,找新的宅基地就需要用他自己家的地与村里人调换,而他家的地都不在路边上,村里人都不愿意与他家调换。支部书记邹多柱四处想办法,挨家挨户地协调,好不容易说服了一户人家,帮助代言礼找到了一块宅基地,在路边上,交通方便,前后宽敞。地找好了,钱又是个难题。根据国家政策,老代一家盖房只能有2万元钱的补助,要平地起一座三间平房,无论如何都得三四万元,缺口怎么办呢?金新回到局里,特意向局党组做了汇报,经党组会研究,决定作为特例,由局里资助老代家1.5万元用于建房。

地有了,钱有了,动手吧。这时,又遇上了麻烦。

那天一早,金新和邹多柱等一行带着施工队去施工,不料,还没下线打地基呢,一个村民站在地当中,叫嚷着,不许施工,他说,老代家这房子建了,破坏了他家的风水,他不同意!

邹多柱上前去做工作,那家伙是个火暴性子,没说两句,兜头就朝邹多柱脸上来一拳,邹多柱闪了一下,这一拳还是结结实实地擂在了他的胸脯上。

邹多柱站稳脚跟地说:"你可以打我,但今天这个地基我也是打定了!"

看着邹多柱坚定的样子,自知理亏的那个村民找个借口走了。

老邹双手一挥:"开工!"

很快,在家乡土地上失去了房子的老代一家,重新拥有了自己的家,新房子有三大间,浇上了水泥地,盖上了红瓦,通上了电,接上了自来水,还有厕所化粪池,老代拿着新钥匙,打开新房的大门时,哗,大片大片的阳光也跟着他一起涌进了新家。

5

时间过得真快,转眼到了2021年2月初,这也是农历庚子年的腊月,就要过年了。金新跑回市里联系几个单位和一些书法家朋友,趁着过春节,村子里人多,准备搞一场送春联下乡活动,谈妥了方案后,他抽空回了趟家。

待回到自己家门前,他却进不了家门,因为,摸摸口袋,发现家里的门钥匙丢在了邹祠,他打电话给家属,家属埋怨说,好不容易回趟家,钥匙还不带!正等着家属送钥匙回来,村里来电话了,有家席草加工厂老板要来谈订单的事,他得赶紧回到邹祠,于是,金新又打电话跟家属说,不用送钥匙了。

家属问:"怎么,找到钥匙了?"

金新哈哈一笑说:"哦,对,对,找到了,可能又是一把好钥匙。不过,我又回邹祠了!"

黄山篇

古稔追梦人

古稔,就像一只蚕茧,静卧在"百里画廊"——新安江畔——连绵秀美的群山之间。

一百年,又一百年,多少个一百年叠加的千年时光……不声不响,不弃不离,拂过古稔,如风而逝。

深山古稔,日月星辰自然都依着古稔的规度:上午七八点,太阳从古稔东边的山顶款款出浴;下午四五点,大阳在古稔西边的山口依依挥别。月亮与星星,接着如约而至,将古稔的夜晚,梦一般守护,无数条从宇宙垂落的最纯澈的光芒,穿梭天地,与人间古稔,达成秘而不宣的誓约。

清晨,站在古稔村部"不忘初心"广场,举目四望,元正、半山、天顺、关山等村民组,在古稔四周,从山脚,直至山顶,天然而美妙地布排。盘山公路,或青石步道,穿云破雾,逶迤隐现,把一个个村庄,顺势揽拥,串珠成链。五道清泉,从四面山间,幽然而出,叮叮淙淙,欢语满山,犹如伸开的五指,一路聚拢,跳跃成瀑,汇聚成溪,汇流成河,流过古稔人家,流过村部门前,流过村民大舞台,流过农家乐,流过村史馆,流过青石桥,流过村口那棵仿佛与古稔一样古老的水桦树,流过黄(山)千(岛湖)高速飞跨山间的桥涵,把一路的故事与满心的向往,向着新安江,如歌倾诉。

寒 冬

这一年,古稔的雪下得特别大,风也特别寒。

茅草屋檐悬垂的冰溜,像一排利箭,看上去就扎人。

吕佛才跨出家门,迎面的冰溜,让他不由得打了个寒战。他缩起脖子,踩着积雪,咕吱咕吱,深一脚浅一脚,向着小学校走去。

这是1986年,11岁的吕佛才已是小学五年级的学生了。

没有胶鞋,更没有袜子。母亲手工纳制的布鞋,已被吕佛才成长的大脚趾磨穿。不一会儿,布鞋就被雪水化湿了,脚背,还有露出鞋子的大脚趾,渐渐变成了熟虾的颜色。

小学校设在一所山石垒砌的房子里。吕佛才来到教室门口,自觉停下了脚步。他从书包里拿出课本,站在教室门口的屋檐下,和着教室里的书声,放声早读起来。又一阵阴冷的风,抓起地上的雪粒,从操场北边被积雪压塌的水泥乒乓球桌边,恶作剧般无端地扑舞过来。吕佛才更紧缩起脖颈,努力不让寒风噎住自己的喉咙,他就是要与教室里的同学们一起放声早读。

父亲的病久治不愈,家里能变卖的,都已变卖;亲戚邻里能借的,都已借遍。家里养的猪与鸡,也都因为缺吃少食,不争气地相继死去。4000多块钱的债务,比古稔四周所有的山加起来都重,压得吕佛才一家实在喘不过气来。50块钱!——50块钱的学杂费,从开学一直拖到现在,还是无力支付。老师从一开始的私下催缴,到课堂上公开点名,再到后来早读罚站不许进教室,少年吕佛才不怪学校,不怪老师,学校要生存,老师也要生活,学杂费可是维持学校办下去的重要经济来源啊!他只是心中感到愧疚,感到无奈,感到对不起学校和老师……拖欠学费的学生,一个一个,陆陆续续都想办法交齐了费用,都先先后后大摇大摆走进教室,坐在位子上摇头晃脑地早读了。只有吕佛才,50块钱的学杂费,还一点不知道从哪里弄来。

一只大手温温地抚在自己的头上。是老校长!看着缀满补丁、单衣薄裤、在寒风中瑟瑟早读的吕佛才,老校长把夹在胳膊弯里的一件旧棉袄套在吕佛才身上。一阵暖意,在吕佛才的身心里哗哗流淌。"回去跟你家大人讲,你家情况实在特殊,经学校研究决定,学杂费给你全免了,不要交了,快进教室,好好念书吧,啊。"

吕佛才眼一热,朝着老校长点点头,又深深地鞠了一个大大的躬。

出　寻

又一个学期开学了。

积雪融化了,溪里的冰消融了,早春的绿也不知不觉可以遥看了。

可吕佛才在这小学最后一学期,在这春天已经来临的一学期,辍学了。

久病的父亲,因为缺医少药,最终含恨而去。

如山的债务,落在了吕佛才母子的肩头上。

母亲挎着竹篮,竹篮里是一把已有些钝口的剪刀,正琢磨去哪里挖些可以果腹的野菜,把这青黄不接的春荒一天一天挨过去。

"妈,我不念书了,我要自己养活自己!"吕佛才拉住母亲的手,抬头看着她。

吕佛才感到母亲的手心轻微而明晰地一颤,然后两只脚就前后僵在了门槛的里外,整个身子斜倚在明显倾侧的门框上,呆滞地看向远方,瞬间成为一尊雕塑。

"妈,你怎么了?"吕佛才一时慌得不知所措。

"唉——"半天才回过神来的母亲深深叹出一口气,沉重地摇摇头,几滴储满春寒的泪水,顺着鼻翼,吧嗒吧嗒,滚落在门槛上。

"儿啊,妈对不起你!"

"妈,你看,"吕佛才抡起胳膊,握了握拳头,"我有的是力气,完全能够养活自己了。"

古稔的公鸡还没有鸣叫,山里的星星润亮得像浸在水里的珍珠。吕佛才把一只尿素袋扛在肩上,里面是母亲为他塞进去的家里最好的,但同样是败絮累累的棉被,还有母亲连日缝制的两双布鞋,以及鞋筒里母亲刚刚放进去煮熟的四个鸡蛋。吕佛才一只脚跨出门槛,又猛然缩回,放下尿素袋,向着母亲双膝跪下,喊一声"妈"。母子俩一时泣不成声。

12岁的吕佛才,走出家门,走下山坡,沿着溪水,走出村口,走向亲戚介绍的远方的油漆师傅家,当起了学徒。这一天,当又一座山峦被吕佛才踩在脚下时,不远的新安江在晨光中蒸腾起迷蒙的雾岚,吕佛才再次回转身子,对着群山背后的古稔,对着母亲居住的方向,久久凝望,泪流满面;这一天,夜晚10点多钟,翻山越岭19个小时,一步一步丈量完120多里山路,轻轻敲开"养活自己"的征途上第一道陌生大门的吕佛才,在"养活自己"的道路上,已注定练就了击不垮的坚强。

从拜师学做油漆,到再拜师学做木工,三年学徒,吕佛才把两个师傅家田地里的脏活累活做了个遍。累和苦,根本算不了什么,终于可以一日三餐,终于可以自己养活自己,这是吕佛才心中最大的精神支撑。15岁,吕佛才离开了师傅,一个人来到浙江临安,开始了人生独自的闯荡。在此后的日子里,从临安到江苏震泽,从杭州到水乡绍兴,吕佛才在建筑工地钉模板,在石子厂背石子,在菜市场卖烤鸭,在火车站做搬运……工地、屋檐、草堆、桥洞,都曾成为吕佛才夜晚置放疲惫不堪身体的地方。

1994年,吕佛才怀揣50元钱,先是想闯温州,后决定去厦门,一路辗转,到了厦门,身上只剩下20元。在公园的椅子上睡了三个晚上,终于找到了一份水电工,手握钢钎在毛坯墙上开槽,虎口震裂疼得钻心。坚持!坚持!!坚持!!!凭着诚实与憨厚、拼劲与韧劲,吕佛才终于得到命运的赏识,迎来了人生的转机。当地一家颇具实力的建筑公司请他当施工员,又让他做起了小包工头,再放手帮助他成立自己的公司……到2014年,吕佛才已成为在厦门拥有包括清雅丽建筑有限责任公司等多家企业,资产过亿的农民企业家。

2004年,吕佛才拆掉了倾颓的草房,在原有的地基上,盖起了古稔村千年历史上第一座高高的四层砖混楼房。外墙的贴砖,引进的是厦门深红的主流色调。吕佛才特别在楼顶竖起一根高高的不锈钢旗杆,鲜艳的五星红旗,把山村的希望与富强,猎猎招展。

回　望

在时代的大潮中,一路闯荡的吕佛才取得了人生巨大的成功。

他的眼界开阔了,他的脚步走远了,但在他的眼里,古稔总是占据着无法替代的位置;在他的脚下,总是有古稔山路的影子。或者说,从12岁走出古稔,吕佛才的心里就从来没有一刻忘记古稔;吕佛才的脚步,也从来没有真正走出古稔。

这个在漫长的农业文明时代,依靠群山天然的屏障,依靠新安江绵长的天堑,免受外界兵祸人患,过着桃花源般慢生活的隔世村庄,在改革开放的历史进程中,与山外的世界,渐渐有了不可同日而语的距离。

2004年,吕佛才在古稔盖起第一座高楼,总共花费50万元。所有的材料,先是汽车运一程,再是板车拉一程,最后箩筐挑、人力扛一程,从山外运进村子,光运费就占去了总费用的一半。

古稔没有路,古稔没有一条可供汽车奔跑的路。古稔的路,都是古稔村民千百年肩挑手提踏踩走出的而又走惯的路。

2016年,又是十多年过去,吕佛才的楼房,依然是古稔最高最大最漂亮的房子。吕佛才每次从厦门回来,车子总是停在远远的新安江边,再沿着12岁走出山外的山道,翻过座座群山,走进古稔,走进家门。

古稔,什么时候才能与山外的世界接轨？什么时候才能与山外的世界互动共赢呢？

这是吕佛才心中生根的回望！这是吕佛才心中时刻的隐痛！

每年春节,回到古稔的吕佛才总是要沿着这些细瘦蜿蜒的村道,登上四面的山坡,把一个一个建在从山脚直至山顶的、几十年几百年上千年不变的古老村庄,走一走,为所有村中的老人送上一份慰问的红包；总是要沿着村头的溪河,一步一步,在四面的山坡,把溪河的五条源头,一一探看。每每这时,吕佛才总会站在古稔的山顶,先是将眼底的古稔,细细地看,往心里看,然后,再举目远方,向外看,看过远山,看过白云,从下午,一直看到月亮升起,星星满天。古稔的一切,山、水、人、情,再没有谁比吕佛才更熟悉了,了如指掌,融进了自己的心跳。

古稔6个村民组,343户1036人,2014年建档立卡贫困户61户232人。古稔集体经济收入,长期为零。即使是雨季山洪暴发冲毁的溪流上的独木桥,也没有财力去及时修复。

吕佛才,你能为古稔做些什么呢？

吕佛才的心,在心底向他呼喊,向他发问。

教育,第一是教育！吕佛才忘不了自己因贫困而辍学的过往,忘不了改革大潮知识改变命运的一幕一幕,更忘不了老校长给予他寒冬里流遍全身的温暖。对,就是教育！从2005年开始,吕佛才把大笔的资金捐赠给古稔学校,以及古稔所在的小川乡教育事业。资助贫困失学儿童,帮助他们重返校园；为学校全体师生定制校服,让山乡古稔也有了城里学校的风景；设立"励志少年"奖学金,在古稔山乡孩子们的心头,点燃未来希望的火炬；组建"古稔山区教育志愿服务队",帮助留守儿童、助力公益事业、保护生态环境,培养孩子们美好的品德、健康的心灵、社会的意识、自然的理念,让孩子们在互动中不断走进新的时代。300余万,并还在继续增加的捐赠,让吕佛才心中有说不出的踏实,仿佛看到了古稔山乡明天的希望。

路,修路,有路才有出路!吕佛才忘不了12岁那年,独自走过19个小时的蜿蜒山道,忘不了回乡造房肩挑手提的人工搬运。对,就是修路!可山里修路,地形崎岖起伏,路线瓶颈太多,往往投入不少,见效不大。面对困难,吕佛才没有退缩,他坚持长远考虑,分步实施,愚公移山,坚持不止。今年20万,明年30万,上半年300米,下半年再500米,积土成山,积水成渊。自2012年起,吕佛才投资200多万元,修建的古稔道路长达5公里,山外的汽车终于可以从新安江畔一路欢奔,驰进古稔,抵达古稔的每一个村民组。路修好了,吕佛才又利用自己的"黄山亚川劳务服务公司",为贫困户等村民提供远近就业劳务机会,80多个务工岗位,让这些祖祖辈辈与山、与土打交道,习惯于从土里刨食的山民,每年都会带回累计500余万元的收入。

古稔的触角,终于开始感应时代。吕佛才的心里,也终于稍稍有了安慰。

逐　梦

"佛才,佛才,你怎么啦?"

向圣清一边摇动吕佛才的胳膊,一边拧亮床头柜上的台灯。

吕佛才慢慢睁开眼,两滴泪珠,顺着眼角,滚落在枕上。

"佛才,你怎么啦?"向圣清更加紧张起来,心跳得自己听上去就像小鼓在擂响。在她的印象中,就是天掉下来,也没见丈夫掉过眼泪。刚才,佛才又是嘟噜,又是喘气,又是挥拳,又是踢腿,这到底是怎么了?

向圣清担心得也掉下泪来。

吕佛才睁大双眼,发呆地看着天花板,又闭上眼睛,咬紧嘴唇,轻轻地摇摇头,又不易觉察地点点头。

向圣清抓起吕佛才的手,按在自己的胸前。

"圣清,我想回去。"吕佛才半坐起身,看着身边的圣清说。

"回去?这不太简单了吗?"听吕佛才说这个,向圣清的泪珠还挂在脸上,就忍不住哧哧笑起来。

"你同意了吗?"吕佛才故作随意地问,但脸上隐含的严肃,还是没有逃过向圣清的眼睛。向圣清看着又有些害怕,深更半夜,吕佛才怎么揪住这么个简单的问题,想想刚才吕佛才嘟噜喘气挥拳踢腿,难不成是中了什么魔?

"这有什么不同意的呀!你哪次回去我不同意啊?"向圣清放下焦虑,像对小学生一样,娓娓道来,"以前没有高铁,村里又不通路,回去一趟,路上要一两天,人都能累得趴下。就是那样,我们也是想回去就回去的啊。现在坐个高铁,再打个车,一天差不多都能跑个来回,回去不是太方便太简单吗?"

"圣清,我不是你说的这种回去,我是说……"

"是什么呢?"

"我,"吕佛才把眼光转向墙角,更紧地咬了咬嘴唇,再转过头,对着向圣清,沉沉地点点头,"圣清,你是最了解我的吧?"

"我不了解你还有谁了解你?!"向圣清有些急了。

"你是最支持我的吧?"

"佛才,你这是怎么啦?我不支持你谁支持你?!"向圣清急得脸有些涨红了,她不知道,吕佛才怎么变得这么婆婆妈妈不着边际了。

"其实,我都知道,你最了解我,最支持我。这么多年,我为家乡,为古稔村里所做的一切,都有你的影子,都是你在做坚强的后盾。"吕佛才坐直身子,双手拉住向圣清的手,"我这次回去,是想竞选村里的书记。现在是6月份,7月份村委会就开始换届了。"

沉默,沉默,两人彼此都能听见对方的心跳,凝视的双眼,目光也如电光火石,在空气中噼啪炸响。

"唉——"沉默良久,还是向圣清打破沉默,"佛才,说实话,其实从一开始,我就预料到你会有这一天,但这一天终于来了,我还是心有不甘。"向圣清停了停,"不说别的,我们厦门这边的几个企业,正在发展之中,你这一回去,企业怎么办?"

吕佛才点点头:"这个我想好了,其实这么多年,企业经营上,你也一直是我的助手与帮手。这次我回去,如果能当选,企业上的事,就交给你打理了,需要的地方,我再指导一下,我想你肯定能行的!"

向圣清低下头:"那孩子呢?孩子可不能不管啊!"

"这个我也想好了,下半年上初中了,把孩子送到寄读学校去,一个月回家一次。"吕佛才瞟一眼妻子,"不用担心,我像儿子这么大时,不是都已经一个人外出闯生活了吗?"

"你真的决定了吗?要不再等几年,等我们企业发展好了,孩子读大学了,你再……"

"圣清,我想好了!对古稔的情况,没有人比我更知根知底、清楚明白的了。古稔现在最需要的,是一个有头脑、愿奉献的带头人。再等几年,我也不是没想过,但不能等!国家脱贫战略正进入攻坚阶段,两年后,也只有两年时间了,全国就要实现全面脱贫。你说,这能等吗?"吕佛才让妻子的头靠在自己的肩膀上,"我刚才做了个梦,梦见父亲,还梦见了老校长,他们坐在村口的古桦树下,望着进村的方向,在猜我什么时候能回古稔。我还梦见我当选上了村里书记,带领大家开发山顶的'天鹅孵子',引来了大天鹅,引来了八方游客,大天鹅下的蛋好大好大,我们两只胳膊都抱不下。"

向圣清的眼睛又潮湿了。她被丈夫的大爱之心与一腔赤诚感动了。她把头更紧地靠向丈夫,"佛才,你是党员,你是古稔走出的孩子,你回去干,带领村子发展,我不拦你。这边公司和家里的事,有我在,你放心,你就放开手脚,去追逐你的梦吧!"

晨光,渐渐映透了窗帘。

新　生

2018年7月,吕佛才以高票当选为歙县小川乡古稔村党支部书记兼村委会主任。

这一天,他在日记中写道:"这是我一生特别值得纪念的日子,今后的一言一行,已不再是我个人的事,而是代表着支部,代表着全村百姓。我发誓,一定不辜负组织,一定不辜负村民,一定要尽最大努力,把古稔建设好,把村民带领好,让古稔彻底走出贫困!让古稔真正富起来!"

"吕佛才大老板不做,跑回这穷村里当这么个书记,你说这是图什么呢?"

"你说图什么?图新鲜呗!我就担心他不会干得长。"

"干长干不长,到时都能捞个资本。"

"你们别瞎说,佛才是我看着长大的,从小心善、厚道。他回来,是我们村里的福气。"

村民们私下的一些议论,也风传到吕佛才母亲的耳朵里。

母亲悄悄把吕佛才叫回家,说:"佛才啊,你可真想好了?没想好,趁早收手,还来得及,好心不一定就能做成好事哦。"

吕佛才耐心地说:"妈,这书记都当上了,哪有还没想好的?您老别担心,村民们说什么,让他们说去,他们在说,说明他们对村里、对我是关注的。他们担心我干不长,说明他们不希望我干干就跑了。百姓百姓,本就是百姓百心。等我干出个样子,村里富了,村里美了,大家生活都更好了,妈,到那时,他们就都会相信我了。"

朝霞做证,星星做证,当上领头羊的吕佛才,每天走村串户,古稔的山山坳坳,他用双脚丈量了一遍又一遍;古稔的村村户户,他带着纸笔,把情况摸排了一遍又一遍。古稔发展什么,古稔怎么发展,古稔发展有什么优势,古稔发展的前景会是什么样子,他与村支"两委"反复讨论商议;又邀请村民,开门收集意见,终于形成了古稔发展的五步曲:第一步,是咬定脱贫,攻坚克难,实现高质量脱贫,确保零返贫;第二步,是壮大村级集体经济,增强基础设施和公益事业发展的后劲;第三步,是抓项目,引资金,带动产业发展和村民务工;第四步,是开发资源,形成特色,拉动乡村旅游;第五步,是注册"古稔"商标,从古稔村庄到古稔产品,再到每一个古稔人,都成为一种文化符号品牌……

古稔的溪河,一路欢歌,昼夜流淌。2021年早春,带着省委宣传部、省文联《纪录小康工程》的撰稿任务,我来到黄山歙县。得知我要去古稔村,县委常委、宣传部部长孙洁说,古稔书记吕佛才也是中国好人,值得写,值得写!黄山市文联主席蒋凌将、歙县文联主席汪祖明说,古稔很美,到处都能入镜入画。黄山市扶贫局副局长洪峰、歙县扶贫局局长方新辉说,吕佛才不简单,入选过"中国优秀扶贫案例"之"最美人物优秀案例"。下午2点,从新安江畔,横穿黄(山)千(岛湖)高速建设工地,在与随行的歙县扶贫局钱主任一路问答中,转过一道山弯,我的眼前豁然一亮——新农村!古村落!桃花源!这些美好美妙的词语,一下从我心灵的词海中,海豚般破浪闪耀!午后的太阳,辉映着保存完好的座座土楼,历经沧桑的土质,闪耀出离奇的活力光泽。驰上7米宽的沥青村道,车窗外的溪河,美丽得就像古稔的新嫁娘——纯洁的溪水,欢腾在卵石历历的河床。——河岸这边,是花草欣欣的隔离带、红砖人行道、精巧别致的护栏;那边,橘子树、野蔷薇,在春风里一路摇曳,与300多棵垂杨柳,共同演绎"柳暗花明又一村"的动人梦境。村部边的电影院,设施一点也不比城里的差,70把红绒布面航空座椅,座无虚席。元正组87岁的脱贫户吕有娣老太太盯着屏幕上放映的《天仙配》,瘪瘪的嘴唇,和着七仙女的唱白,一张一翕,连吕佛才给她递上一杯温水,老太太半天也没有发觉……

曾经贫困的古稔,整村出列了;古稔曾经的贫困人口,全部稳定脱贫了。是的,在古稔,一切与贫困、与落后相关的"曾经"都已成为"曾经",永远地成为"曾经"了!村级集体经济可支配收入,已从几年前的一无所有,即将突破50万元大关!一栋一栋两层三层四层的"洋楼",在沧桑的土楼之间闪亮地傲立,犹如古稔村民挺直的腰杆。多功能洒水车、微型消防车、综合管理车,这在很多乡镇都看不到的公益设备,各就各位,驻停在村部广场各自的车位里,在阳光下闪现着自豪的光泽,仿佛在说,看看,我怎么样?我们的古稔怎么样?

古稔,你给我的感觉,三个字:好样的!

一位汉子涨红着脸,一瘸一瘸、气冲冲地走向吕佛才。

"佛才,你不能这么看不起人呢!他们都说是你说的。"汉子嘴里喷着酒气,边说边舞着手掌,差不多碰到吕佛才的鼻尖。

"是我说的,贫困户这次不在内。"吕佛才笑着解释。

"为什么不在内?你带我们早已脱贫,我早已不是贫困户,早已不贫困了!"汉子红着眼,气呼呼地盯着吕佛才。

"你看,我现在有事,等会再说吧。"

"不行!"汉子脖子一梗,从衣袋里抠出一沓百元钞票,翻抽出两张新崭崭的往吕佛才手里一塞,"你今天收也是收,不收也是收,村里修路,是集体公益,我也是古稔人!"

从元正到关山的道路,弯道多,隐患大,为适应古稔发展,村里研究决定,裁弯取直。吕佛才与爱人商量,通过自己的公司,筹措了部分资金,村里从集体资金中再拿出一些,缺口的三五万块钱,决定向村民自发捐款,但有一点,原则上不接受虽已脱贫的61户贫困户捐款。综合管理车上的大喇叭,绕村一圈,把捐款的倡议一宣传,几天时间,这户300,那家200,一下就收到捐款七八万元。刚才的汉子,叫吕俊义,59岁,腿部残疾,住在古稔组的西边,昨天从村外回来,听说修路,一早就赶紧到村部捐款。村里人告诉他,吕书记说了,贫困户不用捐的。他心里憋了一肚子气,中午在家喝了几杯闷酒,就气冲冲直接来找吕佛才了。

古稔的村民,彻底相信了他们的书记,相信了这个走出去又走回来的"大老板"。

古稔村党支部的号召力与战斗力,重新成为高高飘扬在村民们心中的旗帜。

"我们吕书记,心全部都放在村里了。"关山组的汪木宏说。

"吕书记办公室的灯,有时整晚都亮着,他是在为大家操劳哦。"天顺组的叶立山说。

"这孩子太好了,对我们就像对他自己的妈妈。"元正组70岁的叶连香说。

"这几年,吕书记个人为村里公益事业和家乡教育事业,累计捐赠资助超过600万元。"小川乡常委书记吴云峰说。

小川乡镇长叶青指着不远处的综合管理车:"这些公益车辆,还时常被周边的村里借用呢。"

项目建设是古稔长久发展的基石,更是做企业出身的吕佛才最大的强项。因地制宜,顺势而为,找准项目,挖掘特色,是古稔产业发展的成功之道。千年哗哗而去、白白流逝的溪水,被引入近百口大大小小的鱼池,建成泉水鱼产业基地,改写了古稔溪水价值的历史,鳜鱼、鲟鱼、鲫鱼……从一两斤到十数斤,一尾尾,在透澈的泉水里欢快地游戏,经济效益与旅游效益正双向呈现。沿着蜿蜒数十里的山间步道,茶叶产业基地、山核桃产业基地、红豆杉产业基地、半山组的百香果产业基地、雄村组油茶产业基地,一派欣欣向荣,满目春光风景。海拔400多米的"天顺高山涌泉"开发出来了,涌泉山顶的"天鹅孵子"开发出来了,古稔山腰的"石人石马"开发出来了,关山之巅60余栋阅尽千百年岁月的"关山土楼群"开发出来了,废弃的小学校改建的"村史展览馆"开发出来了……一拨一拨远近闻风而来的游人,陶醉其中,不忍折返。一群摄影家,有的掉换镜头,有的伏卧山石,正在拍摄夕阳下的土楼。土楼辉映着夕阳的金色,仿佛在把一个梦一般的古老传奇娓娓述说。

古稔的夜晚,如此静好!唯有满山的溪水,哗哗哗哗,喧腾出春雨般动人心弦的张力与渴望。举目四顾,苍穹在上,环山步道上数百盏路灯,还有从山脚直至山顶的百家灯火,与夜空的星星融为一体,共同闪亮。

安庆篇

大歇的山水文章

质胜文则野,文胜质则史。文质彬彬,然后君子。

——《论语·雍也》

大歇之春,山聚水横

春雨霏霏,其声细密如蚕食桑。梅花也霏霏,其状缭绕如红雾绿烟。时令为初春,城中的梅花已然谢枝多时,桃、李、杏与垂丝海棠灿笑于春风中,大歇的红梅绿梅却开得正好,点缀在村道边、庭院中,也点缀在小窗前、溪水畔,幽幽一缕香随风潜入鼻,令人骨肉俱清。这里是大别山深处,又是平均海拔800多米的高寒地带,春天来得要晚一些。

刚刚,我驱车从岳西县城出发,在盘盘曲曲的105国道上穿雨破雾、钻山越峡。往北经过温泉镇、石关乡,进入主簿镇地界,沿途林海苍莽,谷幽涧清,车与人都缥缈在仙境中。抵达105国道穿村而过的大歇村,山更深也更高,水更绿也更软。村中的梅岭古道、梅岭关、葛公亭、古井园、葛公山、六县尖、猪头尖、龟形地、张胜沟、猫石崖、大红崖、大峡谷、跳鱼潭、杜鹃花谷这些自然景致,以及作家村、河畔书社、草编、廉政文化长廊、家谱文化馆、民间艺术馆、农耕文化园、代号502爱国主义国防教育基地这些人文景观,百般景致历历在目,既有古雅风韵,又有蒸腾春气。蓦然想起北宋王观词《卜算子·送鲍浩然之浙东》里的句子：

  水是眼波横，
  山是眉峰聚。

  我认为借王观这十个字来状写大歇春日的风光，再贴切不过了。

  这些年，因为建设大歇作家村，以及参加岳西文艺界乡村振兴红色文艺轻骑兵活动，开展蹲点采风创作，我多次来到大歇。深扎村中，我亲眼见证这个梅岭古驿道上偏僻的村子，一天天摆脱了昔日的深度贫困，一天天变得美丽、富裕、祥和，也一次比一次更深切地感受到，这个既朴厚又清丽的村子内部蕴藏着一种深沉、持久、影响至远的人文精神。这种人文精神陶染着村子里的每一个人，把800个村民熔铸成一把剑，霜刃初试，劈开深度贫困的窘局，把800个村民拧成一股绳，团结一心，向更美好的生活攀登。这种人文精神也让每一个外来客耳目一新，印象深刻：大歇，不单风景明秀、民风淳良，还是一个有人文气质、有历史内涵的村子，是一个有文艺范儿的地方。

  好饭不怕晚，好春也不怕迟。就像梅花含苞期愈长，花儿绽放时，香气愈加清逸持久，大歇的春天姗姗来迟，但似乎比别处来得更为明艳生动。大歇的春天，是季节的春天，也是历经艰苦卓绝的脱贫攻坚战役之后，迎来的乡村振兴的春天。

大歇岭啊，高过天哪

  大歇村境内，有一座笔陡的山岭，名曰梅岭，岭上有一条梅岭古道。

  这是一条古驿道，是古代官府传递公文、供官员来往的通途大道，是转运粮草物资、传递军令军情的军事要道,还是大别山西南片与东北片之间的重要商业贸易通道,往西南,可以直抵安庆和武汉,往东北,可以直达六安与合肥。旧时,盐、铁和其他生活物资都是经由这条古道以人力运输的。

古道总长约14公里,宽1.2米,以居中的梅岭关为界,呈尖顶形,中间高两头低,道上铺着厚厚的青石板。有人说,古道修筑于明代;有人说,修筑于太平天国时期;也有人说,早在春秋时期,它就是沟通古皖国和古六安国的重要通道。关于古道,村里有很多传说和传奇故事,但具体修筑于哪一朝哪一年,至今没有定论。只知道历史已经很久远了,青石板被磨得光滑如镜面,上面的车辙有1寸深,道旁的青苔厚如棉被。只知道在20世纪六七十年代,它仍然发挥着重要作用,来往行人、旅客、挑夫、商贾络绎不绝,十分繁华,岭头上的客栈、茶亭、粥铺长年生意兴隆。105国道贯通以后,古道渐渐废弛,被茅草和榛莽覆盖,但石头砌筑的梅岭关隘和两侧的石头寨墙还在。石若能言,必定向来此寻幽探胜、访古问今的人,默默诉说古道的历史沧桑,诉说人间的风云变幻,诉说芸芸过客的人生故事。

梅岭又叫大歇岭。

之所以叫梅岭,是因为当年岭上曾经遍植各色梅花,花开时节,香雪漫野飘飞。岭东北边的山涧,名梅岭涧,我至今没有去过,向往已经多年。之所以又名大歇岭,是因为岭既陡峭又漫长,过去挑夫、商贾和行人过岭,走得口干腿软、气短心慌,必在岭头上的梅岭关充分地歇息,洗把脸,喝几碗茶,吃点东西打个尖,接着赶下半程,或者干脆在岭头上的客栈里住一宿,第二天再赶路。20世纪60年代,当时的主簿公社在岭头上设了一个茶水站,为来往的人免费提供茶水,公社每年补助60块钱。

那岭令人望而生畏。大歇乡间民谣唱道:

>梅岭古道,
>
>打一杵,
>
>换一肩,
>
>不怕长岭高过天。

打杵,用栗木或檀木制成,一头有杈,挑货物中途歇息,用来支撑。换肩,把肩上的货物从一个肩膀换到另一个肩膀。民谣说的既是翻越梅岭之难,也是大歇人乐观向上的人生态度。

外来客只是偶尔过大歇岭,大歇人耕田种地、采茶条桑、看牛割草、磨粉碾米、走邻串户以及办红白喜事,几乎每天都要在梅岭古道上来来去去。

大歇老村干刘小平说,他家原先就住在梅岭头上。那里的海拔千米以上,早先有梅岭、同心两个村民组,人口180人,离原来的村部、现在的党群服务中心有两三公里路。当年这两个村民组的居民饭吃不饱,衣穿不暖,路不好走,1992年以前,连电也不通。到村部所在地的作坊里碾一担米,去时挑担子下大岭,回时又挑担子上大岭,一来一回要半天工夫,腿脚软得直打战。

1987年除夕,刘小平作了一副长联,贴在门上:

>家住梅岭大山间,路通沈桥到晓天;
>秋后筹措年饭米,家中照明冒黑烟。

虽是戏作,如今读来仍感悲凉:家住在梅岭的大山之间,门前的古道通往岳西县姚河乡沈桥村,一直通往舒城县晓天镇;秋收之后不久就断粮了,要努力筹措煮年夜饭的米,家中照明,用的还是冒着黑烟的煤油灯。21 年后的 2008 年,罕见的大雪封山封路长达 2 个月,梅岭、同心两个村民组下山买米买油买年货,仍要肩挑背驮。

其实不只是梅岭、同心两个村民组境况艰难如此,大歇整个村子,乃至主簿镇、石关乡一两万人,在 20 世纪 80 年代,仍然普遍食不果腹、粗衣蔽体。高寒山区的田是冷浸田,每一块田都冒泉水,山泉叮叮咚咚固然好听,田里的水稻却经不起冷水浸灌,十年就有九年歉收,还有一年颗粒无收。"青封灾",外人不一定懂得其意思,山区百姓却深受其害:水稻每到含浆成熟时,山里的气候突然变冷,不能成熟,部分或全部封冻成青色。乡间民谣说:

　　扁担靠上墙,家中断了粮。
　　油盐不见面,室无鼠吃粮。

意思是从几十公里之外的主簿镇上买供应粮,一次挑不了几十斤,挑粮食的扁担刚刚靠到墙上,家中又无粮断炊了。家里经常没有油盐,房子里连老鼠都不来。略有些夸张,基本是实情。很多年里,村民以山芋干、南瓜、嫩玉米度过饥荒,相互借油、借盐、借粮、借点灯的煤油,甚至借一两根火柴,勉强度过漫漫日月。三年困难时期,梅岭古道上来往的人常常因为饥饿,走着走着就像木柴一样倒在了路边。

村里人回忆说,1969 年山里发大洪水,大歇泥石流暴发,一户郑姓人家被冲走了三口人,连尸骨都没有找到。村中有一首民谣代代相传:

　　大歇岭,
　　张盛沟,
　　七沟八岭岩石多。

只见高山不见田，

出门越岭又爬坡。

一年只收半年粮，

难娶媳妇莫奈何。

这首歌谣说的是大歇山高岭大沟壑多、农田少良田更少的地形地貌，以及穷山瘦水的生存环境，纯然白描。当年，村里好多适龄男青年找不到老婆，闺女则争着往外嫁，以亲换亲是常有的事，有哪个姑娘心甘情愿嫁到连饭都吃不饱的大歇呢？

衣饭饱暖都有问题，孩子们念书自然也受罪。大歇村党支部书记、村委会主任汪品峰说到当年上学时的事，眼眶都是红的。他念小学时，1.2元的学费都没钱交，是祖父上山采芭茅杆扎条把，换了些碎票子，才入了学。初中和高中，他的学费都是全校最后一个交，还是到外村的亲戚家借的。

人家穷，村里更穷。村里的干部说，一直到20世纪末，村里连办公的地方都没有，开会要到老党员家里，借人家的堂轩开。村集体一个角子都没有，因为修路修渠，还负债好几十万。直到2014年，脱贫攻坚战役打响之前，大歇的建档立卡贫困户还有61户161人，贫困发生率高达20%。

多年之后，听村里的父老乡亲讲述大歇不堪回首的前世，我这个从未饿过肚子的人，也会潸然泪下。大歇人太穷了，大歇人太苦了，他们经受的磨难，是生活在新时代的人无法想象的。

理念一新，遍地黄金

大歇，这个位于安庆市岳西县主簿镇北部的偏远村子，是2004年由大歇和张盛沟两个小村合并而成的。并过村后,全村12个村民组,也只有211户810人,面积却有23.6平方公里,真正是地广人稀。整个岳西县的田地本来就不多,素有"八山一水半分田,半分道路和庄园"之说,大歇村的水田更少,只有460亩,人均半亩。

20世纪90年代以后,随着国家扶贫开发工作逐步推进,山区的生活境况普遍好转,大歇村大多数人家衣饭不愁了。岳西县又引导高寒山区群众调整产业结构,改种水稻为茭白。

"橘生淮南则为橘,橘生淮北则为枳。"春秋时的晏婴在《晏子春秋》里,说的是橘,而不是茭白。幸好不是。

茭白也就是菰,这种作物生长适温为10～25℃,原本不宜于在高寒山区种植。但奇怪的是,将其引种到岳西县的主簿、石关这些平均海拔800米以上的地方,生长得极好。成熟和上市当然要迟一些,更南的南方,譬如上海、江苏、浙江这些嗜好茭白的省市,茭白"乏市"也就是市场断供的时候,岳西的茭白正好填补了伏缺,而且卖的价格更高,行情更俏。大歇村的460亩水田全部种上了茭白,1亩茭白的收入低的有4000元,高的则超过10000元,是种水稻收入的几倍甚至几十倍。再加上气候变暖,茶叶、蚕桑、中药材的收入相比过去,成倍地增加,青壮年外出务工也给家庭带来源源不断的进项。大歇人的平均生活水平一天天提高。

但大歇仍然贫困。2014年,按当时的脱贫标准,大歇是深度贫困县岳西县的六十五个贫困村之一,其贫困程度比他村更甚。

大歇穷在哪里?

穷在山高路远,穷在没有生财之道。这是大歇人之前的观念,也是显而易见的事实。

中央脱贫攻坚动员令发布后,汪品峰和村两委其他成员几经苦思冥想,几经碰头磋商,几经征求村民意见,还是想不出带领全村百姓脱贫致富奔小康的好路子。汪品峰这个带头人,在一次会商中提出:"坐在家里想,不如出门看。"此话一出,村两委一班人纷纷表示赞同。

他们跑江浙沪,跑合肥,跑南昌,也到周边县乡参观学习、调研取经,看人家怎么做。同时摸清家底,想清楚家里有什么。内视外观,一圈下来,众人眼前一亮,心头一振:我们村其实有很多天造地设的自然景观,像古井园、葛公山、六县尖、猪头尖、龟形地、张胜沟、猫石崖、大红崖、大峡谷等等,又有梅岭古道、梅岭关隘、古寨墙、"老三线"502兵工厂遗址这些前人传遗给今人的人文景观,何不利用这些资源发展文旅产业,带领乡亲们走上康庄大道?

头脑风暴一轮接一轮,心头的振奋也一波接一波。村干部、老党员和群众再次坐下来,一起细细梳理了一番:

大歇森林覆盖率达80%,负氧离子丰富,村内多奇峰巉崖,多幽峡深涧,多古木山花,山势崔巍,绿水长流,草木葳蕤。村党群服务中心所在地是古井园国家级自然保护区的出入口,穿村而过的团结河是淠河的源头。青山绿水和清新的空气,是上苍赐给大歇人最大的资源与福祉。

党群服务中心背后的葛公山山腰上,有"老三线"502兵工厂遗址,曾经是生产和储藏军用雷达设施的山洞。兵工厂虽然早就废弃,蝙蝠家族已经巢居多年,但长300多米、面积2000多平方米的山洞保存完好。"三线"故事还在史册和人们口中流传,当年的红色标语尚在,502兵工厂遗址资源是人无我有的特有资源。

村内的红色文化、民俗文化资源也很丰富。中共安徽省委首任书记王步文,1929年7月下旬,到六安、霍山交界的豪猪岭,出席并指导六安县第三次党的代表大会,为六安、霍山总暴动做组织和思想准备,途中经过大歇,曾在村民朱吉恩家借宿,还为他们家写过一幅中堂:"斧头镰刀是开国利器"。山上有红军医院、红军洞遗址,有好几座红军墓,村民家中也有不少红军文物。另外,村里古老的闹花灯民俗传承至今,正月舞狮灯会曾经两次走进央视,被列为省级非物质文化遗产。

大歇过去虽穷,却一直重文崇教。这里是安徽大学的实践研学基地,还是安徽省作家深扎创作基地,是远近闻名的作家村。

这些资源,都是大歇的家底。

理念一新,遍地黄金。原本叫人叹、令人愁的穷山瘦水、长岭高天,忽然就成了独有的资源禀赋,成了大歇干群脱贫致富奔小康的厚实资本与底气。

山水文章,风生水起

想和做,对于有些人是两码事,但对于大歇人,是一码事。

在短短的四五年时间里,勤劳智慧、脚踏实地的大歇人,立足村内的自然资源和人文禀赋,大胆设想,踏实求证,把山水文章做得风生水起。

村两委制订出旨在发展乡村旅游、推进乡村振兴的"五一九目标规划"。所谓"五一九",指在2025年前,把大歇建成AAAAA级旅游村,村集体经济年收入达到1000万元,建成九大旅游产品。这些产品,包括代号502爱国主义国防教育基地、梅岭全地形车穿越主题动力游乐基地、青少年夏冬令营训练基地、企业员工户外拓展训练基地、高山天池水上乐园研学基地、国防军事运动拓展训练基地、高端民宿康养基地、时令果蔬采摘基地、大歇湾峡谷漂流基地。

在做山水人文文章的理念确立后,紧接着他们下了几步好棋。

第一步棋,是做活人文文章,巧用"老三线"遗址,打造以红色文化传承、军事文化体验、国防民防科普为主题的核心文旅项目:代号502爱国主义国防教育基地。通过招商引资,引进安徽省高科技数字文化企业金诺数码科技公司,与村合作投资1050万元,成立安徽省慧岳同创旅游发展有限公司。这一项目依托502兵工厂旧址,融合岳西红色旅游资源,植入AR、VR、多媒体等科技产品,向游客逼真呈现国防教育、"三线"风云、防灾自救等知识,游客可以现场操作,亲身体验。基地采取"村集体+公司+农户"的运作模式:村集体以"三线"遗址、道路、游客中心、停车场、旅游公厕、山场以及其他村集体专项发展资金量化为村集体股份,占股51%;金诺公司以实物、货币、创意、运营等量化股份,占股49%;村集体股份中约有10%属于当地农户,农户以土地、山场、老房子、老物件等资产评估折现入股。以此打造股份公司,激活资源要素,构建经营体系。

大歇村资源变资产、资金变股金、农民变股东的"三变"改革模式,让沉睡的资源活了起来。项目运作仅半年时间,就吸纳本地包括贫困户在内的10多人就业,月工资平均3000元,接待游客2万多人次,实现旅游综合收入150万元,村集体分红收入15万元。

第二步棋,是做活山水文章,同样以"三变"改革模式,引进合肥皖之旅旅行社,与村集体共同投资,成立岳西县大歇湾旅游开发有限公司,建设大歇湾峡谷漂流基地。村内团结河的河道就是一条大峡谷,全长4800米,落差198米,两岸古木参差、巨石林立。去年8月,大歇湾漂流项目正式运行,分为"峡谷丛林漂"和"勇士惊险漂"两部分。前者水势缓,游客随波逐流,轻松愉悦;后者落差大,游客如在丛林探险,场面惊魂。这个漂流项目解决了50位村民就业,其中贫困户10多人,月收入也有3000元,去年5个月接待游客1万多人次,村集体收入10万元。

第三步棋,打造"歇文化"。别人有"慢庄""慢村",有"慢文化",倡导悠闲自在的生活方式,大歇有更进一层的"歇文化"。仍以"三变"改革模式,与客商合作,成立岳西县歇庄文旅发展有限公司,依托村里的老房子,包括作家村在内,开发高端民宿康养项目。

第四步棋,村集体独资成立建筑劳务公司,为道路、水利工程等提供劳务服务,解决了众多村民和贫困户就业。

第五步棋,村集体独资成立生态农业公司,运营光伏电站。平均年发电10万度,村集体年收入10万元。

一个小小的山村竟然有5家公司,组成了推进村集体经济发展的集成电路,让近百个村民在家门口就业。去年,大歇村集体收入52万元,居岳西全县182个村前列。而在几年前,村集体收入还是零,并且负债20多万。如今,大歇村年人均纯收入达到2万元,在农商银行主簿镇支行的人均存款有3万多元,这个数字高于整个岳西县的居民人均存款。

得益于党的脱贫攻坚好政策,得益于坚强有力的村两委班子,再加上大家齐心协力往前奔,曾经贫苦不堪的大歇人终于摆脱了困扰多年的贫困,大步走上了小康路。

村民杨棠民,原来是贫困户,他们家的中堂,原来挂的是"天地国亲师",脱贫后自发换成了"共产党万岁"。

黄发垂髫,怡然自乐

村集体有钱了,村两委得到村民拥护,村两委班子民主测评满意率这几年都是100%。得益的则是全村人民。

汪品峰掰着手指头,历数村里的民生工程和社会事业:

道路组组通,户户通;

路灯在村内全覆盖;

人居环境整治全覆盖,自来水引进家门,旱厕全部改成了水冲式厕所;

公共卫生有专人打扫,垃圾有专人清运;

农户房前屋后绿化全部到位,都成了小花园、小菜园、小果园、小药园和小竹园;

楼房率100%,农户家大多有小轿车;

村里的农家乐和民宿有十几家,客人经常爆满;

梅岭、同心两个村民组整体搬迁到村党群服务中心周围;

成立夕阳红老年协会,对全村60岁以上村民发放养老金。60岁以上发300元,70岁以上发500元,80岁以上发1000元,去年累计发放20余万;

成立希望教育协会,筹集教育基金20万元,对考取研究生的学生给予3000元奖励,考取一本的奖励2000元,二本的奖励1000元,专科的奖励500元,优秀的义务教育学生奖励500元,贫困学生资助500~2000元。

大歇获得安徽省美丽乡村重点示范村、安徽省特色旅游名村、安徽省森林村庄、安徽省作家深扎创作点等荣誉,村党支部先后获得岳西县五个好基层党支部、先进基层党支部、岳西县基层党建红旗村、安庆市基层党组织标准化规范化建设示范点等称号,其他市县级的荣誉奖牌、奖旗、证书挂满了几面墙。

村里的群众普遍有获得感、幸福感、自豪感。大家现在过的日子,就像陶渊明在《桃花源记》里说的:"黄发垂髫,并怡然自乐。"

……

汪品峰这个朴实无华、有头脑、有能力、有作为、敢担当的中年汉子,自2008年回村任职,书记与主任一肩挑,这么多年来,千斤重担压在身上,无一日不在求索、实干。村里人普遍对他的评价是:人品好,做事扎实。大家都把他当作主心骨、贴心人。

汪品峰的人生经历比较丰富。在2008年之前,当过原张盛沟村太平小学的代课教师,做过天麻、茯苓、薇菜生意,办过面条加工厂、工艺被加工厂,中途也当过村委会委员和主任,之后又辞职承包过水利工程。2008年他回大歇一肩挑,既是响应全体村民的瞩望,也是为了实现平生之志:把家乡建设好。

回村那一年,大歇发洪灾,村里的道路全部被冲毁,他把自己多年攒下来的将近30万元积蓄全部拿出来为村里修路。第三年,他谋划新建党群服务中心,改善办公条件。2012年底党群服务中心建成,建筑面积600平方米,上下三层,还建了公园、球场和文化大舞台。接着进行基础设施建设,修通村、通组、通户道路,用3年时间实现组组通、户户通,村庄道路呈环线。整合省级美丽乡村项目和全域美丽乡村项目,改善人居环境,把大歇的美丽乡村建设水平提升到了一个较高层次。这些完成之后,他又提出:要以文化打造大歇,讲好大歇故事。这一貌似标新立异实则具有前瞻性的理念,得到全村干群的认同。

终于,他和村两委一班人带领全村干群,历尽辛苦,让大歇实现了由深度贫困村向典型示范村的美丽嬗变,迎来了发展的美好春天。

2020年12月5日,安徽省委书记李锦斌来大歇驻村三天两夜,与村民同吃同住,宣讲十九届五中全会精神,并开门问策:五中全会提出要优先发展农村,作为村干和村民,作为发展的主体,如何建设社会主义新农村?

开轩面场圃,把茶话桑麻。其景融融,其乐也融融。村中干群面对省委书记的提问,毫不怯场,公说婆道,敞开胸怀,各抒己见。

倾听了父老乡亲们的肺腑之言,李锦斌充分肯定了大歇村在脱贫攻坚战役中取得的显著成绩,特别表扬了革命老区、国家级贫困县岳西县,发扬大别山精神、老区精神,在全省率先脱贫摘帽,取得了脱贫攻坚的全面胜利。接着,他重点谈了对大歇村的三点印象:其一,乡亲们的日子过得有幸福感；其二，村里的发展让人有自豪感；其三，村支部班子有很强的责任感。

古往今来，大歇人从未像今天这样扬眉吐气。翻过的岭，走过的路，受过的穷，吃过的苦，都是财富，都是大歇人战天斗地、敢叫日月换新天的斗争精神的源头，是今日幸福生活的起始。梅岭很高，大歇岭很长。但梅岭再高，也高不过天，大歇岭再长，也长不过脚。梅岭古道边的大歇人，一脚一脚，一步一步，在党的引领之下，豪迈地迈进了新时代。

李叔同当年有诗说："长亭外，古道边，芳草碧连天。"几年前，我第一次来大歇，想起这首诗，以为诗的前三句，就像是为大歇写的。几年过去了，我一次次来大歇，以为李叔同先生这首著名诗篇，还不足以状写今日的大歇。

因为，芳草长亭外，梅岭古道边，大歇人不歇。

因为，凡是过往，皆为序章。

大歇的发展新图册，正在一页页被打开。

古驿新村，含文弘光

大歇，还是一个有人文气质、有历史内涵的村子，是一个有文艺范儿的地方。

四年前，岳西县委宣传部、县文联和县文化委，之所以把作家村放到大歇来创建，就是看中了大歇的文艺范儿。

外地人到了105国道边的大歇村村口，第一眼看见的，是廉政文化长廊。长廊里，村中山水与以廉政为主题的书画作品相互映带。

进了村，一条小溪在党群服务中心左侧逦迤流淌，溪边有一幢古色古香的小楼，上面一左一右挂着两块匾额，"河畔书社"和"民间艺术馆"，是书法名家的手迹。河畔书社里，书香四溢，村人在埋头阅读。民间艺术馆里陈列着上百件花灯。

村内主干道左边，错落设置了用茭白秸秆精心编织的草编，有动物植物，有十二生肖，有人物鞍马。右边是农耕文化园，里面种着大片的映山红。

党群服务中心左侧的山坡上，是家谱文化馆。右侧的山坡上，是一个亭子，名曰葛公亭。背后，有两幢古民居，是作家村，也是民宿，里面藏书数千册，有一部分是岳西籍作家的作品，数一数，有40多种。作家村里，还有两个书画创作室。这几年，省内外的作家、书画家和摄影家经常来村里采风创作，为大歇增添了更多的人文气息。

村里的人也有文艺气质。

一位名叫程修艳的村民，原来是贫困户，脱贫后，专门写了一首赞美党的诗。

今年59岁的老村干刘小平，喜欢作打油诗。这次去村里采访，我和他聊了个把小时，并请他抄录几首自作的诗来欣赏，其中一首是这样写的：

梅岭背靠六县尖，
六县尖上观六县。
撕片白云擦把汗，
就上太阳吸袋烟。

这首打油诗写得很是生动俏皮，也蕴含着大歇人独特的人文精神。这种人文精神流淌在大歇人的血脉中，我粗粗提炼一下，大致是重文、自尊、乐观、进取、不歇等等。

大歇的带头人汪品峰,自幼爱好文艺,也经常写关于大歇的文章。五年前,他还主持编印了一个内部资料性质的小册子,叫《大歇九章》。光看这个小册子的名字,就知道与屈原有关,有来头,里面的文章也很古雅。小册子分九个章节,详细地记录了大歇的前世今生。当年我第一次到大歇,见到这本书,很是讶异,也生出对大歇人的敬重之心。这次去村里,汪品峰委托我找行家,在《大歇九章》的基础上,重新写作编撰,添加新内容,找出版社正规出版。

"质胜文则野,文胜质则史。文质彬彬,然后君子。"这话是孔子说的,收在《论语·雍也》里。大意是,朴质多于文采,就不免粗野;文采多于朴质,又不免虚浮。文采和朴质配合适当,这才是个君子。这话用在大歇,我以为很贴切。质是内在,是梅树,是禀赋,是民风;文是风度,是梅花,是文采,是气象。所谓君子之风,亦质亦文,文质兼美,山高水长。

古驿新村,含文弘光。美丽的村子到处都有,既美丽又有人文气质、有历史内涵的村子并不是随处可见。呵护山水,盘活风景,以文为心,成风化人,大歇内外兼修、文质彬彬,美好的未来亦可知矣。

回程的路上,想到人们常说的一句话:文化搭台,经济唱戏。大歇目下就是如此。转念一想,这只是发展的初级阶段。在发展的高级阶段,这话里有两个词要调换个位置:经济搭台,文化唱戏。

心中以此瞩望大歇,期许大歇。

阜阳篇

永远的庄台

庄台,是地域文化符号,是蓄洪区人民的共同记忆。

——题记

李东英:死都忘不了党

我84岁了。在我们西田坡庄台,有两个男老人,一个100岁,一个90多岁,女老人算我年纪最大。我有大名,叫李东英。哪里人?李寨庄台的,不远,五里路。嫁到西田坡60多年了。我记不清发过多少回大水,每次大水一来,就把庄台围住了,庄稼地也泡住了。一个个庄台的人都站在庄台上看汪洋大海,等着水退,是常事了。

80多年,酸的苦的辣的,都吃尽了,没想到,最甜的留到最后我尝到了。实在没想到,老了老了,国家管我吃的,管我喝的,连吃药都不用花钱。脱贫的好政策,我全部享受到了。加上孤儿救助,低保,养老保险,贫困户医保也不用自己交,政府一年能给我一两万元,够吃够花够用。我和我孙女全是共产党养活着,我死都忘不了党。

我9岁没了爹,我孙女9岁也没了爹。俺娘俩的苦命一样的。我没了爹后,跟着娘过苦日子。大水来了,大风赶着大水,大水卷着大浪,没日没夜地朝庄台上抓土,一抓一大把,抓得人心惊肉跳的,生怕夜里醒来,庄台全被水泡塌了。俺有个姐,扎着两根辫子,蹦蹦跳跳的,庄台边的泥巴一嘟噜,俺姐就被水扒走了,没有了……

唉,瞧我,老说过去。过去不好,现在好,现在我过得啥都不缺。我常跟我老头唠叨,你在那边放心吧,我过得好着呢。我以前老想着早一天去会你,现在要推迟会见了,我可不想早走,好日子才开始呢。

我嫁给我老头60多年了。那时候流行吃大堂食,我就挎个包袱嫁过来了。哪见过面啊,李寨庄台离西田坡不远,那也不能见,要是让人知道了,多丢人哪。俺这里不说媒人,"媒"字不好听,说红人。红人上门一说和,俺娘就同意了。听说比俺还小1岁呢。是秃是麻是聋是瞎,俺认命。哪有彩礼啊,就送一套薄片子衣服。啥是薄片子?花洋布啊。我喜欢穿素,那套衣服是素花的,藏俺箱底不少年头呢。老头人还可以,对俺好,就是家里太穷。俩弟兄,俺家老头是老大,庄台上就两间泥趴趴屋,俺两口子住一间,一到下雨天就漏雨,俺二人,一人蹲一个屋角避雨,叭叭响的雨点子,敲得人心里直发颤。

一晃几十年,庄台人的日子就是这样过的,丰年够吃,贱年就要饭。去淮河南要,南乡里不发水,日子好过。这些年,也没少吃国家的救济,只要王家坝一拔闸,哗啦啦,水就来了,庄稼就淹了。回回都是淹快熟的庄稼啊。庄台人习惯了,舍小家保大家,老百姓个个心里清楚着呢。不是自夸俺们觉悟高,你问问咱圩区的人,哪个不懂啊!上游的河南省,下游的江苏省,还有咱省里的,淮河边的那些大城市损坏一个角,都比咱庄台值钱哪。

我老头叫刘清朗,结婚后,学了一门理发手艺,几个庄台子的人,头都交给他啦。后来因为稻田水的事,被人打了,眼打瞎了。那时他才39岁。家里担子就压到我身上了。农闲时,我挑着红芋片,走200多里路,去北乡里卖,也去南乡里担稻子回来卖。不然,一家五个孩子,日子怎么过？

三个女儿有嫁远的,也有嫁近的。最近的女儿在康台子,离这不远。女儿们也是几十岁的老人了,各顾各的,家家有难处,顾不了我。大儿子排行第二,去淮河南做了上门女婿,媳妇又跑掉了,他又养老的,又养小的,顾不得我啊。有个小儿子,是个仁义的孩子,可惜死早了。如果小儿子不死,我家日子没这么难。小儿子属猴,生下来好好的,2岁时,就会说话了,想要东西吃,就伸手说,拿。半夜起的高烧,就是不退,先抱到曹集医院治,还是不退烧;又抱到阜南县医院,住了七十天,还不管用,昏迷了,准备扔掉时,儿子又活过来了,就抱回家,不治了。儿子慢慢好了,能走路,会干活,就是哑巴了。咋知道他哑巴呢？要吃啥,不会说拿了,就光伸手啊啊叫。

小儿子除了不会说话,啥都难不倒他。没文化,心巧,跟着他姐夫去常州、宁波打过工,挣过钱,现在我住的这带楼梯的屋子,就是小儿子挣钱盖的,家里的电灯开关啥的,也是小儿子装上去的。

咋有的媳妇？说来也巧,有个要饭的,也不知哪里的人,精神不太正常,庄台的人给领到俺家门口说,给哑巴当媳妇吧,也能留个后。俺就同意了。小儿媳妇长得不孬,大高个,不会干农活,解手也不背人,白天晚上就喜欢瞎跑。我就在后面跟着,她跑到哪儿,我跟到哪儿,怕她跑丢了。后来有喜了,就住在康台子俺小闺女家,让俺小闺女照顾着。生下孙女后,回到庄台三四个月,又跑了。俺南里北里找了几个月,没影了。一直到现在,俺还巴望着俺小儿媳妇突然回来了,让俺的孙女有个娘啊。

小儿子去世时,俺孙女正好9岁。现在15啦,初中生了。俺爹去世时,俺也9岁。俺跟俺孙女说,咱娘俩的命一样,都是9岁没了爹;你比奶奶的命还苦,你连亲娘也没有了。小儿子小脑萎缩,肯定是小时候留下的病根,突然就不行了,走路不稳,好摔倒,没法干活了。合肥的大医院也治过,治不好了,钱也花个精光。回家没多久,小儿子就死了。家里就剩下俺和俺孙女俩人了。一老一少,俺又有病,日子怎么过啊!

这时候,国家给俺送来了扶贫政策。和当年发救济不一样,这回是精准的。俺开始不知啥叫精准,直到扶贫干部来到俺家,一针一线都问得细细的,俺才知精准到什么程度。俺年纪大了,小儿子没了,孙女又小,心里受的打击没法说。扶贫干部就问俺收入靠啥,吃水咋吃,吃药咋办,叫俺心里有啥想法都说出来。俺一五一十说给扶贫干部听。俺家是平房,有个楼梯,通到上面的屋顶,庄台地方小,屋顶可以晒粮食晒柴火。楼梯又窄又陡,还没有栏杆,俺回回都是偎着身子朝上挪,有一回还从楼顶上摔下来了,掉在屋后菜地里,没摔死,算命大。俺身上有好几样病,肺气肿、肺心病、脑梗,哪一样病都要吃药,靠药保着,吃不起啊!俺孙女没了爹,丢了娘,不能当文盲,得有书念。俺那时快80岁了,庄台下面的地也种不动了。总之,俺遇到的全是难事。扶贫干部说,不用担心,先给俺建档立卡,再把难事一件一件解决了。俺没文化,啥都不懂,扶贫干部说,不需要俺动手,他们全部帮俺办好。没想到,精准扶贫把俺的啥难事都解决了。扶贫干部再到俺家时,送俺一个贫困户的红本本,上面写了好多项,扶贫干部就念给俺听。俺才知道,俺吃了低保,俺孙女有了孤儿证,年年拿孤儿救助金,俺还有养老保险,还有贫困户不用交钱也能享受的医保,七七八八加在一起,政府每年给俺家2万块钱,够吃够花够用。政府还给俺的楼梯焊上了不锈钢扶手,楼顶上还安了门,又把俺家汪水泛潮的地板铺上了新地砖,还买了新衣柜,屋里的墙也重新粉刷了,像栋新房子。俺家的几亩地,都是行政村包点干部帮着张罗,让俺种经济作物芝麻,种芝麻比种稻子收益大,庄稼季时,不用俺操心,都是村干部帮着联系机子收种。俺孙女在曹集镇上学,有电瓶车骑,早出晚归,回家就扫地、做饭,可会照顾我了。我跟俺孙女说,咱娘俩好好活,有国家养着,咱怕啥？扶贫干部三天两头到俺家看我，还带着其他领导过来，有个女干部，干净雪白的，又有文化，她一来，就给俺孙女讲课文，辅导作业，还跟俺孙女谈心，叫俺孙女要坚强。现在，俺孙女性格开朗多了。

2020年农历五月三十，淮河涨水了，王家坝又拔闸了。哇哇叫的洪水，很快就把庄台围起来了。俺心里担忧啊，俺已经脱贫了，这一泡水，庄稼颗粒无收，不是又返回去了，俺又成贫困户了？包点干部到俺家看俺，说，不用担心，国家有赔偿，稻子是稻子的赔偿，芝麻是芝麻的赔偿。俺就放心了。水还没退呢，国家给俺的赔偿款就到了，比土地的实际收成还多呢。

水还没退净时，庄台上的人都说，中央要来个大领导。农历六月二十九，这个日子俺一辈子不能忘。没想到习总书记到俺西田坡庄台来看望大家了。那天庄台子可热闹了，全庄台的人都出来迎接习总书记。俺也去了。俺平常怕摔着，都挂着拐杖，那天，俺把拐杖丢一边，把头发梳光溜，穿戴得齐齐整整的，俺要让习总书记看看俺的精神面貌好着呢。离老远，俺一边走，一边朝习总书记说心里话，俺说，习总书记，您那么忙，离得又远，全国人民的心都要您操哪，咋有空到俺庄台来了？您不用担心，您制定的扶贫政策好啊，现在党照顾着俺呢，政府照顾着俺呢，俺活得要多好有多好，您尽管放心吧。

王今桂：总得为庄台做点啥

我是土生土长的西田坡庄台人。西田坡庄台是1953年建的，比我年龄大，我今年整60。说老不老，说小也不小了。从60岁朝上数，在西田坡，我算高学历的，1982年的高中生。乡村知识分子？哎呀，哪是啊！我就是一标准的农民，蓄洪区住庄台子的农民，要说和圩区外的农民有啥不同,就是日子过得比他们饥荒,见到的大水比他们多。

算算从我记事起,见到过多少次发大水? 从1954年到2020年,王家坝闸累计13个年份16次开闸蓄洪,其中2003年和1991年两次开闸。我记忆深刻的是1968年、1969年、1971年、1975年、1982年、1983年、1991年、2003年、2007年、2020年,拢共有10次。去年的大水,是王家坝时隔13年后又一次拔闸放水。我们这里习惯把开闸说成拔闸。淮河的水涨得装不下了,王家坝就得拔闸,王家坝的闸一拔,蓄洪区的四个乡镇18万亩良田,就全部被水淹没了;蓄洪区的湖心庄台,都成了漂在水上的航空母舰。

记忆最深的是1968年的那场大水。我刚上小学,还不太懂事。那时候庄台子还都是土垒的,没现在大,东西长70米,南北宽60米。现在的西田坡,东西长100米,南北宽80米,长和宽都增加了,高度也增加了。1971年西田坡加固了一次,1991年蓄洪过后,全部加固加高了,庄台坡上还扣上了水泥,不怕被大水泡水浪抓了。记忆中,1968年的那场水最大,雨也下得大,像洗脸盆子从天上朝下倒水,连着多少天不停,淮堤就决口了。在决堤前,住在庄台上和庄台下的人,差不多都撤离到安全地带了。我爸当时是西田坡的生产队队长,主动留下来陪着来不及撤离庄台的人守在庄台上。我也没有走。没想到淮河决堤了,水势那么大,涨得那么快,居然超过庄台2米还多,一下整个庄台的房屋全倒了,成了烂泥巴。逃也逃不了,待也没处待,大人站在水里,我骑在我爸肩上,还是不行,水还在涨,眼看着都要没过头顶了。我爸就急中生智,带领大家抽出来倒塌屋子的檩条,朝庄台泥地上一竖,再用别的檩条从两头架着,用麻绳绑了,就搭成了一座座简易的木头塔,大家就抱着木头,趴在塔上面。两天两夜,不吃不喝,我就一直抱着木头趴在那里,直到有船过来救人。那是我一生中最难忘的事。

上面也在想法子救受水围困的人,飞机空投下来许多好吃的,就在曹集的安舟港那儿,一摞摞的鏊子馍,被船运过来,一家分两张,算是救了命。后来水退了,我爸带着人从倒塌的生产队仓库泥窝里扒拉出来没被冲走的麦子,已经泡烂了。庄台上的人全部吃烂麦子,吃了几个月。那个味道,没法形容多难吃。烂麦子也不够吃,还要掺上野菜,庄台上的碓窑子是大石头疙瘩,重,没被水冲走,各家的小孩排着队,用碓窑子舂烂麦。救济的红芋片也各家分点,在碓窑里舂,舂好朝外舀时,碓窑里粘有红芋片渣,我们小孩子都伸出舌头舔得干干净净。

我再跟你说说我挨饿的事。在阜南上高中时,每周回家一趟,回回我都步走,抄近路,也有50里地,我得走4个小时。下了晚自习回家,走到半夜到家。近路两边都有坟岗子,我也不怕。那时候就怕活的,哪怕死的?那回还有三天才能回家,我只有2分钱了,三天的伙食怎么办?食堂有馍有饭,买不起啊。我想了许久,就上街买了一斤萝卜。正好是2分钱一斤。萝卜不大,指头般粗细。我每天就吃拦腰一顿饭,三根萝卜,吃过萝卜再喝一肚子井水,就饱了。啥叫拦腰一顿饭?早晚不吃,中午的那顿饭,就叫拦腰一顿饭。一斤萝卜,真就撑了三天。

1982年高中毕业没考上大学,我本来想再复读一年的,但家里太穷了,加上我爸生了重病,我就回家种地,农闲时就骑着自行车,带着我爸到处看病。听说哪里的医院能治,就到哪里去。最远的去过淮北,几百里路,我骑车带着我爸,没日没夜地赶路,也不怕苦。但家里花光了钱,还借了债,我爸的病也没治好,1985年,他就去世了。

我是1983年结的婚。急着结婚,也是想给爸爸的病冲冲喜。爱人是淮河南的河南省固始县往流镇的。她有个亲戚在我们这边庄台,她走亲戚时偷相过我,红人一说,她就同意了。那时候真穷,彩礼给不起,岳父是老八板的旧式人物,得做个样子吧。就托跑船的到淮南城里买了四件衣服,又在焦坡酒厂买了散装酒,分装成四瓶,每瓶只有半斤。幸好岳父宽容,亲事就算定下了。

回想这几十年,除开发大水的自然灾害,造成我家穷的主要原因就是一个字:病。当年我爸生病,我们家穷得叮当响,上高中连饭都吃不饱。我爸过世后,我正年轻,为了这个家,拼着命干活,但庄台下就那么多地,还三年五载遭一场王家坝拔闸发洪水,只能解决温饱。从1996年到2004年,我辗转到阜阳打工,给一家公司管过账,还做过酒店会计,挣了一些钱,翻盖了庄台上的房子。我爱人除了管好家,带好孩子,也能挣钱,她炸油条,在周边的庄台上卖。就这样,我们家慢慢有了起色。没想到,我小儿子又病了。

这是2006年的事。我有三个儿子,他们陆续长大了,都在外面打工挣钱。庄台的人,不跑出去打工,蹲家里是没钱可挣的。这年小儿子刚满18岁,初中毕业,像小树苗一样,刚刚长成。没想到,他得了白血病……这事不能说,一说我心窝子就疼……家里能拿出的钱,全部拿出来了;能借的亲戚,都借了个遍。这个病花钱太多了,最后是人财两空。小儿子去世后,我们两口子都倒下了。

或许是受到的打击太大,我身体一下垮了,患上了糖尿病,一天药都不能断。现在我每天要打两针胰岛素。紧接着,我老伴也得了冠心病,我又带她去武汉做手术。因为身体原因,我不能再像年轻时那样去拼,这个家,眼看撑不住了。因为疾病,我们成了西田坡庄台最贫穷的人。

这时候,扶贫干部来到我们家,经过细致调查走访,确定我们家是因病致贫的特困户。建档立卡后,还给我们办了低保,"两不愁三保障",全部达到了,连每年交医保的钱都免除了。现在我们两口子,吃药打针只花很少的钱,经济能力完全可以承受。我家里的5亩地,全部种经济作物芝麻,国家还有贴补,比种稻子收入高多了。2019年,我家成功脱贫。想想我家几代人,因为疾病,受穷受罪,到了我这里,有病就不用犯愁了,不再受穷了,国家给包底了。

2020年的7月20日,淮河又遇险情,时隔13年,王家坝再次拔闸放水,庄台子再次被洪水围困。我心里惦念着庄台下庄稼地里的芝麻,要说不心疼,那是假话。有人去抢自家鱼塘里养的鱼,有人去逮鸡圈的鸡,有人打捞承包水面的芡实。能少损失一点是一点。我家的芝麻没法抢,还没熟,眼瞅着它们泡水。王家坝拔闸三天三夜,蓄洪区成了汪洋大海。快退水的时候,没想到,习总书记到庄台来了,到我们西田坡来了,而且专门到我家里看望我们一家人。这是老几辈都没有的幸福事啊。在外打工的儿子一家也回来了,总书记就坐在我家堂屋里,和我们全家拉家常,问我们大水围困庄台时,生活怎么样,有没有水吃,有没有米面。我如实向总书记报告:庄台上有自来水有变压器,吃喝不愁;米面菜蛋油啥都不缺,生活物资天天有专人坐船送到庄台的各家各户。总书记还问我的病情怎么样了,还专门查看我家的厨房,冰箱里都储存了哪些东西。我把贫困户本本给总书记看,我说,请总书记放心,我家已经脱贫了,但政府仍然让我们享受贫困户待遇,一切都不用愁。

想起来怪不好意思的,我一个高中生,也算识文断字的人,咋就这样光靠国家养活呢?我寻思着,除了种好承包地,总得为庄台做点啥。思忖良久,我想,我要发挥我的长处。我有文化,对庄台几十年的变迁了解,我要向更多的人宣传庄台历史,宣讲庄台几十年的变迁和庄台人的奉献精神。以前庄台是土垒的,现是都扣上水泥了,修了柏油路了;以前庄台是屋挨屋,墙靠墙,有句顺口溜是这样说的:出门一堵墙,抬头一线天;下雨泥满天,垃圾靠风撵。现在庄台大变样啦,家家安装了自来水,房与房之间都有空场了,菜园、活动广场、公厕都建起来啦。我要把庄台的今昔变化告诉更多的人,让来西田坡参观的人们知道蓄洪区人的奉献精神和吃苦耐劳精神。你瞧瞧这个是什么？这是粮斗,民国年间的老物件,能盛二十斤粮食呢;这个是升,也有年头了,可以装十斤;这是坯模,当年庄台上建房屋,坯模可发挥大作用,家家屋子都是靠脱土坯垒建的,这个坯模功不可没呢。我已经把我家的堂屋建成一个庄台陈列馆,现在我已经收藏了不少老物件呢。我要收藏庄台人的记忆,让走出庄台的人回归故乡时,能找到儿时的记忆,聆听到祖宗的声音。

你看我这间饭厅,正对着下面的田野,是个观景房呢。在庄台参观累了渴了,就在这间厅里喝茶吃饭,还能欣赏风景。再瞧我家的厨房,还是土灶台,锅盖是高粱莛子做的,有 20 年了。都是老物件。我要让来西田坡参观的人们,看着老物件,使用着老物件,倾听着老故事和新故事,倾听世世代代的庄台故事。

郭华平:人恋故土虎恋山

今年我 68 岁,别看我身体有病,算账可是门儿清。我就念两年半的书,跟文盲差不多。早先我做粮食生意时,全靠口算,一笔一笔都在我脑子里写着,哪家多少斤,多少钱,账可结清了,还欠多少,一报一个准。

常言说,人恋故土虎恋山,南里北里打工,到老了,还是朝家门口奔。走千走万,不如淮河两岸;淮河两岸,数俺庄台子稀罕。为啥说庄台子稀罕？全国有多少像我们这样的庄台子,有多少像我们庄台人这样的生活？应当不多见吧。

住在庄台的人,有一样和别处不同,就是涨大水。俺淮河边不缺粮不缺米,也不缺大水。大水一涨,那就啥都缺了。

哪场水最大？1968 年的那场水,大雨连着下了七天搭八夜,淮河决了堤,就是曹集西边的淮堤,我们叫小龙窝。哇哇叫的淮河水,从小龙窝那里轰隆隆扑过来,高昂着水头,直朝庄台上抓。那时候都是土堆的庄台,不禁泡,不禁抓,看得人心里发颤哪。来不及撤走的人,住庄台下的,就朝庄台上搬。没想到水太大,淹没了庄台,人站在庄台上,水到腰窝深,很快就没过了头顶。没办法,大家就用木头搭架子自救,庄台泡软糊了,木头一插,搭个三角形,人就变成了鸟,钉在上面。我当时 16 岁,趴木头架子上两三天,雨还不停地下,就在头顶举着锅盖挡雨。锅盖是高粱莛子编的,雨打在上面啪啪响。

我记得很清楚,那年是农历六月初一涨的水。50 天后水才全部退出去,庄稼地露了出来。哪还有啥庄稼,地都成白板了。全队的人没吃的,靠救济的红芋片,掺着野菜来活命。队里的牲口不能挨饿,少一口都不行,掉了膘,咋拉犁拉耙呢？那时候哪像现在,耕种都是机械化,那时候种地全靠牲口。大队干部召集队里的劳力,要选派几个人外出放牛。我也报了名。当时我年纪小,全劳力的活干不了,放牛还行。就这样,农历七月初,我们一行六个人牵着大队的十三头牛,背着被子,带着锅碗瓢盆,揣着曹集区开的盖着大红印章的介绍信,就去淮河南放牛了。

过了淮河,南岸就是河南省固始县地界了。曹集的王堌是渡口,我们就从那里坐船。人坐渡船过河,十几头牛就直接凫水过去。在水里跑得比渡船还快呢！过了淮河,牛上到岸上,甩着尾巴等我们。牛是真懂事,真乖。为啥要去淮河南放牛？淮河北受淹这么厉害,哪有草啊,淮河南没受灾,水都淌到我们濛洼了呀。我们蓄洪区为上游做出了牺牲,我们受灾了,去他们那里放牛,也是没办法的事。看到介绍信,他们就会管吃管住。我们一般都住生产队的房子,自己支锅做饭,他们给粮给面给柴火。我年纪小,做饭不行,就负责放牛。那段日子真好啊,我现在做梦还梦到过呢。庄稼地边儿、河沿上,青草长得正旺,牛张开大嘴,咔嚓吃一口,咔嚓吃一口,吃得那个香啊。就这样,我们一边走一边放牛,一直走到100多里地的固始南段集,整整放了两个月的牛,算着要犁地种麦子了,才打道回庄台。

我这人吧,有时喜欢回顾人生。就说我们庄台人的人生吧,那就是和别处不一样。一个字,穷。再穷也穷不过圩区庄台的人。以前,条件不允许,不能家家都住庄台,一般是孩子成家了,庄台就留给孩子住了,老人就住庄台下面。来水时,老人就跑上来挤着住,水退了,再回庄台下。庄台下的房子肯定被冲没了,那就和泥重新再垒。土坯房,冲倒不心疼,垒起来也快。

庄台人日子穷咋办呢?想办法搞点生意来做。我就南乡北乡跑着倒腾粮食卖。黄豆换大米,大米换黄豆,来回倒腾着卖。冬天就从固始驮回两百斤大鱼来卖,辛苦是辛苦,但能挣钱。有一回,拉了一架车黄豆,送给阜阳的榨油厂,朝回走时,天黑透了。实在累得不行,就趴在架车上睡着了。还是被天上的雨砸醒的。下雨,泥巴路不好走,就把架车子放王店集熟人那里,连夜走回家来了。想想那时候年轻,生龙活虎的。后来打工的多了,就去城里打工了,学了一门手艺,盖楼房时给水泥板支壳子。去的地方不少呢,也算开了眼界了,北京、南京、苏州,都去过。上了年纪后,就回来了,守着庄台,哪里也不去了。

或许是年轻时太累了,后来身体就不行了。胸膜炎,老病号了。有一回犯了,去固始抽水,医生让住院半个月,哪能住得安心哪!家里有两头牛,还点了西瓜,麦子也要熟了,急人哪。住五天院就回来了。没想到就落下老病根了。我老伴身体也不行,脑梗,心脏也不好。儿子们都搬走了,住曹集保庄圩了,庄台上就住俺老两口。我恋庄台,我也喜欢种地。

因为我和老伴都有病,住院加上长年吃药,变成贫困户了。我们是2016年建档立卡的,2018年就脱贫了。我虽然身体不太好,能干啥还坚持干。扶贫干部问我想干啥,我说我喜欢土地,那就在土地上多收益,种西瓜。连我自家的地,带租别人的地,我一共种了18亩地的西瓜。国家对贫困户有政策,有资金方面的扶持,我不怕,干起来没有后顾之忧。现在我脱贫不脱政策,更没有后顾之忧了。

谁想到又来一场大水。王家坝13年不拔闸,俺们可是一天也没忘过大水。虽然做好了思想准备,大水真来了,18亩地的西瓜都被淹了,还是心疼得很。虽说国家给予了经济补偿,但地是我包别人的,谁家的地,补偿款就给谁,我家只有4亩地,我得了4亩地的补偿,我种西瓜的成本都没收上来。

事后我就想开了。发生了水灾,国家多难,要损失多少钱财哪。我自家的这点损失算得了什么?这些年,国家实施脱贫攻坚,在老百姓身上花了多少钱哪。国家给你钱你笑眯眯,国家有难你就袖手旁观,一心只想着自家的那点利益,厚道吗?

我不是有意夸自己觉悟有多高,这都是心里话。人得有公心。我不但自己想通了,还帮着村干部做别人的思想工作。咱庄台的人,咱蓄洪区的人,咱濛洼的人,全国人民都知道,我们是最能奉献、最能吃苦的人。

你瞧,庄台下不远的那一大片地,就是我种的麦子地。再过一个多月,气温上升了,淮河湾的风就暖和了,小麦就开花了。丰收就在眼前哪。我今年还会包别人家的地种西瓜,有多大的能力就使多大的劲。扶贫先扶志的意义是啥俺不懂,俺只知道,俺年轻时就立志让家里人的日子过富裕些,我就南里北里地贩粮食;现在上了年纪,身体不行了,志不能没有,我还是尽最大的力量,能给国家减少负担就减少负担。志在哪里?对我来说,我就是好好种西瓜。俺利民村西田坡的西瓜,包你好吃。

郭西胜:有政府撑腰我怕啥

我喜欢牲畜,小时候,我家老头给生产队喂过牛,我常常到牛屋去玩,帮着淘草、拌料,跟牛有感情。分田到户后,我家就买了一头牛来喂,主要是用来耕地。后来我看到养肉牛也能赚钱,就学别人的样,把种责任田积攒的一点钱,加上外借亲友的钱,就到曹集牛市买了三头牛来喂。大牛生小牛,小牛成大牛,喂了几年,还别说,赚了一些钱。我就想发展大一些,又买了两头牛,加一起,一共喂了七头牛。

咋没成为养殖大户?说来话长。首先,实际条件不允许。我家住的这个庄台叫大庄子,就在淮河大坝上,属于淮堤庄台。庄台面积有限,没办法把养殖场做大,这是一个原因。另一个原因,我养牛的热情有,但技术不行,防疫工作做得也不到家。解决不了牛生病问题。先是一头牛病了,接着几头牛都病倒了。请兽医上门,花钱买药,给牛打针,牛的病情也不见好转。当时条件差,牛栏小,想把牛分开养,现实不允许。到最后,七头牛陆续死掉了。我养牛,算是失败了。

念过书没有?也算识点字吧。我今年69,是曹集中学的老高中生。肚里的那点墨水,早就交给庄台子下的庄稼地了。年轻时想法真不少,也去外面打过工,见过世面,想着咋样能把日子过好。可是,几年来一场洪水,几年来一场洪水,你想富裕都不可能啊。你不知道大水过后的庄稼地,哪还像庄稼地,到处是淤泥,还有垃圾,庄稼都淹死完了。多少年了,总要循环往复地"从头再来",习惯了。

没想到,上了年纪后,不外出打工了,在家守着几亩薄地,日子过穷了,成贫困户了。我真不乐意当贫困户,觉得挺丢人的。扶贫干部来到我家,说,老郭,贫困不可怕,现在国家有扶贫政策,你掏心窝子说说,你想干点啥？

我想了好大会儿，在心里反复琢磨，我想干点啥？我还能干点啥？我家是2015年建档立卡的贫困户，那时候我也60多了。我就从我自身条件来想，我能干点啥，我的身体状况允许我干点啥，才能早日脱贫。陪同扶贫干部的利民村支部书记郭西军说，你有文化，以前还养过牛，不如就做养殖吧。我听后，连连摇头，不行不行，张嘴的东西不好养；再说，我以前养牛，是以失败而告终的，现在上了年纪，体力也跟不上，没法养。有一个理由我不好意思说出来，那就是养牛的本钱。这可是个大数目，要做牛圈，要买牛。一头牛少说都要一万好几，我一个贫困户，哪有买牛的钱哪。虽说国家制定扶贫政策，解决了我们的实际困难，让贫困户享受到"两不愁三保障"，让我们享福了，生活不困难了，我还张口问国家要钱养牛吗？

好像读透我心里咋想的似的，扶贫干部说，郭西军书记的建议好，老郭你就养牛呗，本钱不成问题，精准扶贫项目里有专门针对贫困户的小额无息贷款，5万元，足够你养牛的启动资金了。

就这样，我拿到了政府资助的5万元小额无息贷款。这一回，我要做有把握的事。在买牛前，我先到蓄洪区外面的养殖场学习养殖技术、防疫措施、科学的饲养方法，回来后，花2.7万元买了一公一母两头牛，又在紧挨着屋子的后面建了两间牛圈。就这样，我成了庄台率先做养殖的贫困户。

2015年开始养两头牛，2016年底，公牛长大了，出栏了，一下赚了1万元，当年就脱贫了。上面说，脱贫不脱政策，你只管大胆养殖。我想想也是，有政府撑腰我怕啥？就大胆按自己的设想朝前走了。我又买了一头母牛。先前买的母牛生了小牛犊，一下子，我牛圈里有了三头牛。母牛生的小牛我留下养，公牛养大了卖掉，母牛留下来生小牛，就这样，从

2015年到2020年年底,我一共卖了六头牛,不但还上了5万元的小额贷款,手里还有了余钱。现在我的牛圈里还有八头牛,其中一头大公牛再养半个月就出栏了,能卖2万多块呢。经过这几年的养殖,我真正尝到了养牛带来的经济收入,也找到了人生的乐趣和价值。

说到养牛的体会,能跟你说两天不重样。就说预防吧,我自己就会给牛打预防针,到时间就打,这都是从老养殖户那里学来的,也是镇畜牧站的专家教我的。养牛要细心,牛就像家里的一口人,天变冷了,你要细细观察它的变化,可感冒了,可吃撑了,可能正常倒沫了,任何一个细节都不能忽视。母牛快生产时,我不放心,就睡在牛圈里看着,一有动静我就起来拉亮灯查看。有一回,一头大公牛快出栏能卖钱了,早上我去喂料,发现它趴着不起来,我以为它懒惰,细细一看,嘴里不倒沫了,身子滚烫。原来是病了,夜里摔倒了,就起不来了。我查看了一番,觉得问题严重,就赶紧去请镇上的兽医,花了一千多块钱才治好它。

喂牛是个辛苦活,要起早。牛一天喂两顿就行了,早上四点钟喂一顿,下午三四点钟再喂一顿。草料不缺。我自己有7亩地,秸秆全部喂牛,不够的,就从邻居地里拉。都是免费的。我平常喜欢攒些秸秆,怕有个啥事,缺饲草,秋天我会拉一大垛花生秧、豆秸秆红芋秧,留着冬天喂牛。你看后面堆放的,还有一大半没吃完呢。幸亏我喜欢攒饲草,去年涨大水,我就不惊慌,不怕牛没的草料吃。

牛圈也没敢盖大,不光是大庄的淮堤庄台场地紧张,我年纪也大了,太多的牛,我喂不了,精力跟不上,太操心了。我这个牛圈,满打满算能养十五头牛。再多,装不下了。现在我栏里有八头牛,半个月后出栏一头公牛,母牛还会生下一头小牛,这样,不多不少,还能保持八头牛。今年我打算再买一头母牛,到明年,母牛再生小牛,圈里的牛会增加到十二头。我就保持十二头左右,这样我体力能跟得上。

我不光靠喂牛赚钱,我的7亩地也不闲着,有5亩种植马铃薯,属于经济作物,上面还有补贴呢;2亩种稻子当口粮。没想到,老了老了,我成了养殖户了。年轻时想当养殖户的梦想,老了老了实现了。不是有意说好话给你听,凭良心说,如果不是政府在后面给我撑腰,我还真不敢养牛呢。我怕失败了血本无归。

最快乐的事,除了实现了当养殖户的梦想,致富奔小康的梦想,每次放牛时,就像神仙一样快活呢。就在庄台下面的淮河滩里放牛,草肥,又嫩,牛爱吃。现在朝西的淮堤围起来了,主要是保护濛洼中心水厂取水口的水质安全。朝东走往曹集方向的河滩,还能放牛。赶着牛,晒着太阳,看着淮河水哗哗哗朝东流,淮河里的大船一艘艘朝西走朝东走,来来往往,俺心里就舒展,就想,俺的日子可不就是淮堤庄台的神仙吗?

啊,可有放牛歌?那咋没有?打场的能唱打场歌,扬场的会喊扬场歌,俺也能哼几句淮河滩上的放牛歌:

> 举起鞭子把牛赶,
> 开口唱起芒种芒,
> 三月风景美如画,
> 五月金满大地黄,
> 七月大豆开白花,
> 九月稻子归了仓。
> 只要老天不涨水,
> 粮满囤来谷满仓……

郭西军：我这淮河楞子，当村书记，值了

我是2018年8月份担任利民村村书记的，到现在还没满3年。之前我是村委会支部副书记。毫不夸张地说，我当书记这两三年的经历，是我近60年的人生当中，难点最多、喜点最多、苦中带苦的几年。每次回想起所经历的点点滴滴，我都会热血沸腾，思绪万千。说心里话，这几年当村书记，值了。

疫情防控这一块，我不多说了。全国许多地方的乡村，都经历过这个过程。我就说说去年的那场大水。2020年，王家坝闸在13年后再次开闸放水，铆足了劲发展了13年的濛洼蓄洪区，有些产业在大水来临时回到原点。但蓄洪区的淮河楞子们，水来人退，水退人进，既能在来水时保证财产和生命安全，又能在水退后抓紧生产，补种应时作物，已经积累了丰富经验应对灾情，把损失降到最低限度。

这次开闸，上级下达命令后，蓄洪区人和物撤退速度远远超过之前。这是为什么？蓄洪区的道路修整得又宽又好，南阳大道，专门就是为撤退所修的。13年平安无事，圩区的建设日新月异，蓄洪区内，生活着王家坝、老观、曹集、郜台4个乡镇近20万人，分别居住在131座庄台和6座保庄圩上。我来给你说说庄台。有人形容，庄台是倒扣的盆子，人生活在盆底之上；保庄圩是正放的盆子，人生活在盆子里面。从7月20日王家坝开闸蓄洪，到7月23日关闸停止分洪，一共76个小时，我们4个乡镇180多平方公里的沃野，顷刻之间汪洋一片。

我们利民行政村共有8个庄台，除了行政村所在地的大庄子淮堤庄台，其他7个庄台，如西田坡、东田坡、前李寨、后李寨等，都是湖心庄台。电视上说被洪水围困的庄台是孤岛，不夸张。要是搁在几十年前，

庄台上的人咋吃饭咋喝水,都成问题。现在不一样了,政府派来了军队、志愿服务队,各级领导驻扎在此,庄台上每天都有船过来,送吃送喝的。电也不缺,水也不断。保庄圩的自来水厂源源不断地供水。尽管如此,面对洪水滔滔,我作为村书记,这时候要说不担心,是假话。每次开闸蓄洪,濛洼都死人。我几乎每天都生活在运送物资的船上。我得把行政村的8个庄台上的老老少少都照顾到,不能出现任何事情。

那天下午,我接到后李寨庄台一个村民电话,他惊慌地说,他老伴病重了,眼看不行了,要我想办法抢救病人。我二话没说,联系上冲锋舟,就冲过去了。接上病人,冲锋舟朝大水里一攮,直奔圩区外的码头,救护车在那等着呢。我不跟着去不管,开冲锋舟的,分不清朝哪儿走。尽管道路被淹了,但凭着露出来的树梢子,还有庄台子,我能分辨出该朝哪走。终于把病人运送到码头,抬到救护车上。没想到,往回走时,遇到大事了。冲锋舟坏了。天黑水大,波浪翻滚,冲锋舟就坏在老桥那儿。水流有落差,打着旋涡,眼看着要把冲锋舟吞进水里。当时冲锋舟上共有6个人,数我年龄最大,开冲锋舟的年轻人急得满头是汗,我一个劲地鼓励他不用紧张,其实我心里比他紧张。我知道老桥这里水流有落差,如果冲锋舟再修不好,很快会被水流卷进旋涡。卷进水里,后果不堪设想。我出发时,已经做好了最坏的准备,只穿袜子,不穿鞋子,如果掉进水里,穿鞋不好游。这时我发现不远处有棵大树,就把冲锋舟上的绳子朝树那儿扔,我游到水里,把绳子拴在树上,固定好冲锋舟。想法子让冲锋舟朝树的方向移动,然后抱住大树,用人体固定住冲锋舟。成把抓的蚊子叮得一头一脸,已经顾不得蚊子咬了,就抱着树。我们6个人轮流换班抱树两个多小时,电话也联系了,一时找不到冲锋舟接应。终于,冲锋舟打着火了,又能开动了。我们人人都觉得绝地重生。冲锋舟开动的那一刻,我对自己说,你这个淮河楞子,又活过来了。

淮河楞子是我们这里的土话，把天不怕地不怕、勇于挑战、敢于战胜困难的人称为淮河楞子。淮河楞子是褒义的，专门夸奖人的。我出生在淮堤庄台的大庄子，自小在淮河边长大，在淮河里游到南岸再游回来，不费事。淮河楞子水性好，不是吹的。没想到，我这个淮河楞子差点被冲锋舟倒扣到洪水里。

扯远了吧。再说扶贫。庄台的扶贫和岗子上的扶贫不一样。岗子，我们称蓄洪区外的村子都叫岗子。庄台的扶贫工作有三难。难点之一是，庄台小，庄台上只能住人，不能建厂做产业；难点之二，留在庄台上生活的大都是老年人，体力差，贫困人口多，危房多，脱贫难；难点之三，庄台下面的土地，没法建规模化的厂房和养殖基地，庄台人不能发展产业脱贫致富奔小康。

我当村书记不到3年，发生了我一生当中的几个没想到。习近平总书记到我们利民村西田坡庄台来看望受灾群众，我没想到；我第一个上前去迎接总书记来庄台，我没想到；我陪同总书记到村民家里坐着拉家常，我没想到。总书记问我利民村有多少贫困人口，有多少贫困户，我虽然紧张但回答正确。我说，全村共有331户贫困户，其中有6户还没脱贫。总书记又问，发水受灾了，可会出现返贫情况？我说，不会，有党和政府做后盾，国家有补偿，我们也在积极做好水退人进，灾后抢种、补种。总书记问，灾后有啥打算？我回答，我们要搞一些适应性产业。总书记说，说具体点。我说，用闲置的老庄台搞养殖业。

我跟你讲，我说的闲置老庄台，就是前后李寨庄台。那个庄台的人都搬到曹集的保庄圩了，是个安全庄台，可以做养殖。但蓄洪区的养殖，规模不能大，要利于搬迁。村里打算在东田坡、西田坡2个庄台下面做采摘园和垂钓中心，帮助村民王今桂把农家乐做起来。

咱这片土地是盛水的地方。任何时候，只要国家需要蓄水，我们就盛水。我们随时随地做好为国家的利益而牺牲小我利益的准备。该盛水的时候盛水,不盛水的时候,我们安心生产,尽量让土地产出最大化,那就是种植经济作物。我就带头扭转了80亩土地种花生,我到每个庄台游说大家种植花生,目前已经联系了十几家农户100多亩地种花生了。我还会继续努力。我这个淮河楞子,尽管也要奔六了,我还一身的干劲,一定让利民村每个庄台每户人家都有吃有喝,越过越好,过上小康日子。

蚌埠篇

小村大名

1

梨花似乎等不及了，上午还含苞待放呢，下午就全都张开了花蕊，梨园里一片雪白。这细微的变化立即被捕捉到了。很快，几个年轻人带着直播器来了，镜头中，主播以梨园为背景，手指着花海说："采摘园的梨花开了，草莓园的草莓一个个红嘟嘟的熟得可爱，要问我们这是什么地方，那可是老有名了，我们村可是世界有名，不吹牛，你看你看。"主播说着，手里拿过一张证书，指着上面的字，念道："联合国世界粮农组织、联合国粮食计划署等7家国际机构颁发的'全球110个最佳减贫案例'就出自咱们村。这牛皮不是吹的吧？"

这是个什么村？又是因为什么而声名远达联合国？

2

故事要追溯到2014年的秋天。

那个秋夜，住在村部旁边的小屋里，又停电了，蚊蝇从漏风的墙壁夹缝里飞进来，轰炸着夜晚，想上厕所，可是那露天的旱厕，实在让人在方便时感到极不方便，31岁的童俊杰久久不能入睡，他有些后悔，悔不该一时冲动下了乡。

童俊杰是蚌埠市水利局计划科科长,父亲是高中生,后来从扬州下放到蚌埠五河,1977年回城。在父亲的讲述里,乡村生活天然有一种诗意。而在当时,又在热播一部轻喜剧《马向阳下乡记》,大片的庄稼地,满眼的绿色,浓郁的乡情,农村原来挺好的嘛!在双重的诱惑和想象下,他得知蚌埠市委组织部要选派第六批年轻干部到贫困村担任第一书记、驻村扶贫工作队队长,任期3年。一对照条件,自己正合适,他立即报了名。

结果,当他兴冲冲地来到固镇县陡沟村——建档立卡的贫困村时,却一下子傻了眼,未见诗意的田园,却见到辛酸的贫困。全村14个自然庄全是"泥水路",平地走着像爬山,干净衣服不敢穿;家家都用手压井,吃水全是苦涩味,新房厕所不敢用;村民看电视总去屋顶转天线,电视机频道少,各类信息不知晓;建档立卡贫困户161户300人,你看我来我看你,脱贫致富无门路。

白天办公就是大家围坐在一张大会议桌上,没有电视和网络,晚上闲暇时间是看上周的报纸。之前童俊杰对农村的"美好向往",在现实中变成了"贫、弱、难"三个字。贫,就不要再说了;弱,就是班子弱,陡沟村是由原陡沟村和王新村两个村合并的,但并村不并心,两个村有两个支部,两套班子,两笔账,这个工作怎么开展啊?难,就是工作难,不知道从哪里下手。勉强驻村一周,童俊杰的悔意更加涌上了心头。但到了这个时候,回去已经是不可能了,童俊杰叹着气,心想,算了,挨吧,把3年混完了就回去。

驻村两周后,童俊杰接到了一个任务,就是每个贫困村都要编制本村3年发展规划。童俊杰随便从网上扒拉了一个,改头换面算是应付。不料,因为是市领导包村,不断地有领导来村里走访,来了解村情,甚至直接到贫困户家中去询问。童俊杰心想,万一领导问到了规划的事,老百姓一问三不知,那可就麻烦了。他只得拿着那份规划去给村民们介绍。

"纸上谈兵""十指不沾泥",规划不拿出来还好,一拿出来,村民开始嘲笑童俊杰。

夹着那份规划,童俊杰闷闷不乐地回到村部,晚饭也不想吃,准备闷头睡觉。这时,村里一位老村干找他来了。他以为这老汉又是来找事的,不料,老村干说,童书记,我们这里有一个"桶"的故事,怪好玩的。

童俊杰不知道这老村干到底想说什么,便说,你说呗。

老村干说,是这样的,说是有一个木匠做了两只桶,一个桶装垃圾,人人躲;另一个桶装水,人人饮。桶都是有用的,为什么受欢迎程度不一样?

童俊杰说不出话来。

老村干说,主要是看心里装的是什么呀。

老村干走了,童俊杰在晚风中呆立了很久。是呀,这道理很简单啊,心里只装着自己的想法和任务,村民不懂;心里装着村民的困难和需求,村民才会欢迎。要获得别人的信任,必须先成为他们。

第二天,童俊杰把那份规划揉成一团扔到了一边,走出了村委会,和乡亲们一起下地种瓜,一起在树下休息吹牛,一起在田埂上喝水啃馍。

脸上的肤色变成了小麦色,脚上的运动鞋糊上了泥巴,老百姓慢慢不再嘲笑他了,开始跟他说心里话。他们说,村里规划呀,发展这发展那,都要先解决"三最",哪"三最"? 最急的是修路,最盼的是致富,最怨的是为民服务不够。

针对这"三最",童俊杰重新拟了详细可行的规划,从原来的二三页变成了十多页,他也重新从一个村民的角度去思考陡沟村的未来。

一段时间,单位领导、同事和家人都觉得童俊杰越来越像个农民了,对这个看法他很高兴,他觉得自己虽然离开了城市的"朋友圈",但收获了陡沟村这个更大范围的"朋友圈","俺们村"成了他挂在嘴边的口头禅。

3

规划有了,接下来便是一项项去实施。首先要帮助贫困户进行产业脱贫。那第一把"火"从哪里烧起呢?

童俊杰通过调研,决定先从贫困户黄纪课家入手。村干部一听,连连摇头,不行,不行。这老黄啊,是个犟驴子,整天靠借钱过日子,这个村子里没有他不借的,又穷又懒,根本发展不起来。

这些,童俊杰都了解过了,老黄65岁,祖辈务农,代际贫困,全家五口人,承包地8亩,依靠小麦、玉米传统种植为主要收入来源。老黄没有文化,不善与人沟通交流,没有技术,不愿意发展,老两口甚至一辈子没有走出过固镇县。但童俊杰认为,黄纪课的贫困比较典型,眼界窄、动力差,"越借越穷、越穷越借"的生活状态让村民对他家产生"好吃懒做"的看法,建档立卡成为贫困户后,又给老黄造成了自卑的心理负担,因此帮助老黄通过自力更生式的产业脱贫,会对其他贫困户和周围农户起到示范作用。

2015年春天的一天,童俊杰一个人摸到黄纪课家。敲门。院里面的狗叫个不停,但没人应。又敲门。里面传出老黄不耐烦的声音,谁呀?别烦我。童俊杰说明了来意。老黄将门打开了一条窄缝,冷漠地打量了一下童俊杰,又猛地关上了大铁门。我不相信,从来就没有这好事!他在院子里骂道,以后别来了!

童俊杰的犟劲也上来了,黄纪课家成了他每天必去"打卡"的地方,只要他家门没关,黄俊杰就直接登门入户。时间长了,老黄家养的土狗也知道"欢迎"童俊杰了,但老黄依旧很烦他。

童俊杰像"牛皮糖"一样,每天"赖"在黄纪课家动员他发展产业,从上午说到日中。有一天,说着说着,就到了吃午饭的时间,老黄就说,产业不产业的回头再说,这到了大中午了,你也说累了,就在我这吃个午饭吧。童俊杰一看,老黄家的厨房实在下不了脚,餐桌是趴在地上的一块木板,沾满了油灰,手一摸,黏乎乎的。他看了看,爽气地说,那就不客气了,便一屁股坐在老黄家的小板凳上。说真的,那时老黄家的厨房卫生真让人吃不下,但童俊杰装着饭菜很可口的样子,很快就吃完了一碗饭。这一顿饭吃完,老黄的眼神有点变了。几年以后,他对童俊杰说,我那天没想到你真会在我家吃饭,你肯在我家吃饭,那是你没把我当外人哪。

见老黄思想有所松动,态度有所缓和,童俊杰借机动员他将自家门口的废地利用起来种点蔬菜,即使不卖,起码能减少一些家庭开支。老黄实在抵不住童俊杰软磨硬泡的入户宣讲,又担心亏本,随意收拾了五分地的小菜园,算是应付。童俊杰和单位的帮扶责任人为老黄的小菜园建了简易大棚,在驻村科技特派员的指导下,种了秋葵,收获时又帮他联系了饭店,直接以13元/斤的价格上门收购。看到那么一沓现钱,老黄激动了,在家门口点钱的时候,两只手不停地颤抖,数了几遍都没数清楚。

这下黄纪课算是彻底服气了。童俊杰帮他拟定了大棚蔬菜种植(养殖)等一系列的帮扶措施,从帮他建了2个蔬菜大棚开始,申请6000元的县级产业发展补助、金融扶贫小额贷款5万元,直至他自己发展建成了8个蔬菜大棚,老黄获得了实实在在的收益,同时健康扶贫、基础设施扶贫、社会扶贫等保障措施,让他没有任何后顾之忧,他用实干于2016年脱贫。当他接到"脱贫光荣证"时,老黄第一件事就是主动还掉部分借款,从此老黄一家在村里腰杆也挺直了。

2018年黄纪课当选了固镇县"十佳脱贫示范户",县扶贫办让童俊杰通知他去县城领奖。他兴奋地找到老黄,叮嘱他一定要在第二天上午8点之前到达领奖会场,老黄说:"我5点就去。"童俊杰说:"再激动也没必要去这么早,按点去就行了。"老黄接着说:"我要先去把菜卖了,顺道去领奖。"第二天,老黄"顺道"领回了"十佳脱贫示范户"的绶带和5000元奖金。看老黄这么淡定,童俊杰还以为老黄对这个称号不稀罕呢。

几天后,童俊杰又到老黄家去,老黄立即从箱子里拿出"十佳脱贫示范户"绶带,高兴地说,这是俺家的宝贝。

童俊杰知道,对于黄纪课一家来说,他家以前的"宝贝"是一台破旧的拖拉机,直至他建成了8个蔬菜大棚,老黄家的"宝贝"变成了一辆电动三轮车,老黄每日骑着电动三轮车穿梭在大棚、家里和城郊的菜市场之间,而现在,荣誉绶带成了他家的"宝贝",这让童俊杰非常感动,也非常有成就感,原来,老黄以前所谓的"懒""犟"等标签,并不是他自己愿意贴上去的,他也是一个有自尊的人,他其实更希望自己过上一种有尊严的生活。

4

3年任期转眼就到,2017年第六批选派干部的任期即将结束,这当口,原来想着"混"完3年的童俊杰却觉得时间不够用了,3年时间太短了,好多事等着自己去做呢,其中,最紧迫的一件事是"农粮驿站"的后续发展。童俊杰决定继续留任,组织上同意了他的请求。

"农粮驿站"是被逼出来的产物。

在村里干了2年,"志智双扶"一直是童俊杰想解决的问题。他倡导贫困户实干兴业,引导大伙树立脱贫之"志",像黄纪课这样的贫困户是有了一些发展,可是对整个陡沟村来说,没有龙头企业,没有更大的产业带动,后劲还是不足的。可是持续发展之"智"在哪儿?

这时,陡沟村在上海创业有成的青年黄计亮出现了。黄计亮2015年返乡探亲期间,童俊杰恰好和他在村子里偶遇。这让童俊杰眼前一亮,黄计亮是陡沟里土生土长的,在上海发展得很好,有资金,有眼界,又年轻,陡沟村不就是需要这样的能人带动吗?

黄计亮在家过年期间,童俊杰便一直缠着他,向他介绍国家精准扶贫政策和村子里的具体扶贫工作。黄计亮一开始并没有理会这个"缠人"的书记,过完春节后就回上海了。然而,童俊杰却一直缠着黄计亮,像念经一样,利用口述、微信、QQ多种渠道,几乎天天信息轰炸。

黄计亮终于被说动了,他后来说:"我当时其实挺佩服老童的,他是市里下派的干部,3年期满后又自愿申请再留3年,他决心要把陡沟村带脱贫,他的精神感染了我,这是我的家乡,他一个外人都有这样的决心,我为什么不能有?"于是,黄计亮便决定暂时放弃上海优厚的生活条件,返回家乡从事农业产业发展事业,为实现家乡父老共同致富而努力。

2016年,黄计亮牵头成立了安徽省绿鑫生态农业有限公司,承包了村里人的50亩地,搞起了稻虾共养,投入了几百万,结果血本无归。究其原因是没有考虑到种养技术,没拉防鸟网,让白鹭吃掉了不少龙虾,另外,田里没有种水草,水里含氧量不够,龙虾长不大,更要命的是,没有开沟,让虾子有积聚的地方,虾子到处做窝,钻到泥里,根本就找不到它们的踪影。

2016年下半年,又扩大规模,弄了200亩,这回重视了养殖技术,稻虾田里又另外放养了肉多个大的台湾泥鳅,结果,泥鳅被龙虾吃了,一算账,又亏本。2017年,黄计亮及时调整了思路,搞稻鱼共养,这一下,鱼长大了,稻也熟了,一算账,不亏了。但是在卖稻时,童俊杰和黄计亮发现一个问题,从田里收上来的潮稻谷,卖到邻县米厂一斤不到1元钱,而要是烘干加工,转手就是1.7元,那这能不能自己干?

循着这个思路,两个八〇后借助扶贫政策,在村子里建起了小型米厂,附加值有所提高,过了一阵子他们仍然不满意,因为他们的稻谷不打药,是绿色食品,却卖不上价,本地又销不了那么多,怎么办?他们自然想到了网上试销。由于小加工设备,不抛光,不打蜡,品质好,没想到网上卖得挺好,这一下子给了他们启发,做电商,利润空间更大,另外,如果不局限于本地市场,将贫困户手中的农产品也放到网上去卖,不是让村里的贫困户们更有出路吗?

2018年1月,他们先在京东弄了一个店,光店铺押金就要30万,加其他费用要100多万,黄计亮一看,与其这样,还不如自己干呢。

自己做程序,自己做设计。很快,拥有自主知识产权的陡沟村"农粮驿站"电商平台上线了。

童俊杰和"农粮驿站"电商团队在网上设立贫困户及其生产的农产品的展示窗口,架设了消费者直接采购贫困户农产品的"桥梁",将社会扶贫爱心"点到点"精准传递给贫困户。消费者在"农粮驿站"电商平台"兴农扶贫"专栏采购贫困户生产的农产品,打通了贫困户对接市场销售的瓶颈,用消费刺激贫困户发展家庭产业,实现可持续稳定增收。最初,消费者并不相信正宗的农产品产自贫困户家庭,怕他的消费去向不透明或者起不到帮扶贫困户生产的作用,童俊杰就到贫困户家里将整个收购的过程用照片记录下来,并为贫困户自种自养的农产品代言;消费者在网上下的首单,本市及就近范围之内由他直接送货,送货时向消费者宣传精准扶贫工作,增加了消费者对平台的信任,也吸引了更多的消费者参与到社会扶贫工作中来,长期固定帮扶贫困户发展家庭产业。

贫困户吕计诚在一家食堂的固定采购下。2018年养殖销售了400

只土鸡，2019年自建了养殖大棚，家庭产业扩大到2000只规模，带动其他贫困户共同发展。

陡沟村徐从善等贫困户利用每户5万元的金融扶贫小额贷款发展家禽养殖，为网络销售提供货源。

渐渐地，一个集生产、加工、网销于一体的"全产业链式"的经营方式形成了，2018年端午节期间，"农粮驿站"平台组织贫困户加工成品粽子，一周销售5万个粽子、6万个咸鸭蛋和土鸡蛋等，帮助每户贫困户增收800元。

目前，童俊杰和"农粮驿站"电商团队不仅带动陡沟村贫困户订单生产、加工就业、合营合伙、快递运输等，还将全县有产业的贫困户农产品信息纳入网络销售系统，帮助有意愿、能参与的贫困户销售农产品，让贫困户在产业链任一环节获得收益。2019年，"农粮驿站"销售额达1800万元，带动有意愿参与到其中的2254户贫困户销售农产品，户均增收1910元。黄计亮返乡当起了农民致富带头人，当选了蚌埠市"2018年度十大经济人物"。

现在，"农粮驿站"村级站点已经覆盖到固镇县18个贫困村，在县城开设了"农粮驿站"线下体验店，并正在建立完善县、乡、村三级农产品流通网络和固镇县农粮驿站农产品全产业链运行中心，打造"一村一品、一镇一业、一县一标"的追溯体系和品牌体系，让消费者放心消费、安心帮扶。

"农粮驿站"电商平台通过规模化生产网销形成全产业链，技能化培训提高创业致富技能，品牌化发展壮大电商扶贫规模，公司化经营多渠道促贫困户增收，走出了一条固镇特色电商扶贫创新道路。童俊杰的工作总结《建立"农粮驿站"推动现代农业全产业链发展——安徽固镇县农副产品产业与电商深度融合案例》获中国国际扶贫中心、世界银行、联合国世界粮农组织、联合国粮食计划署等7家国际机构颁发的"全球110个最佳减贫案例"。2019年11月,"农粮驿站农村电商项目"作为我省唯一来自贫困村的项目,闯入第八届中国创新创业大赛互联网行业总决赛。

5

2021年2月,陡沟村又一次出名了。

2021年2月25日上午,全国脱贫攻坚总结表彰大会在北京人民大会堂隆重举行。中共中央总书记、国家主席、中央军委主席习近平向全国脱贫攻坚楷模荣誉称号获得者颁奖并发表重要讲话。大会还对全国脱贫攻坚先进个人、先进集体进行了表彰。中央广播电视总台、新华网对大会进行现场直播,央视网、人民网、中国网等中央重点新闻网站和央视新闻客户端、《人民日报》客户端、新华社客户端等新媒体平台同步转播。童俊杰作为先进个人走进了人民大会堂。

领奖回来的童俊杰对个人的事迹倒没有多说什么,但是对陡沟村的名气更在乎了,为了让陡沟村成为更红的网红村,童俊杰一天也没有休息,眼下,春天来了,陡沟村不仅梨花开了,菜花黄了,名为"挑战不可能"的热带水果大棚里的水果也要成熟了,为了让更多的城里人知道陡沟,并让他们来到陡沟赏花、采摘、购买农产品,童俊杰天天勤学苦练打快板,他准备到时也要学会直播,为"俺家的"陡沟再吆喝几嗓子。

春风吹过梨园,站在和煦的春风中,听着花开的声音,童俊杰忍不住在果园里直起身来,朝着坦荡的平原喊了声:哎——哎——这里是陡沟——

这一声,全世界都听见了。

合肥篇

花样年华

长庄的故事很长,写在涟涟清波之上。荷是村庄的主角,也是轻言细语的叙述者。

这荷是长庄六七月间的荷,有足足十里,千亩莲塘,老鱼吹浪。这荷也是村中荷一样的村民,生于泥沼中,一一风荷举。

两年前的夏天我来过,恰是碧叶红花接天映日的看花天,远近来看景的人,挤满观景廊道和塘埂。当其时也,柳风翻荷叶,荇水荡莲花,我学古人,在水边徘徊复踯躅,低头弄莲子,置莲怀袖中。2021年仲春,我再次来到肥西县山南镇长庄村,松烟中,柳浪里,新生荷叶才刚浮出水面,小小圆圆,嫩生可爱,旧年的残茎参差波折于水上,如甲骨契刻文字。我在水边踯躅复徘徊,听蛙鸣锵锵,听鸟语交交,听荷言荷语。

昨夜宿山南镇,四野静谧,鼻息间似有樟香萦绕,亦似有荷香回环。作家张建春写荷的文章《因为荷》里面有这样的句子:"荷为荷,又非荷。"以为我与建春兄虽隔迢迢山水,而心意默默相通。

从"骗子"到"真过劲"

我结识的长庄人,第一个是翟从定。他是村党支部书记兼村民委员会主任,一个神采奕奕的"小伙子"。其实他已经50多岁了,当了大半辈子村干部,说他是小伙子,是就他的精神面貌和工作作风而言的。

那天,翟从定领着我,在村子里转来转去,看春秋战国古墓群、汉代古墓群、鸟岛,看不知哪个年代的烽火台遗址马大墩和白马墩,看太空莲基地、合肥植物园长庄创新科研基地、荷虾共作基地、大棚蔬菜基地、大白鹅养殖基地,看莲文化广场、乡村文化大舞台、游客接待中心,看三庄联动慢环道建设工地、杨湾河综合治理工程现场,把长庄走了个遍,也浏览了个遍。

看得出,翟从定是个讷于言而敏于行的人,平素话不多,但说到长庄的发展与变化,说到村里的太空莲产业,则激情喷涌如少年,话语滔滔不绝如杨湾河水。他大步走在宽展的柏油村道、水泥通组通户路上,走在芳草萋萋的田埂上,为我介绍村情村貌,诉说长庄的历史、现在和未来,春风满面,意气风发。

长庄像一幅人间春意图,在我面前徐徐舒展开来。翟从定还在擘画另一幅图,比今日的长庄图还要细密得多,也宏阔得多。

相熟之后,我问他:"听说以前村里人骂你是骗子?"

问得有些突兀,他稍稍愣了一下,并没有想象中的难堪。或许,这些年和他提起这个话题的人太多,他早已习惯了;或许,今日长庄的美好嬗变,足以让他痛快淋漓地雪洗前耻。

1994年,翟从定任村委会主任时,为了发展村集体经济,带领村民发家致富,长庄村征地办了个窑厂,烧制建房子用的黏土砖。他兼任厂长。厂子是股份制企业,村里入了股,办厂的77万元资金都是他经手,从银行贷的,从父老、兄弟、同学、亲友手里借的。但窑厂办得不是时候,未经充分论证就仓促上马,等到点火烧窑,才发现受大气候影响,市场早就饱和了,砖根本就卖不出去。一块成本接近2角的砖,以9分钱的价格贱卖,都没有几个人要。收回来的钱,连交电费都不够。那时候,还要交农业税和各种费,加上人工工资、银行利息、田地租金等等,刚刚建起来的厂子很快就办不下去了。

翟从定不信这个邪。他四处挪借,拆西墙补东墙,却无力回天,眼见着那个亏空的窟窿越来越大,越来越不可收拾。窑火生生灭灭,灭灭生生,窑厂仍然坚持办了18年,直到2012年才彻底关停。2019年,村里还清所有债务,那77万元欠款加上银行利息,已经滚到了120万。

村集体办厂18年,翟从定这个村两委主要负责人,吃苦受累倒也罢了,还落了个"骗子"的坏名声。

"好多年里,村里人当面都喊我骗子,我不怨他们。父老乡亲们信任村里,信任我,把血汗钱借给村里,借给我,是我没有把厂子办好,欠他们的钱好些年都还不上,辜负了他们的信任。他们骂几句不算什么,就是打我,我也甘心受着。"翟从定说,"到我家要债的人,把门都挤破了。尤其是到了每年年关,我不得不像杨白劳一样,到外面躲几天。等到腊月三十黄昏,家家户户都贴了春联,我才敢偷偷摸摸溜进家。乡亲们生怕我跑路,躲到外面不回来了。我怎么会跑呢?我是长庄人,生在这里,长在这里,对家乡有着深厚的感情。我立下誓言,一定要把欠乡亲们的钱还上,不让他们受损失;一定要寻找机遇,把家乡建设好,带领大家脱贫致富,让乡亲们得实惠。"

村里人都知道,那些年,翟从定经常偷老婆的钱还公家债。

"我自己没脸不要紧,村里没脸才真正叫人害臊。乡亲们对村两委意见很大,村党支部和村委会没有号召力也没有凝聚力,不敢开村民代表大会,因为没有一个人来。许多年里,因为各项工作都垫底,每次到山南镇开会,长庄村的村干部从来不敢坐前面,都是坐在最后一排。"

"现在呢,村民又是怎么评价你的?"我问。

"自从成功引进太空莲产业,一业兴带来百业兴,村集体收入年年递增,长庄面貌焕然一新,乡亲们从产业发展中获益,口袋里有了钱,对村里、对我的看法也发生了翻天覆地的变化。他们经常当面表扬我,说,翟书记,你真过劲! 搁一般人,早就被压垮了,早就打退堂鼓了,你还能坚持到现在,真有毅力,有恒心!"他接着说,"现在,乡亲们非常拥护和信任村两委,开会、举办活动,接到村里的通知,几分钟就全部到了。村里连续10年零上访、零纠纷、零偷窃,被评为合肥市平安和谐示范村。"

跟在翟从定后面,望着他饱经沧桑的背影,我在心里暗暗对他说:翟书记,你真过劲!

黄泥岗上的村落

山南镇在肥西县的西南面,因位于大潜山之南而得名,北宋时建置,是个有1000多年历史的古镇,镇上的小井庄是中国农村包产到户发源地。长庄村隶属山南镇。

这是一个地形狭长的村子,自北向南越来越狭窄,地势也越来越低洼,长度正好是5公里。村子很古老,从村内已经发现的春秋战国时期和汉代的古墓群可知。自然条件不差,处在丘陵地带,耕地不算多也不算少,4.6平方公里的土地上,1626口人有3565亩田地,人均2.2亩,黏性黄壤比较肥沃,即使是灾年荒年,村民也不会饿肚子。村民勤劳发狠,千百年来日作夜息,冬种油菜(后来大部分改种小麦)春种稻,"一油一稻""一麦一稻"主作物之外,还种玉米、山芋、蔬菜、水果,一年四季衣食无忧。比起我从前山穷水瘦、人均水田不足8分亩的故乡,长庄算是琅嬛福地了。

也许是有吃有穿的缘故,长庄人不焦不愁,沿袭传统的农耕生活方式,一直过着"不知有汉,无论魏晋"的日子。大多数村民的生活,虽然远远谈不上富裕,也不算贫穷。但村集体很穷,债台高筑。村子也很落后,连一条好路都没有,晴天到处灰蒙蒙的,房屋尘满面,行人鬓沾灰。到了落雨落雪天,路上泥巴过人膝。再看看房子,好多人家还是土砖墙,春秋雨季里心惊胆战,生怕房倒屋塌。2014年,长庄被列为省级重点贫困村,又因负债和其他一些事,被定性为软弱涣散村。

用村党支部第一书记、扶贫工作队队长王克贵的话来说,长庄是一个黄泥岗上的村落。

2018年春,组织安排合肥市财政局正科级干部王克贵到长庄驻村帮扶。4月12日,局长送他来村报到。他进村的第一感受是:不可思议。

王克贵说:"我当时十分不解,肥西县连续多年入选全国县域经济基本竞争力百强县,山南镇是包产到户发源地,从来不乏改革精神,怎么还会有长庄这样落后的村子?也是现在这样的四月天,村子里几乎没有路,到处灰扑扑的,破旧凋敝,房前屋后全是垃圾,污水横流,一片荒凉。"

回城接受培训一周后,王克贵回到村里。那时他还没有买车,先是打的,后乘黑头车,最后转坐蹦蹦车,60公里的路程,竟然花了3个半小时。

在随后的走访村民过程中,他发现,村里有的贫困户竟然一贫如洗,譬如翟青阳家。翟青阳以前在山东做矿工,在一次事故中受过重伤,至今大半边脸漆黑如炭。他的妻子2017年生病去世,父母年纪大了,母亲还有残疾,两个孩子都还幼小,一家人住在残破的土房子里,墙上的裂缝有30多厘米宽,用十几根树桩支撑着,随时都有倒塌的危险,屋顶漏雨,用塑料薄膜勉强遮盖着。

王克贵总结以前的长庄村,有几个特点:

典型的偏僻村。离合肥市区有59公里,距肥西县城41公里,地理位置偏僻。也没有名气,外人大多知道肥西县,部分人知道山南镇,绝大部分人不知道长庄村。

典型的农业村。农作物品种单一，耕作方式陈旧，虽无衣食之虞，却也无余钱可用。

典型的人口空心村。全村流出人口最高峰时超过七成，留守的多是老人，另有少量幼童和学生。

典型的贫困村。以2014年的脱贫标准作为参照，建档立卡贫困户有25户79人，占总户数的5.6%，人口贫困发生率5.2%。2014年以前，村集体无经营性收入，一穷二白不说，还负债100多万元，基础设施薄弱，支部软弱涣散。巨额债务像大山一样压在村干部心头，村干部和全村群众干事创业的激情受到很大打击。

2018年4月23日，在初步走访完19个自然村落，与一些村民深入谈心交流之后，王克贵第一次主持召开村两委会议。会上，翟从定和其他村两委干部，敞开胸怀，互诉心声。当晚，漆黑静寂的乡村之夜，小虫子的鸣叫如在枕边，王克贵辗转反侧难以入眠。老书记翟从定和其他村干部焦虑又饱含渴望的眼神，在他眼前飘来飘去。他知道，这些同事心里都有沉积已久的委屈，更是憋着一股劲，想打一个漂亮的翻身仗，一雪前耻。

经过深入调查，王克贵和村两委一班人决定从群众看得见、摸得着、感受得到的地方入手，增强基层组织的凝聚力。他们的首战，是开展基础设施建设和农村环境卫生"五清三建一改"。

王克贵带领村两委干部和群众，一起努力争取项目，争取资金，当年就将2.5公里长、坑坑洼洼的入村主干道拓宽到5米，随后又铺上了沥青，将所有通组道路全部安上了路灯。清理生活垃圾和村内塘沟里的杂物，房前屋后栽上花草树木，建起"五小园"。完成全村改水、改厕、改电，拆除废弃的猪圈、牛棚、厨房等无功能房屋。短短几个月之后，长庄的村容村貌大变样。随之而来的是干群的心态和精神面貌发生了显而易见的可喜变化。

基础设施和人居环境的改善,加上太空莲主导产业日渐兴旺,群众幸福感倍增,村干部有了底气和信心,基层组织的凝聚力、战斗力、向心力也大幅度提升。

十里荷花强村富民

从440省道拐进长庄村村口,迎面是一个新建的牌楼,颇有些气势。牌楼边的短墙上,画着盛开的莲花,写着清代人阮元的一句诗:

深处种菱浅种稻,
不深不浅种荷花。

如今的长庄村,以美丽莲乡闻名于世。盛夏季节,十里荷花清景无限,美了村、强了村、富了民,平均每天有上千人从省内外赶来,看景、赏花、休闲、采购、消费。

早在2015年2月,长庄村就以"三变"改革为契机,根据村内洼地多、宜种莲的实情,探索性参股成立徽莲种植专业合作社,在村内流转水田160亩,从江西农科院引进太空莲36号来种植。参加合作社的农户有40多户,其中13户是贫困户。当年,太空莲产业就为村集体创收5万余元,让村民有了田租,有了在太空莲种植基地务工的收入,这让全村干群看到了希望。

2017年,太空莲扩大到了500亩,村民和村集体的收入随之增加,取得了良好的社会效益和经济效益。

在此期间,帮扶联系的合肥市领导给予了很大支持。不到3年其间

8次到村走访、调研、慰问,听取驻村干部工作汇报,鼓励驻村干部守初心担使命,帮助解决具体问题,包括农副产品销售。

合肥市财政局作为长庄村脱贫攻坚包保单位,对村子的精准扶贫工作倾注了力量和心血,局主要领导3年间10余次到村调研指导,不仅在产业项目和发展资金上予以扶持,出点子、找路子,帮助和引导贫困户脱贫致富,还先后派两名干部到村任支部第一书记,王克贵是第二任。两任第一书记带领村两委干部和全村群众,坚持走发展太空莲产业脱贫致富奔小康的"鲜花大道",做深做实做好"花样文章"。

太空莲产业的发展、基础设施的建设和人居环境的整治,让村子里的人心齐了,个个想发展,人人思创业,长庄终于迎来大发展、大变样的最佳时机,开启了"花样年华"模式。

2019年,长庄村的太空莲基地扩展到了1000亩,并且在长庄的带动下,邻近的板墙村种荷300亩,兴庄村种荷205亩。这样,以长庄为核心,山南镇就有了1505亩连片太空莲种植基地。

种太空莲的田是村里从村民手中流转过来的,每亩年租金500元。村里再以600元一亩租给合作社和种植大户,100元的村集体收入用来提供服务。过去村民种植传统农作物,一亩田的纯收入只有三四百元,现在净得田租500元,还不用亲自耕作,不担心旱涝虫灾。村民们腾出手来,在太空莲基地和深加工车间里,帮助锄草、施肥、采摘莲蓬、加工莲子,收入比在外面打工强多了。这些在基地干活的村民,原先大多是老年人,因为村里有800多个青壮年外出务工、经商、创业。这两年,太空莲产业做成功了,先后有300多人返乡创业,或在基地做事。

张家林、胡小平夫妻两个,就是2019年返乡的。他们在村党群服务中心附近开了个超市,办了个荷园农家乐,生意一直红红火火。金大郢村民组的费维俊,以前在合肥做钢构生意,去年回乡建民宿,旺季客房天天爆满。

徽莲种植专业合作社聘请了一名职业经理人,负责经营管理。这名职业经理人叫李晓亮,他说,村民在太空莲基地干活,收入不等。锄草、施肥、加工莲子的工钱,是10元一个小时,一天百把元左右。采摘莲蓬按7毛钱一斤计算,采莲藕1元到1.5元,能干的一天有800多元收入。

他介绍,村里刚刚发展太空莲产业时,村民不理解,不是很支持,因为从来没见过这种产业,怕像以前办窑厂一样,搭进田地收不到租金不说,连吃饭都成了问题。但到了当年7月莲花盛开,吸引很多外地人来休闲旅游,村子里人气上来了,村民有活干了,农特产品摆在家门口就能卖出去,挣到钱了,又看到合作社通过与大超市合作,新鲜的莲子有多少就能销多少,价格从7.8元一斤涨到15.8元一斤,老莲子一斤卖到了60元,产业大有前途,村民们终于喜笑颜开,放心地把田地交给村里和合作社来经营。

"花样文章"做成功了,长庄圆荷泻露,着锦穿罗,美丽如公园。面上好看,底子也厚实,村集体和村民都从中得到了实惠。长庄人又探索在荷塘和稻田中养殖小龙虾,稻虾轮作,荷虾共作,千亩太空莲基地大部分又成为小龙虾养殖基地。

目前,长庄村的产业除了1000亩太空莲,还有1000亩小龙虾养殖基地,另外,村里正在着手把零星的大棚蔬菜基地扩展到1000亩。

那天黄昏时分,在村里的一个荷虾共作基地,我遇到背着专业喷雾器,正在给小龙虾喷喂食物的解明文。他来自肥西县花岗镇,2020年,他和另外4户农户成立了碧水长庄稻虾共养专业合作社,从徽莲种植专业合作社以200元每亩的价格,租了500亩荷花种植水面,专业养殖小龙虾,总投资将近100万元。去年因为洪灾,不少龙虾跑掉了,只收了1万多斤,今年估计产量有4万斤左右,市场价格在30元一斤上下。3月份放虾苗,4月到7月之间集中上市。他说,他们合作社申请了"荷面湾小龙虾"品牌,与全国1600家门店签订了销售合同,不愁销路。

合肥植物园长庄创新科研基地莲花繁育温控大棚附近,长庄莲文化广场和村游客接待中心周围,观荷风景长廊回环曲折,风致明媚清嘉,一如周邦彦《兰陵王·柳》词所言:"柳阴直,烟里丝丝弄碧。"

标识牌上写着:5920莲廊。初见叫人好生不解。

翟从定说,这个数字是观荷风景长廊的总长度,用GPS实地测量,正好是5920米。当时,为给莲廊取名,村里人费了好多脑筋,也想不出一个好听的名字。恰好有一天,肥西县委宣传部常务副部长、作家张建春带客人来村参观,他建议就叫5920莲廊,继而阐释说:5920,谐音是"我就爱莲",又可以说是"我就爱你"。大家一听,都认为这个名字好,既写实,又应景,还有美好的寓意。

游客接待中心里陈列着当地的特产,有莲子、莲芯、荷叶茶、槐花、小干虾、土鸡蛋、瓜蒌籽、莲香米、虾稻米、绿豆、黄豆、燕麦、火龙果、薄壳山核桃、红心猕猴桃、蚕丝被,林林总总20余种。其中大部分是长庄特产,其余是山南镇特产。每年数万人次的游客,是一个巨大的消费群体,外村也争着把土特产送到长庄来卖。

村中有一口面积12亩的池塘,去年种植印度红莲,其根茎印度红莲梗是水生蔬菜。王克贵说,印度红莲梗送到超市,批发价是10元一斤,去年收入8万多元。它的花还可以进一步研发,生产荷花精油。

村党群服务中心院内,摆着数百只养荷的盆,两个村民在挨个给荷花疏根、换泥。他们说,根如果太密,营养跟不上,开出的花就小。又说,这些盆栽荷花是为肥西荷花文化节和山南长庄避暑赏荷会准备的。

村里的干部介绍,肥西荷花文化节已经连续举办三届,山南长庄避暑赏荷会已经连续举办五届,都已成为肥西县和山南镇的著名节庆文化品牌,其开幕式主会场大多设在长庄太空莲基地,分会场设在丰乐镇的荷花园。

6年多来,长庄村干群团结一心,打造以千亩荷花为主题的核心景观,以及以莲子、莲藕、莲茎、莲芯、种苗为主的主导产业。"花样文章"风生水起,加上光伏发电等项目,村集体和村民的收入逐年水涨船高。2019年,村集体收入达到78万元,2020年达到204万。贫困户人均年收入2.1万,其他人家3万以上。

昔日黄泥岗上破落衰败的长庄村,从贫困村出列,变成合肥市经济强村,变成明星村,被评为安徽省乡村旅游示范村、安徽省电商示范村、合肥市文明村镇,村党支部被评为合肥市先进基层党组织。所有贫困户全部脱贫,过上了好日子。

去年,山南镇实施"三庄联动"项目,整体改善农村人居环境,提升农业基础设施建设水平,提高农民幸福指数,探索乡村产业振兴发展新路径。这个项目,把长庄与邻近的板墙、兴庄3个村联合在一起,一体化发展,使连片太空莲基地拓展到了1505亩;并且启动杨湾河综合治理,治理河道之外,建设河滨水生态景观带、村域主干道环线和休闲骑行慢环线,打造美丽乡村新样板。

老书记翟从定扬眉吐气了,村两委其他干部的腰杆子挺直了,全村群众的小康路越走越宽,村党支部第一书记、扶贫工作队队长王克贵在长庄奋战3年,也即将完成自己的光荣使命。

新《爱莲说》

2018年7月27日,王克贵铭记这个日子。当晚,雷电交加,风雨大作。他一夜没睡,在床上翻来覆去地"烙烧饼",脑子里一直在想:正是莲花盛开的季节,这狂风暴雨要是把花打掉了,今年的莲蓬肯定歉收,村民、合作社和村里都要受损失。

天刚麻麻亮,他就起床去太空莲基地查看,果然一片狼藉,荷叶被吹倒,花瓣落满水面,莲蓬至少要歉收四成。他心里很难过,全村人都很难过。

怎么办?

他想到自己的选派单位,于是匆匆忙忙赶回单位,向领导汇报,争取到了30万元农业灾害补贴,帮长庄人渡过了难关。

3年来,王克贵争取各类资金数千万元,投入长庄的基础设施建设和产业发展。

王克贵说:"我家在长丰,是在农村长大的,对农业、农村、农民有感情。组织派我到长庄来扶贫,我不是当作任务来的,而是带着感情来的。"

以下是王克贵的两则扶贫日记:

2018年5月22日

长庄的夜晚静谧而平和,坐在桌前,我的内心却久久难以平静。贫困就像一把钳子,在村民的额头上拧出了一个个"川"字纹,这让我想起了父亲。20多年前的夏夜,因凑不齐我的大学学费,父亲额头上也有个大大的"川"字。我本是农民的儿子,现在回来了,我要尽一切所能为父老乡亲做点事,让他们早日脱贫,过上好日子。

2020年7月30日

暴雨下了一整天,终于在晚上8点,走访完最后一家贫困户,知道大家都安全,心也定了。回到村部二楼宿舍,坐上板凳,猛然发现,今天穿的居然是皮鞋,鞋底还挺干净。回想2018年刚来村时,到处都是黄土路,晴天一身灰,雨天一身泥。现在通向村民组的路都修成了平坦的水泥路,两年前买的雨靴,用不上了,躺在角落里。看到长庄在变美变富,村民的笑容多了,我心里也乐开了花。

从中可以看出,他对长庄这片土地情深似海。

2019年,他争取到了500万元旅游产业发展资金,把长庄的太空莲基地扩大到1000亩。产业起来了,发展中遇到过很多难题。

譬如产品的销售问题。村委会不是市场主体,不能直接参与经营,卖产品连发票都开不出来。王克贵和村两委干部商量后,召开村民代表大会,大家决定成立山南莲乡生态农业科技有限公司,公司只负责生产和销售莲子,不做其他业务。当年,村里的莲子深加工车间里生产的产品销售一空,价值是38万元。产业链也拉长了,村民增加了在车间务工的收入,如果只卖莲蓬,不进行深加工,价值不到三分之一。村里办公司是个新鲜事,后来,肥西县要求全县各村都来学习长庄经验。

譬如荷花品种单一和退化的问题。以前,太空莲基地里的荷花品种不多,经过几年种植,品种的退化也比较严重。为此,王克贵争取到合肥植物园与长庄村的合作,在村内建设荷花繁育科研基地。这个基地分3年滚动投资400余万元,引进和培育了100多种荷花,100多个品种的睡莲。3年建设期后,基地无偿移交给村里。

说起太空莲,王克贵和村里其他干群一样,津津乐道。他们都是爱莲人,以锄头为笔尖,以汗水为墨汁,在长庄书写新的《爱莲说》。

莲,是荷花,也是长庄。

"农村富不富,关键看支部。"身为第一书记,王克贵的首要职责,是抓党建固基础,夯实战斗堡垒。这些年,经过换届调整,补充后备年轻干部,长庄村两委成员平均40岁,年龄结构呈现老中青搭配、梯队承接的良好局面,班子充满生机活力。成立功能性党支部徽莲合作社党支部,将年轻的具有一定经营能力的党员,充实到支部里,把组织的力量充实到生产经营一线。又通过与市直单位支部结对共建等方式,进一步提高了支部的凝聚力和战斗力,也进一步转变了群众的思想观念。

身为扶贫工作队队长,王克贵带领村两委,想尽办法把"两不愁三保障一安全"落实到位。3年来,村里对15户贫困户的房子进行了修缮,对8户贫困户的房子进行了改造,所有人家都通了自来水。贫困户卫功好,本人和妻子都身患疾病,一家四口原先住在用彩钢瓦和活动泡沫板搭建的所谓的"家"里,村里为他申报了危房改造资金,动员卫功好把活动板房拆除,新建砖瓦房。但卫功好不愿意拆除,因为按照政策,只能建两间房,不能满足居住需要。王克贵向合肥市财政局专门作了汇报,并联系同事和亲友募捐了8万元。2019年冬季来临前,卫功好一家凤愿德尝,喜气洋洋地搬进了宽敞明亮的新房子里。卫功好见人就说:"如果没有党和政府,没有王书记,我这辈子都不可能住到这样好的房子。"

村里想尽一切办法,帮助贫困户发展产业,变输血式扶贫为造血式扶贫。村里每年给25户贫困户每家送50只大白鹅鹅苗,同时送去配套饲料,每户年增收7000元左右。长庄的大白鹅,也成了当地的品牌。村里又为有条件的贫困户安装3千瓦光伏,一年收入2500元左右。这两项加起来,户均增收近万元。

上面说到的贫困户翟青阳,在村干部的鼓励支持下,建了8个果蔬种植大棚,种植西瓜、豇豆,现在一年收入有15万元,由贫困户变成致富带头人,常年请贫困户和其他村民来做工。

在朋友圈中,王克贵有一个外号,叫"大自然的搬运工"。原来,他经常在微信朋友圈里发布长庄农产品销售信息,帮助贫困户和其他村民推销农产品。每次周末回家,他的私家车车厢里总是塞满了莲子、蔬菜、水果、鸡蛋、鸡鸭鹅、稻虾米等等,都是朋友们订购的。每年,他都要帮助销售 20 万元左右的农产品。去年,翟青阳种的豇豆卖不掉,王克贵找合肥梅山饭店帮忙,董事长一口答应。那段时间,翟青阳每天拉三四百斤豇豆到梅山饭店。后来才知道,饭店一天只需要 200 斤豇豆,剩下的,是董事长发动员工买回家了。又有一回西瓜滞销,他找肥西县一家单位帮忙,人家立即答应,说有多少都拉过来。王克贵倒是犹豫了,因为这家单位人不多,而滞销的西瓜有两大卡车 1 万多斤。过后才知道,这家单位把西瓜全部送给了当地的武警部队和消防队。

合肥市财政局对长庄的帮扶力度非常大。本来是"单位包村,干部包户",后来在王克贵的建议下,局里改成"单位包村,处室包户",七八个人包保一户贫困户,贫困户遇到困难,好几个人共同解决,家里的土特产卖不掉,处室的干部职工全部包销。

长庄村的脱贫攻坚战完美收官,乡村振兴拉开序幕。

十里荷花,朵朵带笑颜;十里长庄,也像荷花,美丽莹洁。

这就是长庄的故事,不是我写的,是荷说的。

马鞍山篇

太湖有青舍

在含山,在太湖。

我的眼睛闲不下来,我的双脚停不下来。

我用整整一个下午的时间,徒步把太湖村转悠了一圈,八姓广场、青舍民宿、果玩、户外拓展基地、手工植染、渡江战役后方野战医院旧址……

当然,一下午的转悠,对于太湖村,只能说是一个初略,或说大概——10.8平方千米,4000人口的村子,如果不"初略",不"大概",没有一整天,甚至一两天,没人相信你能转得过来。

太湖村位于含山县铜闸镇,北倚太湖山麓,向着东南方向,呈扇形铺开。

站在太湖山顶,凭风俯瞰,27个自然村庄,织成了太湖村扇面上各自灿烂又浑然一体的风情图画。

太湖山下哎太湖那个村/脱贫致富哎党群一条心/引来凤凰哎振兴大发展/红色传统哎代代永传承……

渡江战役后方野战医院旧址前,游人百姓围成一圈,村里的广场舞队正在表演自编自导的说唱。

喜庆与欢乐,像齿轮一样扣动着观众的情绪,不知是谁发一声喊"我们一起来",潮水般的说唱,在太湖村的上空,顿时随着春风渲染开来……

　　太湖山下哎太湖那个村/脱贫攻坚哎党群一条心/引来凤凰哎振兴大发展/红色传统哎代代永传承……

青　舍

　　太湖村八姓村民组。10多位在青舍旅游开发有限公司务工的妇女围坐在"荣姐妇女微家"的沙发上。

　　"荣姐妇女微家",是以任荣的名字命名的。进门过道右手的墙上,是"微家"新颖活泼的宣传栏;对面的墙上,是手工绣制的花鸟画框;浅绿的背景上,立体的鸟儿,睁着骨碌碌的眼睛,看上去就像要从镜框里飞出来;悬垂的吊灯,戴着夸张的苇席灯罩,仿佛妇女们漂亮的头饰;整排的书架上,除了文学和生活实用类图书,青花瓷、小泥壶、画碟、绒玩,把"微家"女性的色彩和温馨张扬得更加澎湃。

　　"姐妹们,都说说,有什么金点子?"任荣端起煮沸的茶水,把大家面前桃花点点的小茶碗一一续上。

　　"荣姐,现在留守儿童是个问题,我们妇女微家能不能做些关心留守儿童的慈善呢?"

　　"荣姐,听说贫困户农产品滞销,我们电商可以帮助推销啊。"

　　"荣姐,现在游客多了,青舍可以扩大规模,既有市场效益,又能带动更多的就业。"

　　你一言我一语,在自己的"家"里,女人们各抒己见,笑语畅谈。

"好！姐妹们都很有头脑,我们大家齐心协力,一步一步,把事情做起来!"任荣放下续水的茶壶,带头鼓起掌来。

……

任荣的祖籍在福建,用任荣的话说,自己的血脉里可能就有市场的基因。做过移动公司基层主管,做过大型国企矿山的矽肺病检验员,在哪里都是拼命工作,到哪里都会风生水起。2018年,任荣辞去工作,决定休整一段时间,让一直爱玩却一直没有时间玩的自己,可以随时"来一场说走就走的旅行"。2018年10月,任荣邀约几个闺密,先到将中华文明史提前到5300多年前的凌家滩遗址,又来到不远的国家级森林公园太湖山,还没玩尽兴的闺密们又嚷嚷着要来太湖山下的太湖村。村庄的一切都是原生的——野花在坡间地头星星般开放,溪水在村头嬉笑着流淌;但一切又都是破败的——白色垃圾随处可见,多数人家大门紧锁,只有几个老人在夕阳的村道上孑孑踯躅。在与老人的问答中,任荣得知,这里是贫困村,有不少贫困户,家门口没什么挣钱的路子,有力气的都纷纷外出务工谋生了。

一贯喜欢动脑筋的任荣,思想的火花瞬间闪现:手机上天天在讲脱贫攻坚,有什么办法既能自己产生经济效益,又能带动贫困户脱贫,让乡村人气回流,重焕生机呢?

任荣为自己的想法而兴奋,血脉里市场基因的火苗再次被点燃。做事雷厉风行的她,立即去浙江、江苏等乡村发展理念超前的地方,参观考察,学习借鉴。2019年3月,在铜闸镇、太湖村,以及驻村扶贫工作队的支持下,任荣只身来到太湖村八姓村民组,开始了以助力脱贫攻坚、实现自身价值为目标的创业新征程。

"家里缺你那几个钱吗？你这不是没事找累吗？"任荣的丈夫力劝。

丈夫说得没错——家里以前办厂,现在又有运输公司,的确不缺那几个钱。

"人活着,总要做点事,对自己对社会都有意义的。"不管丈夫怎么劝阻,任荣最后总是这句话。

八姓村原名八大姓村,是个有文化底蕴的村庄,这里紧倚太湖山,地势高平,水患不侵,是古代屯粮驻兵的理想之所。汤姓来自浙江湖州,王姓来自山西太原,刘姓来自江西吉水,张姓来自山东清河,郝姓来自山西太原,汪姓来自安徽徽州,马姓来自安徽肥东,卫姓来自河南濮阳,皆为古代忠诚守粮军士的后代,八姓仁义相处,代代相传,形成了和谐纯朴的民风。任荣租下一间小屋,白天走访,晚上冥想,时不时打开手机,拍几张村庄图片,与闺蜜或朋友探讨;有了突发灵感,立即在手机备忘录里记上。一种方案,又一种方案,夜深人静时,在任荣的头脑里撞击、盘旋。镇里的关心,村里的支持,更使任荣疯了般地扑在心中的事业上。青舍民宿的创办,从酝酿到冒出芽尖,从市场分析到形成方案,从与村民沟通到万事东风俱备,任荣几乎没有感觉到,她已在太湖村这个八姓村庄,在自己的出租屋里,一天也没离开地待了两个多月。

婆婆心里有想法了。婆婆有想法又不好说出来,毕竟儿媳妇做的是堂堂正正的事情。婆婆就请来自己的堂姐,婆婆的堂姐风尘仆仆地赶到太湖村,故作轻松含蓄而又卸不下严肃地说:"任荣啊,不是我说你,你做事归做事,但家不能不顾啊!"

从事业的追梦中猛然"醒来"的任荣,立即意识到问题的根源,母亲的堂姐一走,她立即打丈夫电话:"老公,过几天就是你的生日,这段时间忙得没顾上你,刚好我这边一切都有了眉目,明天我回来,陪你去买衣服,顺便把这边情况向你报告报告。"电话那头的丈夫,先是一愣,接着就高兴地连说好好好!

任荣用"统战"的办法,争取到丈夫的支持。第二天,她把陪丈夫买衣服的自拍晒到了朋友圈。"朋友圈一发,婆婆的堂姐立即点个一排大拇指的赞和鲜花笑脸,婆婆绷紧的脸也松开了,笑眯眯地要我慢慢来,不要累坏了身子。"任荣有些小小得意地告诉我们。

放开手脚的任荣,再次把全部的精力投入助力扶贫脱贫、实现自我价值的事业之中。在承租"汤和谐院",逐渐引来外地游客,积累了一定的经营经验后,她又搭载太湖村成为"安徽省乡村旅游(扶贫)示范村""安徽省首批特色旅游村"的翅膀,把村民闲置的房屋租赁下来,创办了具有自我风格和地域特色的"青舍民宿",与镇、村引进、建设的天鹰文化真人CS、南京文创手工植染、益民现代农业、渡江战役后方野战医院旧址等项目,共同推动着太湖村乡村旅游的提质增效。姐妹们也都喜欢跟着任荣干,应道萍是青舍民宿的客房保洁,双休日往往客人特别多,但就是再累,心里也是高兴的,"关键是任总好,关心人,与人相处,一点不见外。有时我们累了,她就亲自为我们烧饭倒水,还拿牛奶给我们补充营养。"应道萍麻利地擦着地板说。太湖村的游人渐渐多了起来,村庄的人气和生机重新找了回来,走在太湖村的游人放慢了脚步,也洗涤了心灵的浮躁,吃在太湖、住在太湖、游在太湖、购在太湖,"没想到太湖村乡村旅游发展得这么好!汤和谐院的餐饮风味、青舍民宿的雅致风格,要我说哇——"芜湖商会的客人直竖大拇指,"OK!"

任荣当初来太湖村的目标正在一步步实现。她的青舍旅游开发公司成立了。青舍民宿,加上农家乐餐饮,日接待游客时常超过200人。经济效益与助力扶贫得到良好的实现。承租闲置民房,增加了村民的收入;提供的20多个务工就业岗位,增加了村民收入;村民们自种的绿色蔬菜、土法养殖的畜禽,任荣收购过来,增加了村民收入,也让游客尝到了久违的小时候舌尖上的味道。62岁的八姓村村民马金凤,正在地里择着嫩绿的菜薹,"什么季节就种什么菜,都是自然生长,不打农药,现在主要是青菜、大蒜,我做了腰间盘突出大手术,不能做重活,正好种种小菜,任总给村子带来了机会,对我们帮助很大,卖给青舍公司,还有游客,一年能卖1万多块钱。"马金风满脸带笑,滔滔不绝地说。

太湖青舍电商,是任荣在餐饮、民宿之外打开的又一扇窗。村民们自产的农产品,除了卖给青舍公司供旅游餐饮之用,还有很多剩余,蔬菜、禽蛋之类,过了节气,或过了保鲜期,就白白烂在地里,白白坏在手上,影响了村民们的收入,也影响了贫困户脱贫的底气。任荣在村里和商务等部门的支持下,找来自己的小姐妹,做起了"太湖青舍电商"。王凤的老家在安庆,嫁在含山东关。原来自己也开了个西点蛋糕店,因孩子开始上小学了,就关了店门,专门接送孩子。任荣上门找到她,说起村民们农产品销售难、损失大的事,王凤被任荣的责任心与精神情怀所感染,重返"江湖",每天早出晚归,参与到青舍公司的电商事业中。渐渐,青舍电商由一开始只帮本太湖村村民线上线下销售农产品,发展到现在为整个含山县销售农产品。"这个'含山稻虾米',是陶厂镇幸福农场生产的;这个'陆伯英农家乌鸡蛋',是铜闸镇大马村生产的;这个'椒汁王',是运漕镇生产的;这个'桥联锅巴',是环峰镇桥联村生产的……"在青舍电商线下展示销售大厅,瓜子脸、瘦身材、热情精干的王凤正向游客介绍着,五大类200多种农产品,身份来历全都装在她的心里。2000年,虽然受疫情影响,太湖青舍电商帮助带动村民线上线下销售仍有130余万元。今年以来,销售势头更是强劲,也吸引更多的村民加入电商产品的生产行列。村民张春水,年近九十,有只耳朵已不大能听见,但他种的小块菜地总是被侍弄得青葱绿郁。每次收购,任荣都要额外多付些钱,任荣说,老人是村中的宝,就算是我们晚辈孝敬的,乐得老人逢人就夸"这个丫头好,这个丫头好"。

青舍正青春,任荣步不停。在村民和各级政府的支持下,任荣发展乡村旅游、助力乡村振兴、实现女性价值的劲头更足了。2021年元旦刚过，任荣又流转了20多亩荒坡地，请来了长三角知名的设计公司，进行品质设计，打造中高档民宿，进一步适应乡村旅游市场需求、助力长效脱贫致富、带动村级集体经济持续增收。"突出乡村底色，适应现代时尚，地方文化底蕴要融进去，时代潮流元素要融进来，同时更要绿色环保……"在民宿设计方案评定会上，任荣首先把自己"竹筒"里的豆子，哗哗倒出来。

花　海

一大早，太湖村驻村扶贫工作队队长杨世木、副队长乐家军，与村书记谢大勇、副书记黄维荣，就来到村里一处百来亩的荒坡地，了解特种水果种植项目进展情况。这是今年1月引进的"乐享果玩"项目。含山县林头镇人，合肥德丰生态农业有限公司的股东，老板徐吉杰，通过青舍旅游开发有限公司，在任荣的引荐下，与村里订立了投资协议，流转用地近百亩，由德丰公司先期投资500万元，种植中高档果树，形成集果树赏花、水果采摘、文化创意、体验消费于一体的娱乐型水果基地。

挖土机开动强劲的马达，铁臂伸进早晨的阳光，在荒坡地上来回欢叫，平整、梳理过的土地，斜映着光线，散发出土地特有的馨香。一切都遵守签订的合同，一切都按照商定的计划……

加快乡村旅游发展，必须留住游客的脚步。扶贫工作队与村支两委，考察、调研，听取群众意见，把太湖村放在更广泛的区域位置上，反复进行科学论证——大交通带来了太湖村不同以往的大格局，大格局带来了太湖村不同以往的新机遇——太湖村，距离商（丘）合（肥）杭（州）高铁站5分钟，距合（肥）芜（湖）高速口10分钟，距离含山南高速口20分钟,距离南京、合肥、马鞍山、芜湖,全都不超过2小时车程。太湖村乡村旅游发展,游客定位在哪里?什么具有吸引力?最后大家统一思想,是花!是花!还是花!——以花草果木为主打,把太湖村打造成华东最大的鲜花种植基地,打造成周边城市的后花园,让远近游客幸福地陶醉淹没在太湖村花的世界与海洋中!

目标既定,一切启动扬帆。

45岁的马金龙,是太湖村万村自然村人,也是种植花卉的能人。多年在北京种花,在花卉种植管理上很有一套,对花卉经营渠道也很有路子。工作队和村支两委找到他,说明要把太湖村打造成鲜花种植基地的规划,劝他回村发展花卉种植。刚开始,马金龙也心存疑虑,怕是村里一时之兴,到时发展不起来,村里拍手了事,剩下的难题都是自己的。村里告诉他,这个规划是经反复考察论证的,是坚决要干下去,并且一定要干成功的。马金龙最终被打动,在村里帮助他流转的80亩土地上,开始了"把太湖村打造成华东最大的鲜花种植基地"的回乡创业。杨世木帮他申请到15万元创业贷款,为确保稳妥,马金龙没有贸然全部种花,他在80亩的土地上试着种了28亩玫瑰花,种了10亩荷兰向日葵,其余都种上了水稻。"开始心里也没底,当时就想,先少种点,做个试验,即使市场不好,也不会太亏。"马金龙修剪着花枝,坦诚地说着自己当时的想法。没想到,花卉种植一炮走红,试种当年,收入就达40万元,不仅没亏,而且一举收回了成本。看到商机的马金龙,随即扩大花卉种植面积,建起了40亩的花卉种植大棚,购置了冷链运输车,请了两个驾驶员,人歇车不歇,将自己的鲜花,一路直接销往北京等市场。村里20多位中老年人和留守妇女,为马金龙种花、育苗、修剪、采摘、打包、运送,每天工资在80至100元,2020年底,务工村民一次性得到的工资与奖金就有20多万元。

刘李自然村位于太湖山脚下,村民凌昌喜,58岁,原本在巢湖开了家门窗厂。他也被家乡"花"的美妙事业的规划前景所振奋,回到太湖村,回到自己的刘李村庄,加入"把太湖村打造成华东最大的鲜花种植基地"的队伍的行列。"我是太湖村人,在外发展了,理应回报自己的家乡。"凌昌喜停下施肥,咧着嘴,呵呵笑着说,"我流转了600亩土地,全部种上了芍药和果树,5月份,你再来看看我的芍药花漂亮不漂亮。"大湖山上的云朵,一朵一朵,轻轻摩挲着山巅。大片大片纵横铺展的芍药苗在春风里任意舒展腰身。五月的艳阳里,无尽的芍药花,满目红遍,似在眼前。

太湖村,一派花的事业。

初　心

太湖村,有这样一群人,杨世木、乐家军、谢大勇、黄维荣……

他们是干部,他们是党员,他们是太湖村一群有着初心担当的人。

太湖村曾是含山县铜闸镇唯一的贫困村。2014年,村级集体经济负债超过30万元。全村建档立卡贫困户85户193人。现如今,贫困村的帽子早已扔掉,贫困户早已稳定脱贫,村级集体经济年收入突破30万元,贫困人口的人均纯收入,已达到14000元。全国乡村旅游扶贫重点村、省级森林村庄、省级乡村旅游示范村、全省百家乡村旅游(扶贫)示范村、全市首批AA级旅游乡村、安徽省美丽乡村重点示范村……数不胜数的荣誉和光环,使这个昔日的穷山村变成了今天的美景区,昔日的空壳村变成了今天的网红村。

"扶贫工作队的杨队长,镇里和村里的领导,他们为太湖村的发展,真的是费尽了心血。"太湖村青舍旅游开发有限公司经理任荣说起村里的变化,忍不住一遍一遍这样说。

1979年出生,从铜闸镇计生办调任太湖村的党总支书记谢大勇,回想当时为了找准太湖村产业发展定位,确定太湖村产业发展突破口,沉稳的脸上,依然掩不住些许激动,"2017年,村里干部,扶贫工作队,根本就没休过一天假。"谢大勇说,"不仅没休过假,平均每周都要加班三四次,为了发展乡村旅游和特色产业,我们一个自然村一个自然村,跑、看、论证,最后把突破口放在了八姓村。"那段时光,大家很累,累得饭都不想吃,但大家为责任所驱使,终于找到发展的突破口,又兴奋得觉都睡不着。谢大勇眼光里流露出敬佩,"我们太湖村的发展,杨队长是个大功臣。他以村为家,把贫困户当成自家人,村里的发展规划,都是杨队长和工作队亲自带领和参与制定出来的。"

路虽远,行即近之;事虽难,做即易之。杨世木、乐家军、谢大勇、黄维荣等一班人,沉下身子挖掘,直起身子提炼,一丝一丝,一缕一缕,以民生为本,以文化为魂,太湖村,就在这一群有着初心使命担当的党员干部的带领下,一步一步,从一无所有到渐次呈现出"一荤一素,一动一静,一红一绿"特色乡村旅游新格局。一荤,即以青舍旅游开发有限公司等6户星级农家乐为依托,提升地方特色美食"老鹅汤"品牌;一素,即建立多个连片花草果木基地,发展中药材及有机瓜果蔬菜;一动,即打造全省规模最大的"和平使命"综合射击拓展训练基地;一静,即依托太湖禅寺,建成"太湖禅意"手要植染工作坊和青舍民宿,进行禅修田园研学体验;一红,即发掘渡江战役历史,修复渡江战役后方野战医院旧址,打造红色革命文化传统教育基地;一绿,即重点建成八姓、刘李、档庄、王村等一批示范美丽乡村,形成休闲观光、有氧健身等绿色产业。

大湖山上看景,太湖村里休闲,乡村富裕、百姓欢乐的太湖村,迎着时代的阳光,在春风里,向着我们,迎面走来!

后　记

春风,在太湖村,以看不见的翅膀,凭空扑闪。

太湖村的春风,吹在脸上,感觉完全是原汁原味春风的质感。

没有一丝尘埃,没有半点杂质,温润而不潮湿,轻舞而不张扬。

像一杯温感正好的水,怎么喝,都是那么滋心润肺。

风从村巷里,漫过来,漫过来。经过青舍民宿,经过渡江战役后方野战医院旧址,经过精致而散发乡野地气的村民广场,向着大片大片金色的油菜花田,漫过去,一路漫过去。

村巷的那头,隐现的是灿若霓霞的桃花。

浸在春风里,满眼色彩缤纷,满鼻成长气息,满心愉悦欢喜……

我以我的感受,想象游客的感受,应该"情与貌,略相似"。

这是2021年3月15日,受安徽省《纪录小康工程》编委会委托,我走进马鞍山市含山县铜闸镇太湖村,迎面的春风给我的印象。

这个曾经被标签为含山县少有的"软弱涣散"村,这个曾经被列为铜闸镇唯一的"贫困村",这个曾经集体经济长期负债、村庄形象长期衰颓的村,在美丽乡村的建设中,在脱贫攻坚的决战中,在乡村旅游的发展中,冬去春来,破蛹化蝶!

太湖村的时代新生,青舍民宿云舞的风旗,把江淮大地乡村振兴的意象,诗歌一般,美好诠释。

宿州篇

姚山脚下

> 衡量一个社会的富足和文明,就是让每一位弱势群众生存有尊严,生计有保障,生活有盼头,精神得宽慰。
>
> ——题记

灵璧县娄庄镇姚山村曾有一座小巧玲珑的山,名曰窑山。相传其因古人在此建窑烧制陶器而得名。20世纪五六十年代,窑山更名为姚山。

姚山古时有传说,姚山当下有故事。笔者带你走近姚山脚下,一起聆听。

王啥啥和别人不一样

阳光很好,黄灿灿的油菜花,把王啥啥家门前的空场地都装满了。香风一阵接着一阵,刚打骨朵的月季,显出羞羞答答的娇嗔模样。

王啥啥坐在屋子的南门口,欣赏了一番自家花园的锦簇花团,决定出去"走一走",看看属于自己的那四亩半麦子地。

在春天的暖阳里,王啥啥的电动轮椅行走得春意盎然。姚山村的村路都铺着水泥,好走。路两边栽种的景观花木,攒足了劲地绽翠吐绿。迎头碰见村里人打招呼,王啥啥就乐得手舞足蹈——她释放情绪的标志性动作,是两只戴着护套的手不停地互相纠缠,那双灵巧的脚,则轻车熟路地驾驭着电动轮椅。

妈妈曾庆玲毕竟不放心,远远跟着。以前没有电动轮椅时,啥啥的出行全靠妈妈推;自从县残联赠送了这部电动轮椅,王啥啥的行动自由啦,她想去哪儿就去哪儿。当然,以她的体力,她做得最多的就是看看流转到自己名下的那四亩半土地。住房北门前那条东西走向的大路,经过村庄,直通无垠的田野深处,给王啥啥的出行带来诸多方便。

麦子长得蛮好,青油油的铺展到天的尽头。阳光照亮了每一片麦叶,阳光把希望撒落在原野之上。王啥啥"考察"了一番庄稼的长势,用脚趾操动着轮椅的转向,兴尽而归。妈妈已经在家门口等着了——王啥啥回到屋里时,需要妈妈为轮椅助力,那道不高的门槛,有一点点任性。

我们的谈话就在这间有着前后两个门的新屋子里开始。这座大房子属于王啥啥私有,在娄庄镇姚山村党总支第一书记、扶贫工作队队长戴安君的一手操办下,以"特事特办"的方式,于2020年6月落成。"朝北的大门,要安装大门,得做门槛,这样才能严丝合缝,才挡风,就是进出不方便。面向花园的南门,就没有门槛。"啥啥转动着脑袋,向笔者陈述着她的新屋的特点。

南门没有门槛,王啥啥可以驾着她的"宝座",直接"走"进花园里,走进暖暖的阳光里。花园和门相连处,是一片水泥地面,也是她的"观景台"。

说起这间新"闺房"的落成,王啥啥一脸幸福和感激。"灵璧县林业局捐赠了四万多块钱建房款,老宅基的危房就推倒还田了,我也有这个新住处了。前面对着村里的大路,后面带着小花园,真得劲。"王啥啥笑得一脸灿烂,看着南门外生机勃勃的花园。花园不大,栽种着油菜、月季、蔷薇和杏树。最惹眼的是那株开满粉红花朵的杏树,俏丽的花朵,招惹得调皮的蜜蜂集体跳舞。王啥啥穿着玫瑰红毛线衣,戴着玫瑰红手护,真是人比花美。

啥啥闺房的隔壁,是弟弟家的房子。弟弟弟媳都在外地打工,父母一边照顾啥啥,一边帮弟弟带孩子。"那时候老担心了,家里有个大姑姐,可别把弟弟的婚事给耽误了。幸好,弟弟结成婚了。"说起"大姑姐"身份,王啥啥幽了一默,"苗老师你知道吗?做大姑姐负担老重了。十七八岁时有人到我家提亲,一想到成为大姑姐会影响弟弟的婚事,我差点就同意出嫁了。不然,小孩都能打酱油了。"

这一片的风俗,如果姐姐待嫁闺中,弟弟就不好找对象,生怕嫁过来过上"上有大姑姐,下有公婆"的夹板气生活。当王啥啥二十五六岁成为真正的老姑娘时,她不可避免地体味到大姑姐给弟弟婚姻带来的阻碍。"媒人上门的不少,但女方一听说家里有个大姑姐,还是个废人,连相亲的第一步都省了,直接说拜拜。那时候,真有想死的心。"王啥啥轻叹一声,"真要感谢我弟媳妇,她就不怕我,愿意嫁到我家来。她说,我不是废人。我用实际行动证明给弟媳看了,也证明给大家看了。我不是废人,我变废为宝了。但如果不是遇到了来姚山村任第一书记的戴安君戴书记,我绝对做不到今天的样子。是他,改变了我。"王啥啥的语速快起来,用脚趾指了一下门口的花园,"就像这花园,如果没有泥土,没有阳光和雨露,花儿就长不出来。党的扶贫政策给予我的就是土壤、阳光和水分,而把土壤、阳光和水分带过来的人,就是戴安君书记。"

王啥啥用一句话来概括自己的蜕变:"是党的扶贫政策让我变废为宝,是社会各界的爱心让我重获新生。"

阳光从南门口扑进来,铺出一片矩形的金黄。王啥啥身体悬在沙发上,脚边是一只手机,一个 iPad(平板电脑),还有一片小毯子,毯子上放着一方十字绣,刚刚绣个开头。见我好奇地盯着看,啥啥羞涩地笑道:"我可以边做针线活边跟你聊天吗?"

啥啥所说的针线活,就是脚边这块刚刚开始绣的十字绣。是一面党旗,由镰刀和斧头组成的党徽,已经绣得有模有样。"我要赶在七一前绣好这面党旗,向党的生日献礼。"啥啥莞尔一笑,伸出左脚的大拇指和二拇指,捏住长长的绣针,扯出来一段鲜黄的丝线,然后,让绣针努力地掉转方向,扎透绣布,右脚的大拇指、二拇指捏起绣布一角,掀起,左脚大指、二拇指再扯起绣线,完成了一个针脚。在这个过程中,笔者和王啥啥全都屏住呼吸,整个画面是长久的定格,仿佛风已止,花沉醉,唯有王啥啥哆嗦的脚趾,努力保持稳定的身体,完成着这漫长的穿针引线。仅仅这一个针脚,王啥啥就用了整整五分钟时间。

王啥啥的额头上沁出微汗,她放下十字绣,突然调皮地一笑:"不行,做不了别的事,咱们就纯聊天吧。"

王啥啥这样总结自己三十三年的人生:"我和别人不一样,我真的和别人不一样,我就是和别人不一样。"

第一次发现自己和别人不一样,是六七岁的时候。村里的小伙伴快快乐乐地背着书包走进学堂,啥啥也让妈妈送自己去上学。妈妈不忍违拗女儿的心愿,把她背进了学校。一时间,同学们围着看这个除了头和脚趾能动其余都是摆设的怪人。妈妈明白乡村小学没有条件接收残疾的女儿,她含着泪,又把啥啥背回了家。自此,王啥啥明白自己和别人岂止不一样,简直是千差万别。

一岁时的那场脑病,夺去了王啥啥作为健康人大部分的权利,除了能吞咽食物,作简单的语言交流,全身上下,肢体完全扭曲、僵硬,只有脚指头能动弹,只有头可以扭动。生活完全不能自理,要么躺在床上,要么窝在椅子上。吃饭靠妈妈喂,睡觉要妈妈抱着放在床上,除了那双灵动的大眼睛,王啥啥就像是一段木头,这样的人怎么可以去念书呢?

躺在床上,王啥啥脑中放映着新入学的小伙伴在操场上蹦蹦跳跳玩耍的场景,而自己,只能像婴儿一样躺在妈妈的怀抱里。她小小的脑袋里装进去这样一个事实:我和别人不一样。既然不一样,那就做不一样的打算:认命。但爸爸妈妈不认命,自她一岁生病从医院被抱回来那刻起,就四处找医生寻单方给她治疗。有一段时间,妈妈抱着啥啥,坚持到一名老中医那里做针灸。啥啥头上身上扎了百十根银针,通上电流,痛得她哇哇大哭。

奇迹没有出现。辽阔的天空下,阳光在四季里穿行,庄稼安分守己地为劳动者提供着食物。日月漫过王啥啥那弱小的身体,朝前奔忙着。王啥啥十岁了,王啥啥十八岁了,王啥啥二十六岁了。只有家里那扇小小的窗口,向她提供着光亮;也只有通过那扇窗子,她听得到外面欢快跑动的脚步声、嬉闹时的欢笑、汽车走动时的轰鸣。在几乎与世隔绝的日子里,王啥啥变得越来越不爱说话,也不笑。花季般的女孩儿,像个表情严肃的大婴儿。

那天,父母去地里干农活了,一只小鸟在窗台上蹦蹦跳跳、叽叽喳喳,啥啥冲着鸟儿喊:"小鸟小鸟告诉我,我这一生,就这样靠父母照顾吗?我真的没有一点出路吗?真的是个废人吗?你告诉我,外面的世界是什么样子的?"

2015年,在杭州打工的弟弟用第一个月的工资,为王啥啥买了一部智能手机。春节回家时,弟弟给家里装上了网络,还帮王啥啥注册了微信和QQ账号。姐姐把王啥啥拉进了微信聊天群,弟弟还教会她使用手机。王啥啥用灵动的脚趾,在手机屏幕上画出了平生第一个符号——一个笑脸表情图。正是这部小小的手机为王啥啥打开了人生的另一扇窗,这扇窗给她呈现出一个彩色的世界。那里有亲人,有素不相识的网友,王啥啥跟着大家一起在网上说说笑笑,感受到亲情的关爱、友情的弥足珍贵。那一刻,她忘记了自己是个行动不自如的残疾人。

有一天,在 QQ 聊天群里,已经出嫁的姐姐留言给啥啥,但啥啥没有回复。姐姐马上来到家里,当面问啥啥:"为什么不回复啊?"啥啥一脸蒙,不知姐姐话的意思。姐姐打开王啥啥的 QQ 聊天群,指给啥啥看:"我问你吃饭了吗。在 QQ 上聊天感觉好不好,但你一个字没回复。"

王啥啥定睛看着姐姐,猛然把头低下去,半晌才说:"姐姐,字认得我,我不认得它啊。"在场的家人这才想起来,啥啥一天的书没念,是个标准的文盲啊。姐姐一把搂住啥啥,流着泪说:"妹妹,对不起,我忘记了你不识字。今后姐姐只给你语音留言,不再写字了。"

啥啥展眉一笑道:"姐,你帮忙帮到底,以后你先语音留言给我,然后再把语音的内容写成文字发给我,这样,我放一遍语音,再看一遍文字,我把那些字的长相都背会,记在脑子里,不就能识字了,不再是文盲了?"

从此,无论是私聊,还是在群里聊,姐姐、弟弟和亲友们都是先留一段语音,再把语音内容用文字写出来,王啥啥听着语音,对照着文字,把一个个陌生的字全部记在脑中。她还让弟弟给自己买本字典,用脚趾翻看字典上的字,记住每个字使用时的不同意思。三年时间,王啥啥硬是通过翻看字典和听语音对照文字的方式,记住了一千多个汉字。

王啥啥成了网络聊天高手。或语音,或文字,她不但会聊天,还风趣幽默,她和网友们谈人生,谈理想,甚至谈诗和远方。她从来不说自己的真实状况,没人知道她是一天书没念过的残疾人,屏幕上的那些文字,是她用脚指头敲出来的。某天,王啥啥透过网络这扇热闹的窗口蓦然问自己,网聊,是她想要的有价值的人生吗?显然不全是,或者说,只是其中的一小部分。

这时,她认识了一位做微商的网友。通过真诚交谈,网友把如何做微商的秘诀告诉了她。听说能卖货赚差价,挣到钱,王啥啥简直高兴坏了。这么说,她不再是废料了,她可以帮着日渐衰老的父母一起养家糊口了!

做微商的第一个月,她赚了十块钱,虽然不多,但这是王啥啥平生第一次挣到钱,她倍感珍惜。就这样,在做微商的路上,王啥啥开始进入"商场如战场"的网络销货时代。尽管她认识了字体的长相,但用脚趾把字画在屏幕上,还是颇费力气的,有些长相复杂、笔画太多的字,她往往要写两三个小时。尽管如此,王啥啥还是乐在其中,因为,她找到了自己活着的价值、人生的出路。

早在2014年,王啥啥就和父母一起成了建档立卡的低保贫困户,享受各项帮扶政策。2018年中秋前夕,王啥啥坐在床上,用脚趾操控着放在棉垫上的手机,正和客户就货品的材质进行对话,当她粘贴上客户的地址,准备发货时,来贫困户家走访的姚山村驻村第一书记、扶贫工作队队长戴安君,被眼前这个用脚趾坚定地敲出精彩人生的身残志坚的女孩惊到了。当他与王啥啥进行一番聊天后他更吃惊,这个一天书都没有念居然能做网络销售,全身除了脑袋和脚趾,其余都不听使唤的坚强女孩把自己"变废为宝",他一定要帮她把微店做大做好。很快,戴安君为王啥啥申请了五千元的电商发展资金,并联系县电信公司,为王啥啥免去每月一百多元的网络费用,王啥啥全年网络开绿灯。紧接着,又推荐她免费参加灵璧县残疾人电商培训班。在三天的培训学习中,王啥啥见到了许多和自己一样的朋友,还聆听了全国脱贫攻坚奖奋进奖获得者、全国自强模范、中国好人、全国"三八"红旗手、中国青年五四奖章获得者、全国自强模范、安徽省道德模范、最美奋斗者李娟的先进事迹。李娟是砀山人,患有脊髓性空洞症,导致全身瘫痪,只有脖子以上能活动。她硬是用嘴巴咬着触控笔,在手机上做电商,带领全家脱贫致富。李娟的先进事迹给王啥啥很大鼓舞,她和李娟成为微信好友,她还暗下决心,一定向李娟学习,做最美奋斗者,早日脱贫。

三天的培训学习,给王啥啥恶补了许多电商知识,因为没法记录,她就把老师的讲课内容用手机录音,在家里反复播放。对今后如何运营自己的微店,她更有信心了。让王啥啥没想到的是,灵璧县商务局、残联为她注册了"贝店"账号,通过"贝店"客户端,销售日用百货,并有专业人士帮着打理,货源供不应求。王啥啥更有底气了。她将自己的"贝店"命名为"心心",把网名改为"王心",意为心心念念不忘党的关爱和扶贫工作者们的帮助,心心念念做最好的自己。

开阔了眼界,积累了经验,王啥啥胆子更大,信心更足,她决定在自家土地上做文章。家里的四亩半土地全部流转到她名下,爸爸妈妈成了她聘请的工人,帮着她种植、管理。王啥啥从网上选择优质品种的红薯、萝卜、西瓜、白菜种植,让特色农产品唱主角,成为她网店的畅销品,一时供不应求。自开店以来,王啥啥没收到过一次差评,固定客户有百余名,三年销售额突破五万元,不但带领全家成功脱贫,还走上致富小康之路。

暖暖的阳光透过密匝匝、金灿灿的油菜花,带着一股香气,铺在王啥啥的双脚上。皖北的春天仍有些凉意,王啥啥赤裸的双脚却散发着热腾腾的朝气。她忍不住又用左脚的大拇指、二拇指捏住了绣花针,但没有朝绣布上扎,而是有点羞赧地问笔者一个问题:"苗老师,我有资格入党吗?没有党的扶贫政策,我一个残疾女孩能'站'起来吗?能带领全家致富奔小康吗?是党给了我第二次生命,我感恩共产党,感恩时代,感恩国家。"没容笔者开口,她马上又说,"虽然现在我还不具备入党的条件,但这是我的梦想。我今后会做得更好,我要帮助别人,回报社会,来证明自己!"说罢,王啥啥把绣针扎进绣布,"这面十字绣党旗,我一定在七一前绣好,向党的生日献礼。"

笔者竖起拇指给她一个赞,忍不住也问她一个私密问题:"啥啥,想过嫁人吗?"

王啥啥抬起头,笑得有些恣意,用几分调皮的语气说:"老实、厚道、能干活、知道疼人,可以考虑。"

一阵风来,花香阵阵。门口花园里的一朵月季,两小时前还含苞待放,这会儿突然张开花蕊,散发出芬芳。

"瞧,你花园里的花儿,善解女孩儿心,这会儿开放了,正在为你祝福呢。"

王啥啥咯咯咯笑了。她的笑声直扑花丛,满园的花枝被笑声砸得一起摇晃起来。

郭邦标把花粉带得满村都是

去娄庄行政村郭庄村民组采访郭邦标,不是一件容易的事。郭邦标这几年喜欢在村里村外不停地走动,村路两边的花木带、路灯,新铺的水泥路,崭新的白墙青瓦的楼房,还有村里的小广场,地里生机盎然的庄稼,哪一样都让郭邦标觉得新奇。他行走的步子又大又快,总有看不完的稀奇。偶尔,他会停下脚步,摸摸村里亮化工程安装的路灯杆,嘴里念念叨叨,一副很欢喜的样子。

郭邦标先天二级智力残疾,尽管四十大几的人了,仍然像个孩子一样需要人看护。这几年,家里的三间老房子翻盖一新,还围了一个大院子,大门口是宽敞的厨房,厨房里支着地锅,灶台也是新的;院子里铺着水泥路面,堂屋门口还拴着一条威武的土狗。整座院落显得干净整洁。

刚进郭庄村村口时,一个高大的身影一闪而过,消失在一片新楼房后面。陪同采访的村干部告诉笔者,那就是郭邦标。

看来,今天恐难见到郭邦标。

接待笔者的是郭邦标的爱人郭大嫂和郭邦标的妹妹郭邦杰。很明显,郭大嫂也有些智力残疾,她和郭邦标正好相反,她喜静。此刻,她正在厨房的一只木案板上揉面,见到生人,她有些拘束,揉面的双手盘在面团上,憨憨地笑着,不知所措。

以下是笔者与郭大嫂的对话:

"郭大嫂,你揉面做啥?"

"我蒸发面馍。"

"哟,你手怪巧哩。馍搁哪里蒸?"

"就搁这个地锅蒸。有柴火,芝麻秆,好烧。"

"蒸馍几个人吃?"

"两个人吃。"

"那个人是谁?"

"俺当家的。"

"你当家的不在家吗?"

"他出去玩了。你今个搁这儿吧。"

或许是看出笔者的疑惑,郭邦杰忙着解释:"嫂子这几年话多了,以前一天都不说一句话。她高兴时最喜欢说'你今儿个搁这儿吧',意思就是,今天别走了,在这里吃饭吧。"

果然,在笔者与郭邦杰座谈时,郭大嫂插话说了 N 遍"你今儿个搁这儿吧"。她用最简单的语词表达着内心的那份纯朴情谊和欢喜。

在这个家里,确实也只有郭邦杰是最好的采访对象。

郭邦杰的身上,装满了全家人的故事和苦难。她曾被评为"灵璧好人""宿州好人",郭家也是姚山村首批"孝老爱亲"示范户。郭邦杰,这个勇挑全家重担的女子,她以自己的坚强毅力,守护住了一个大家庭的圆满,而她的付出、她为此做出的牺牲、她对亲人的不离不弃,一直在十里八村传扬。

郭邦杰小时候就知道自己家和别人家不一样。她有一个大她六岁的智力残疾的哥哥,哥哥不但不能帮家里干活,反而还要时时让家人看护,以免出现意外。从小时候起,邦杰就是哥哥的跟屁虫,哥哥走到哪儿,她就跟到哪儿;哥哥走累了,她就牵着哥哥的手,领哥哥回家吃饭。那时候家有父母撑着,虽说哥哥智力残疾,但日子在郭邦杰眼里是温馨的。哥哥三十几岁的时候,在亲友的说合下,娶了一房媳妇。两个脑子不太灵光的人搭伙过日子,虽说和健全人不能比,但在他们的世界里,有属于自己的对话和生活方式,倒也其乐融融。

在这个特殊家庭长大的郭邦杰,明白自己肩负着什么,那就是既要照顾日渐年迈的父母,又得照顾智力残疾的哥哥嫂嫂:家里的土地要耕种,一家五口人的饭菜要做,衣服要洗;做好饭,还要端到哥哥嫂嫂手里并看着他们吃下去;给哥哥嫂嫂洗好衣服晒干后,还得给他们换上。有时去镇上买日用品,虽然离开家几个小时,她都不放心家里,生怕一不留神,哥哥嫂嫂会跑掉,而父母年纪大,腿脚不方便。

郭家有女初长成,一转眼,郭邦杰长成了大姑娘。说媒的踏破了门槛,但这时候郭邦杰心里明镜似的,她不能出嫁,不能离开这个家,否则,这个家就散了。郭邦杰朝媒人摇头,说她还小,还不想出嫁。就这样,从少女到大龄青年,郭邦杰一直都是家里的顶梁柱,日复一日地劳作,照顾双亲和哥嫂的生活起居……

日子就像抓在手里的沙砾,不知不觉间流失掉,生活的压力,让郭邦杰像个女汉子一样,顶天立地,家里家外,不辞辛苦。没想到的是,积劳成疾的母亲生病了。家里花光了不多的积蓄,还是没能挽回母亲的生命。母亲的病逝,让伤心过度的父亲罹患脑溢血,瘫坐在轮椅上,成了生活不能自理的人。

推着轮椅上的父亲,看着智力残疾的哥嫂,郭邦杰感觉自己一下陷入冰谷。

其时,扶贫干部到她家了解情况了。郭家的现状让村干部和帮扶人员吃惊,他们一次次上门,有针对性地为郭邦杰家制定帮扶措施,低保、残补、产业扶贫、健康扶贫……很快一件件落实到位。这让郭邦杰那双无助迷惘的眼睛一下变得清亮了,那颗凄楚的心一下有了停泊之处。没想到,她家的困境,在国家出台的扶贫政策的关照下,一下得到全方位解决。

这时,一位淳厚的年轻人陈逸锋被勤劳善良、吃苦能干的郭邦杰所感动,他自愿入赘到郭家,做上门女婿,和郭邦杰一起撑起这个家。郭邦杰看到了未来,结束了一个人作战的困境,她和爱人携手并肩,这个家有了希望。

如今,郭邦杰有了孩子,爱人在外地打工挣钱,她在家看护家人,照顾孩子。如果说以前的日子是在泥巴路上挣扎,现在则是在康庄大道上驰骋了。

"我以前从来没想过未来,因为没有未来。现在不一样了。孩子聪明可爱,爱人踏实肯干,哥哥嫂嫂也整天乐悠悠的,这个家,是完整的,有希望、有未来的。"郭邦杰说罢,长出了一口气,脸上挂着欣慰的笑意。

"你今儿个搁这儿吧。"郭大嫂已经把面团揉成了圆圆的馒头,她憨憨地笑着,不时插话。

笔者也不时向她道谢,然后问她:"带我看看你的家,好吗?"

郭大嫂马上站起身,带着两手白白的面粉,乐呵呵地领着笔者去看她家的堂屋、卧室。她指着堂屋门说:"大。"又指着卧室角落被隔出的小小卫生间,憨憨地笑着,连说"好,好"。

郭邦杰瞅了嫂子一眼,笑道:"我们家享受了'351''180'的健康脱贫政策,残补、低保、危房改造政策,哥哥嫂嫂的房子就是推倒危房重建的,考虑到哥嫂行为能力受限,就在卧室帮他们建一个卫生间,这样,夜晚他们也不用外出上厕所,很方便。扶贫干部还帮我申请了五万元小额贷款,购置一台旋耕拖拉机,农忙时租赁给村里人用,每年有五千多元的收入;另外,我还种西瓜、花生等特色农产品,不但年年领到特色种植补贴,每亩还多收入一千元。农忙时间和老公一起忙地里的庄稼;农闲时,老公就外出务工挣钱,我负责看护家人。一年有四五万元的收入,2017年底,我们家就脱贫了。但脱贫不脱政策,我对今后的生活就更有信心啦。"

在郭大嫂真心实意一遍遍"你今儿个搁这儿吧"的挽留声中,笔者和她们姑嫂俩告别。刚刚走出大门,迎面碰见郭邦标正从大路上朝家奔。他穿着簇新的藏蓝色棉服、深灰色裤子、黑色运动鞋,袄袖和裤子上沾着星星点点黄色的油菜花粉。笔者大喊一声:"郭邦标,你好!"

郭邦标愣怔了一下,冲笔者做个鬼脸,又一尥蹶子跑开了。郭邦杰喊道:"哥,要记得回家吃饭啦。"然后对笔者说,"我哥总是把油菜花粉带得满村都是,他喜欢跑。不高兴时,他会睡床上不动;心里一高兴,他就四处跑。这可能就是我哥表达欢喜的方式吧。"

我眼睛瞎了,但心里明亮

"来家坐,来家坐!"

离院子还有段距离,姚山村山后村民组的王德红就大嗓门地招呼起来。他让儿媳妇扶着,迎到院子外。王德红家的院子很宽敞,全部铺成水泥路面,他乐呵呵道:"这下好了,我走路时再不怕绊着了,地平整了。"

坐在宽大的院落里,晒着太阳,听王德宏说他丢失眼睛的过程。

"我今年五十二。二十二年前,我三十四。那天是农历八月初三,表弟让我帮他办个事,我没答应,心里就想着去石料场炸石头挣钱。不然,也没这事了。装好炸药,放好雷管,没响。等了一会儿,不放心,就去看看。趴着看了一会儿,看不出所以然,就用撬棍朝里捣捣,轰隆一声,我里妈妈娘来,一股气浪把我掀翻,脑袋一热,用手一胡拉,一脸血。天旋地转,漆黑一团,朝地上一倒,我就没知觉了……在徐州住了二十多天医院,医生也没办法,告诉我,一只眼睛当场就被炸飞了,另一只在眼窝里也没用了。就这样,我成了双眼瞎……"

在王德红失去双眼的那年,女儿九岁,儿子七岁。一家人的重担全部落到爱人胡大姐身上。

"以前我是顶梁柱,没了眼睛,还花光了多年积蓄,我担心她一个妇道人家,怎么撑起这个家。没想到,她全部熬过来了。"

别人家都有人出去打工,王家不行。王德红需要人照顾,胡大姐只能待家里,照顾生活不能自理的他和两个孩子。哭也哭过,气也气过,回过头来,日子还得朝前过。地里的活,家里的活,起早贪黑,忙里忙外,胡大姐认命了。

"有一天我说,你带着我到地里干活吧,哪怕我能薅一把草捆半捆麦棵,说明我还没有全部废掉啊。"王德红再次陷入回忆,"我爱人说:'好,我来做你的眼睛,我们一起去下地吧。'"

胡大姐搀扶着王德红,走出山后村,一起朝田地里走。路上,胡大姐不时指着东西南北四个方向,向王德红述说村庄的变化、道路的变化:谁家又盖了新屋啦,谁家地里种了中药材,谁家娶了媳妇,嫁了闺女。抬头看到杨槐树开花了,胡大姐就说村头的杨槐花真稠啊,可以摘了蒸着吃了;一辆汽车轰隆隆地跑过去,胡大姐马上说,汽车上装了满满的木材,肯定是运到镇上板材厂的。胡大姐兢兢业业做着王德红的眼睛,而王德红,在爱人不间断的"解说"里,分明看到了乡村日新月异的变化,看到了长满庄稼的田野,看到了太阳照射下闪亮的杨树叶……王德红会做简单的庄稼活了,可以薅草了,能帮着爱人朝绳子上晾晒衣服了,可以拿着扫帚打扫院落了……

孩子们长大了,但要花钱的地方也多了。这个家,比想象的还要困难。2014年,王德红家被列为贫困户,建档立卡,享受残补、低保等扶贫政策。看到胡大姐因为要照顾王德红,不能外出打工,扶贫干部就从村扶贫工厂拉来一台小机器,让胡大姐"居家就业","按件计资"。就这样,胡大姐一边照顾王德红,一边在机器上加工小零件,一年下来,挣了一万多块钱。扶贫干部又鼓励他们家种植特色农作物黑小麦、中药材和西瓜,并帮他们申请了特色种植补贴,仅此一项,土地收益又增加了一万多块。

王德红是个乐观性格,尽管遭受了生活的磨难,但这几年日子过好了,儿子娶上了媳妇,生了孙子,日子更加有盼头了,他说话的声音也响朗朗的:"我的眼睛瞎了,但心里明亮。如果没有党的扶贫政策,我家哪能过成现在这样?"王德红一边说,一边用手指着新盖的楼房,指着大院子,指着院子东旁的厢房,仿佛这一切,他都看在眼里,记在心坎上了,"我儿子在上海打工,是扶贫干部介绍的工作,一年有好几万块钱的收入呢。要不然,我家哪能脱了贫,还盖起新楼房,垒个大院子,娶上了媳妇?"

王德红的儿媳妇黄林林在一旁抿嘴笑着,递上一杯白开水,小声说:"爸爸,恁喝一口水吧,别渴着了。"

喝过水,王德红的精气神更足了,他有些得意道:"俺家的事,还上过《中国扶贫》杂志呢,题目我都能记得,叫《不离不弃,奋力脱贫》,俺老伴还被评为'宿州好人'。她是我这辈子的眼睛,没有她,这个家早就散了。"

但非常遗憾的是,笔者没能见到那位做王德红眼睛的胡大姐。按他们家的"工作分工",胡大姐今天去镇上上班,儿媳黄林林在家值守。婆媳俩,一替一天在家照顾王德红。

结束采访,王德红送笔者到大门口,依旧大嗓门地招呼着:"欢迎再来我家,到时我让老伴待家里陪你拉呱,她可是个有故事的人啊。"

很显然,王德红举手投足间透露出,他是个被家人一直"惯"着的幸福感十足的男人。

六安篇

大湾村的"门道"

1

去大湾村,直接去了陈泽申老汉的家,不,准确地说,是去他家的老屋,因为那屋已经成了一处风景。

沿9公里红军大道前往花石乡大湾村,是早晨8点多钟,天有些阴,天空铺着薄薄的云层。穿过3229米长的将军岭隧道,进入绵延的群山,沿江高铁飞架其上,悬若天桥。

初春,春雨淅沥,山道弯弯,从车窗望出去,苍翠的群山间升起了云雾,远山如梦,近岭如烟。快到大湾时,天渐渐放晴了,山里人家的窗玻璃突然明亮起来,在阳光下一闪而过。花石乡大湾村位于帽顶山下,平均海拔在800米以上,因2008年行政区划调整,由原大湾村、帽顶村、桥边村三村合并而成。

大湾村的第一个高光时刻,是2016年4月24日下午。

地处大别山腹地的金寨,被誉为"红军的摇篮、将军的故乡",是国家级首批重点贫困县,2011年被确定为大别山片区扶贫攻坚重点县。2016年4月24日,习近平总书记来到金寨县花石乡大湾村走访村民,同当地干部群众共商脱贫攻坚大计。

那天的情景,大湾村第一书记兼扶贫工作队队长余静记得特别

清楚:

  记得总书记一下车就走进贫困户陈泽平家,仔细询问他家里情况:"身体还好吧?这个季节屋里还有点冷吧?家里种几亩地?"看到床边堆着几袋稻谷,总书记抚摸着稻谷问:"这都是你们自己种的?存的粮食够不够吃?"走进贫困户汪能保家,总书记拿着扶贫手册,一边看一边问:"老汪,你老伴患有高血压?严重吗?高压多少?低压多少?一年看病要花多少钱?"问询之后,总书记叮嘱道:"因病致贫、因病返贫问题时有发生,扶贫工作要进一步完善兜底保障措施,在医保、新农合方面给予更多扶持。"总书记强调,要满怀对老区人民的热爱,不辜负革命先辈们的期望,按照党中央提出的精准扶贫要求,打好脱贫攻坚战,让老区人民过上幸福美好的生活。在村民陈泽申家门前,总书记同乡亲们围坐在一起拉家常,听乡亲们讲述自家脱贫情况。他语重心长地说:"我这次专门来看望大家,从北京坐了一个半小时的飞机到合肥,又坐了一个半小时汽车到金寨,再用一个多小时进山来看你们,就是要了解农村脱贫,特别是革命老区扶贫的真实情况。"总书记指出,打好脱贫攻坚战,要采取稳定脱贫措施,建立长效扶贫机制。座谈会上,我向总书记汇报了扶贫历程,并当场向总书记表态:"大湾村一户不脱贫,我坚决不撤岗。"(《决战决胜最前沿——驻村扶贫干部口述》,中共安徽省委党史研究室编)

5年后,大湾村再次迎来它的高光时刻。

2021年2月25日上午,全国脱贫攻坚表彰大会在京召开。金寨县花石乡大湾村党支部书记何家枝登上领奖台,代表整个大湾村从习总书记手上接过了"全国脱贫攻坚楷模"奖章,余静获得"全国脱贫攻坚先进个人"称号。

那一天,陈泽申和乡亲们一起收看了表彰大会的现场直播,当看到何家枝和余静时,他们禁不住热烈鼓掌。

一路上,熟悉大湾村的老张向我介绍这些情况时,我已经有些急不可待了,此前,我已经看了不少关于大湾村的新闻报道和视频资料,我猜想着,这深山里的大湾村到底在脱贫攻坚的路上有着什么样的"门道",让它如此精彩?

老张好像知道我的心思,他说,先去看看陈泽申家的老屋门吧,那里肯定能看出"门道"的。

2

陈家老屋在大湾村的入口处,一面高高的斜坡上。陈泽申老人正在清扫院子,看见有人上来,便放下手中的笤帚,快步迎过来。他上身穿一件藏青色的唐装,大红扣子十分抢眼,那是村茶场的工作服。

1950年2月出生的陈泽申,虽说已经70多岁了,但看上去很硬朗、很精神。他如今是茶场的职工,但大多时候还是留在老宅里,负责这边的参观接待工作。座谈会之后,每天都有很多人,从全国各地来到这里,听他讲述当天的情景。若是采茶季节,就到茶厂的扶贫车间炒茶,一天工作8小时,每小时16元。一个茶季,20多天下来,能挣3000多元。

习总书记来的那年,陈泽申还没有脱贫,不过日子已经开始好起来了。陈泽申的儿子陈长军,早年在上海打工,上班时突然晕倒在地,紧急送往医院,但却没能抢救过来,到底也不知得的什么病。那年儿子才31岁,孙子陈杰才4岁,陈家顿时天塌地陷。一年以后媳妇改嫁,虽说就嫁在了花石乡本地,但从那之后,就没了往来。

"这都是十七八年前的往事了。"老汉有些悲伤,也有些感慨,"我老伴过世,也有十一个年头了!"

陈泽申的老伴,是2009年去世的,那一年,孙子刚上小学五年级。从那之后,陈泽申就拉扯着孙子,一老一小,相依为命。衣裳破了没人补,鞋子破了没人缝,吃没的吃,喝没的喝,出门一把锁,进门一盏灯。老屋也越发破败了,下雨漏雨,刮风进风。这几间老屋,还是1984年,改革开放之后建起来的,当年在村子里,也算好房子。陈泽申兄弟7个,早年家里穷,都没怎么正经上过学。他认得的几个字,还是后来在部队学的,只能看看报纸,不能提笔写字。1966年,陈泽申应征入伍,1970年退役回乡,1972年和妻子在老庙里草草结了婚。庙叫"五岳堂",是老汪家的家庙,"汪"是当地的大姓。1955年,国家修梅山水库,陈泽申一家9口从金家寨移民上来,没有地方住,就住在这座庙里。他还清楚地记得,爷爷奶奶故土难离,死活不愿意上来,留在了库区的山上。当时他才5岁,是跟在大人身后,一步一步走上来的。

小的时候,陈泽申经常饿肚子,为了吃饱饭,生产队把山上的树全都砍光了,种上玉米。但他们仍然吃不饱饭,经常饿肚子。日子是从2014年开始好起来的。这一年,政府为贫困户建档立卡,经过相关程序,陈泽申成为大湾村第一批建档立卡贫困户,也正是那一年,孙子上了高中。县里的领导,亲自给校长打了电话,把3年的学费全免了,解决了大问题。接下来又给他爷孙俩办了低保,每人每月316元,日子就好过多了。在这之前,家里的主要生活来源是水稻,但陈泽申年纪大了,做不动了,收成不如人家的好。他又不能出去打工,挣不来钱,日子就这么一点一点越过越穷了。

"现在?"老汉吃惊地看着我,似乎是嫌我问得多余,"现在当然不一样了！孙子毕业了,也上了班,一个月能挣好几千元呢!"

陈泽申的孙子从省涉外经济学院毕业以后,在合肥的网络公司上班,挣得不少。2017年,陈泽申在自己的努力和各项脱贫政策的帮扶下,年收入3万多元,顺利实现了脱贫。

门前的几只大公鸡不停地啄啄觅觅,冠子鲜红,体态壮硕。据陈泽申说,他原先还养了不少黑山羊,自从到茶场上班,就顾不上了。我注意到老汉的老屋里有一个商品柜,里面整齐地摆放着金丝黄菊、手工黄大茶、干豇豆等农产品,柜台上还张贴着二维码,来参观的人,用手机一扫码,就完成了交易。

目前,陈家老屋已经成为大湾村一个著名的旅游"打卡点",门前的导游牌上有中文、英文和韩文的景点说明。2016年享受易地搬迁政策之后,陈家老屋和院子里的一切都保留了当年座谈会的原样,中间一匾子花生,周围一圈小板凳,很多参观者在院子里拍照留影。老屋的坡下,是陈家移民上来时住过的汪家老庙,如今也变成了一个小型停车场,方便越来越多的游客停车。

3

现在,我终于可以仔细看看陈泽申老汉家的大门了。

其实,现在来大湾村的人,到了陈泽申的老屋前,一般都会先上下左右打量他家的房门,因为大家伙儿一般都听说过关于这扇门的故事,故事的名字就叫"二改门"。

陈泽申的老屋,是农村里常见的土坯房,但奇怪的是,房门并不朝向正南,而是向东南倾斜,看上去有明显的改动痕迹,和外墙不在一条线上。这在农村十分少见,有悖一般人的风水理念。因为在民间有所谓

"穷不改门,富不迁坟"的说法。但也有人反其道而言之,以"穷改门,富迁坟"为说辞骗取钱财,陈泽申就遇见过这样一个风水先生。

10多年前,陈泽申痛失独子,儿媳留下4岁的孙子改嫁,加上老伴一病不起,又看病吃药,欠下了4万多元的债务。一连串的打击让陈泽申手足无措,他想这是咋的了呀?别是冲撞了什么,才这么祸不单行。命运坎坷之时,人们往往容易迷信。于是他请来了这一片有名的风水先生,请他给看一看到底是哪里出了问题。这风水先生到了陈家,先是里里外外走走看看,而后故弄玄虚道:"你这门的朝向有点问题啊,'穷改门,富迁坟',你把这门的朝向改了,保你往后的日子越过越顺!"陈泽申一听,立马就动手,花了两天的时间拆墙卸门,把门的朝向从正南改成了东南,算是除了一块心病。

但具有讽刺意味的是,生活并没有因为"改门"而有所改变,反倒是病了5年的老伴,在"改门"不久后就撒手人寰。家里只剩下60岁的陈老汉和未成年的小孙子,日子越过越艰难。

老陈家的这扇穷门到底怎么才能跨过去啊?几经折腾的陈老汉彻底丧失了对生活的信心。

2014年,一场脱贫攻坚战在金寨县打响,陈泽申被列为建档立卡贫困户后,大湾村第一书记、扶贫工作队队长余静和几个村干部来到了他的家中。他们为他制订了精准脱贫的帮扶计划,把脱贫的门道一条一条说给他听。

真有这样的好事?陈泽申将信将疑。但很快,帮扶干部就带人在陈泽申的院子里搭起了光伏电板,如今靠"晒太阳",老汉一年就能挣3000元。金寨县为每个贫困户争取到了分布式光伏电站建设资金1.6万元,但建一户分布式光伏电站需要2.4万元,贫困户还需自筹资金0.8万元。2014年的陈泽申手里拿不出这笔钱,村里就通过互助资金,给他贷了0.8

万元,之后用光伏收入的一半来偿还这笔贷款。

　　陈泽申所享受的脱贫政策,除"两不愁三保障"外,还有易地扶贫搬迁、产业奖补、公益性岗位、小额担保贷款等等。金寨县规定,建档立卡贫困户愿意易地扶贫搬迁的,每人补助2万元,若该户为库区移民,每位移民人口补助1.5万元。对自愿腾退宅基地的,按照类别进行补助。易地扶贫搬迁所需住房,由村民理事会统一设计、统一建设。陈泽申从旧房搬到新居,享受易地扶贫搬迁补助4万元,库区移民易地搬迁补助3万元,宅基地腾退补助9.48万元,共计16.48万元,而由村民理事会统一筹建的两层楼房,成本只在12万元左右,还有4万多元的结余。

　　2017年,陈泽申搬进了沿溪而建的新居,大湾村易地扶贫搬迁安置点。白墙灰瓦的徽式小楼,客厅里有空调,厨房里有自来水,卧室里还铺上了木地板。大湾安置点于2016年7月规划建设,新建了29套房屋及3套过渡性用房,新修了5米宽、680米长的水泥路,新铺了500米柏油路。安置点按照美丽乡村建设要求,规范了猪舍、鸡舍养殖场地,实行污水统一处理,在环境卫生方面做到房前屋后干净整洁,窗户干净、屋内干净、厨房干净、厕所干净、个人卫生干净,生产生活用具摆放规范,村庄环境整洁有序。住进新居的村民,改变了延续上千年的户外如厕、人畜共处的生活习惯,像城里人一样干净、卫生、讲究、体面。陈泽申的弟弟陈泽平,前些年儿子车祸去世,老伴手又残疾,家中生活异常艰难。如今老哥俩一起光荣脱贫,第一批搬进了安置点。当年习总书记来到他家,问他愿不愿意搬到山下住,他激动得手足无措,没想到这么快,他就告别住了50多年的破旧老屋,搬进宽敞明亮的小楼里来了。和其他所有的人家一样,屋里家具电器一应俱全,他还特意在茶几上摆了两个鱼缸,养了两缸金鱼,寓意"年年有余",把脱贫"光荣证"贴在客厅最醒目的位置上。

　　2017年,陈泽申被聘为环境卫生保洁员,年收入6000元。在脱贫攻坚战中,金寨县设立了公路养护员、油茶管护员、光伏电站管护员、护林员、环境卫生保洁员等多个公益性岗位,聘请贫困户上岗,每月工资500元。全县共有2066名贫困劳动力,在就业扶贫政策下创新开发的村级公益性劳动岗位上实现了家门口就业。金寨县还有一项政策,就是对贫困户发展特色种养项目进行补助,贫困户种植茶叶、毛竹、中药材以及养蚕、养猪、养鸡等,年收入有3000元以上的,按比例给予奖励,最高可奖补3000元。陈泽申用政府的贴息贷款养羊,羊群很快就从3只5只扩大到了20多只。2016年底一算账,单是养羊这一项,老汉就挣了1.2万元。他还养了乌骨鸡,种了天麻。因此,这几年陈泽申每年都能够获得特色种养奖补3000元,而且通过"一亩园"政策,他每年还可收入2000元。

在脱贫攻坚过程中,金寨县摸索出了一些新做法,根据贫困户致贫原因、家庭实际情况,量化菜单、因户施策。在产业扶贫方面,金寨县实行阶梯式增收奖补政策,激发贫困群众内生动力。传统的奖补是你养几头猪给你多少钱,而新办法是根据你养的猪最终产生多少效益、获得多少经济收入来决定奖补多少,这样大大提高了农户的积极性。通过奖补激励,全县黑毛猪、山羊、黄牛养殖量激增,茶叶、生姜、蔬菜、菌药发展迅猛,年销售产值在1.2亿元以上,加上奖补资金4300多万元,贫困户户均增收5000元以上。

"唉!当初怎么就想起来去改门啊!"陈老汉无比感慨道,"风水先生的那一套都是歪门邪道,政府的扶贫政策才是脱贫致富的真门道呢!"

大湾村搞起"农家游"后,陈泽申家的"二改门"成了游客必听的故事,陈泽申把自家种的天麻和从山上打来的板栗卖给前来参观的游客,也是一笔不小的收入。为了方便付款,老汉还用上了微信,只是不太熟练,需要游客帮助才能完成。

4

陈泽申摘掉贫困户帽子,拿到脱贫"光荣证"以后,就把"光荣证"放大装裱,挂在堂屋墙上的正中间。2017年,陈泽申被安排到村茶场上班,每月工资2000元,成为一名茶场职工。2020年4月21日的中安新闻客户端上,有一张老陈的新闻照片,照片上,老汉戴着口罩,穿着那身显眼的唐装工作服,在大湾村扶贫车间一口大铁锅前忙活,那是他在炒制春茶。他的身后,悬挂着"2020六安瓜片传统工艺师带徒(蝠牌茶旅)"的红色横幅。

这个村子以茶为主,现有茶园3000来亩。早上8点上班,晚上5点下班,平常就拾掇拾掇院子,干干杂活,没太多的事情。早饭是在家里吃,中饭和晚饭在茶场里吃,场里常年有16名职工,每顿饭三菜一汤的标准。每天陈泽申都是茶场里到得最早、走得最晚的。但这样清闲的日子,老汉实在是过不下去,他给自己定下脱贫后的新目标:学炒茶,成为一名炒茶技师!

实施产业扶贫以来,借助当地的地理位置和环境优势,大湾村坚持"生态茶乡"的定位,大力发展茶经济。在上级有关部门的支持下,积极改造提升了1000多亩老茶园,新建了1500亩高标准密植茶园,形成了近3000亩的种植规模。同时,在中央定点扶贫单位的帮助下,他们还合作发展小规模精品有机茶园60多亩。为了打造茶产业链,村里引进了茶产业龙头企业"蝠牌茶旅",采取"企业+农户"模式,企业经销,农户务工。村里新建的一座占地6000平方米的茶厂,也出租给了"蝠牌茶旅",作为产业扶贫车间,不少贫困户在这里学习掌握了一技之长,成为专业的炒茶技师。

早在产业扶贫车间成立之初,陈泽申就把家里的鸡和羊"清了仓",报名参加了村里举办的炒茶培训班。很多人不相信,说这是个技术活,老陈你都这把年纪了,还能学得会吗?陈泽申不服这口气,为了用实际行动证明自己,他不会就学,不懂就问,比年轻人到得更早走得更迟花得功夫更大。生锅、二青锅、熟锅……时间、火候、手法……很快,陈泽申就熟练掌握了全套炒茶工艺。手把手教,包教包会,不少贫困户通过学习,成为具有一技之长的炒茶工人。每年采茶季,车间里像陈泽申这样靠炒茶赚钱的贫困户还有几十位。成为扶贫车间的正式炒茶技师后,陈泽申每年增收2万元,家庭总收入相比2015年的整整翻了10倍。

不仅如此,陈泽申还带了很多徒弟,其中大部分是贫困户。很多贫困户都是慕名而来,争着拜他为师。但必须经过陈泽申的技术传授和"过筛子",新手才能正式上岗。如今,成为炒茶车间熟练技师的陈泽申,每天一身唐装,在车间里一边带徒授艺,一边给游客现炒新茶,名气越来越大。如今,大湾村游客突破30万人次,陈老汉的年收入也第一次突破了4万元。他现在最大的心愿,是攒钱给孙子在合肥买房,娶个孙媳妇。

5

又是一个清晨,陈泽申吃过早饭,去茶厂上班,现在道路宽广而平坦。他习惯于骑一辆自行车上下班,自行车可以直接骑到大湾村"党群服务中心"。这也是村民们口中的村部,位于原大湾村桥边小街中部,一座新式的三层小楼。楼前悬挂着大幅标语:"红绿结合,茶旅结合,山上种茶,家中迎客",一眼望过去,十分醒目。

常常,陈泽申会看到不远处的停车场上有大巴车正在缓缓停靠,这几年,来大湾村参观学习和旅游的人越来越多,村里新建了不少车位和一些小型停车场,新修了进村的道路。老路坡度太大,车子不容易上来,去年从另一侧新修了这条路,平缓多了。

有时候,陈泽申也会停下车,站在村部前望一望村庄。小广场上,新修建的凉亭对面,一大片白色小楼沿着山脚依次排开,潺潺流水穿村而过,白墙灰瓦与满山滴翠相映成画。这片让城里人都惊叹羡慕的花园洋房,是2018年前后,大湾村完成189户危房拆迁改造后新建的集中安置点,这样的安置点一共建了4个。过去,村里的住房是和猪圈连在一起,茅厕也是在房前屋后,蚊蝇遍地,臭气熏天。如今,茅厕和猪圈不见了,取而代之的是错落有致的楼房和花草点缀的小院。

春天,杏树、李树、桃树,几乎家家门前都盛开着各种各样的花。

自从做起了乡村旅游,村口的旅游厕所建起来了,路旁的分类垃圾桶竖起来了,道路宽敞,村落整洁,人人脸上满是笑容。陈泽申告诉我说,过去村里全是土路,遇上雨雪天气或是夏季发洪水,人们就很难出村了,就是天气好的日子,进城上店也要三四个小时。"现在多好啊,"如果这时候有邻居们走过来,陈泽申和他们打着招呼,看着这情景,就会一起感叹着,"晴天就不用说了,下雨天出来都不用穿雨鞋!"

大湾村地处800米海拔之上,山场总面积48298亩,其中耕地面积5303亩,园地面积776亩,林地面积高达39846亩,森林覆盖率占总面积的82.5%,全村基础设施建设薄弱。所以这几年大湾村在基础设施建设和产业发展上都投入很大。大湾村8个村民组,水泥路"组组通"、三相电"组组通";全村建成273.6千瓦光伏电站一座,年均收益约28万元;新建了一座6000平方米综合性茶厂,29户农户发展民宿和农家乐;同时,全村新改厕260户,100%的村民用上了干净卫生的自来水。

脱贫攻坚战以来,大湾村依靠"山上种茶、家中迎客"特色产业,探索出一条具有大别山革命老区特色的脱贫致富之路。大湾村于2018年实现村出列,2020年底建档立卡贫困人口全部脱贫,人均可支配收入由2015年的7120元增长至2020年的14450元。

而一个更让人兴奋的消息,则是有一家外来企业正在对大湾的老旧住宅进行改造,准备打造一个体量拥有上百个房间的民宿群。

这个以汪家宗祠为中心的民宿群,是对白水河古老汪氏聚族而居的老屋进行改造的,工程完工后,大湾村的旅游接待能力将大幅度提升。汪家祠堂始建于清乾隆十六年(1751年),历时十三载,耗费了近万两白银。祠堂的上、中、下三殿为三进三开间,左右各有3间偏殿和7间厢房,一共29间,外加4个雨搭,各房之间均有廊道相连,内有6个大天井院。1930年,党在汪家祠堂成立了六区七乡苏维埃政权。1938年6月,边区党委在花石乡白水河汪家老屋成立,边区党委机关也驻在汪家老屋,又称新四军四支队后站。李先念、董必武、叶挺等老一辈革命家都曾在这里工作和生活过。

1981年9月,汪家祠堂被公布为省级重点文物保护单位。

清明节的时候,陈泽申的孙子从合肥回来,爷孙俩还特地去汪家老屋和周边看了看。

大湾村位于天马国家级自然保护区脚下,环境优美,资源丰富,总面积25.6平方公里,森林覆盖率达90%以上,2016年被省旅游局评为安徽省旅游扶贫重点村,周边有马鬃岭、帽顶山、十二檀古树群等著名景区景点。古色古香的游客接待中心,在疫情之后已经开门迎客,修旧如旧的土坯房,"变身"为农俗博物馆,白水河边的十里漂流项目也初具雏形。

站在汪家祠堂的大门前,抚摸着大门上的铺首衔环,陈泽申不知怎么突然想到了自己家老宅的大门,都是门,却在说着不同的故事。

在村子里转悠着,陈泽申自豪地对孙子说:"什么时候,你谈对象了,到我们村子里来,看风景,去漂流,保证她会喜欢上我们大湾的。"

那天,结束采访,傍白水河沿七马公路穿村而行,离开大湾时,有些不舍。

两边的山坡上,有牛羊隐在山林,偶尔会有一两声羊咩从耳边掠过。

天很蓝,云很白,山很高。

海拔渐渐下降,再次回望大湾村,突然发现,山峰之间,山道穿行,仿佛就是一道大门,阳光倾泻下来,山山岭岭披上了金光,那大门敞开着,如同迎接着一个金光灿灿的未来。

铜陵篇

冠玉记

铜陵市枞阳县西北端,合肥、铜陵、安庆三市交界处,有两个镇,一名"麒麟",一名"鳌"。

"麒麟"是麒麟镇,一个有100多年历史的古镇,受桐城派影响,历来崇文重教,钟灵毓秀。新中国成立后,枞阳县先后出了9名中国科学院院士和中国工程院院士,麒麟镇就占其三。"鳌"是岱鳌村,隶属麒麟镇,岱鳌山下有一个美如冠玉的村子,美学大师朱光潜的故里。

麒麟,上古之仁兽,雄者称麒,雌者为麟。古人说,麒麟出没处,必有祥瑞。鳌,海中大龟,有人说是龟蛇,也有人说即龙的第九子螭吻(民间就称螭吻为鳌龙),平生好吞火,置于宫殿屋脊上作镇脊之兽,可以灭火消灾。按《礼记》的说法,麒麟与鳌,加上龙和凤,为"上古四灵"。麒麟镇与岱鳌村,龙山凤水,人杰地灵。

岱,大山也,岱鳌,山如大鳌,或者大山如鳌。辛丑之春日,好风吹我到岱鳌,登岱鳌山,访岱鳌村,与岱鳌人游,做得几日岱鳌人,心旷神怡,归来作《冠玉记》。

应与岱鳌人共语

晚樱夹道,密密丛丛布排在2公里长的绿色长廊左右,粉红复瓣的花开得正好,像村中人的笑脸,既温暖又内敛。油菜花田东一片西一片,茎碧蕊黄,蜂舞蝶绕,香得人直想打喷嚏。映山红似蓬蓬火焰,点缀竹篱屋舍之间。丘陵之上,百千树木参差,无边青草连绵,池塘如水镜,田园似锦衣,条条大路通村、通组、通人家,岱鳌山在村子背后起起伏伏,青峰黛屏陡然起云烟。

那一天春和景明,驾车经237国道,过麒麟镇,初到岱鳌村,喧嚣顿时隐去,村中美景像蜀锦一样在眼前层层铺展开来,想起《晋书·王羲之传》:"羲之雅好服食养性,不乐在京师,初渡浙江,便有终焉之志。"岱鳌,是一个可以终老的地方。

谁能想到,这样一个美好的村子,几年前还是省级贫困村?

说起岱鳌村4年前的状况,外来姑娘戴杏琼最有发言权。

她是云南人,在外务工时与岱鳌村一位小伙子相识相恋,结成伉俪。后来,她随夫回到岱鳌村,任村委委员、扶贫专干。在回村工作之前,她和丈夫很少回岱鳌。一来打工挣钱不易,要节省花费;二来村中贫穷落后,实在没有多少可以徘徊、留恋之处。

在她的记忆中,岱鳌过去是一个很破落的地方,村里虽然地势大体平阔,却连一条好路都没有。晴天不敢穿裙子,出门不到一个时辰,衣服能洗出半斤泥。雨天更不用说,到处都是黑泥巴,无处下脚,硬着头皮抬起脚,泥巴不是甩到脸上,就是甩到了后脑勺上。就连麒麟人引以为荣、闻名远近的岱鳌山,好多地方也是荒芜的,远不像今天这样草木葱茏、风光旖旎。

但现在,假如她外出个把月,回来时就有些蒙,有些经常上门去办事的人家竟然找不到方位了。不是人家迁了新居,而是路变了,变得宽阔,变得四通八达,变成了晴雨两相宜的水泥路,再加上屋前屋后栽花草植树木,绿化、净化、美化,村子像女大十八变,一天一个样,一月一新颜,好多人家看起来既熟悉又陌生。

今年 72 岁的老村干陈玉权,党龄已有 51 年,他对家乡的蝶变更是深有感触。

老人家年轻时在东海舰队服了 6 年兵役,1976 年退伍回村当村干,历任团支书、民兵营长、生产大队长、支部书记、总支书记,到 2014 年退休,当了将近 40 年的村干部,对岱鳌的人文历史、过去现在、点点滴滴的变化自然是了如指掌。

那天早上,戴杏琼领我去他家拜访,他正在烧鱼块。岱鳌村的村民有早上喝粥的习惯,以前就着咸菜喝,现在喝个粥也佐以鸡鸭鱼肉,像从前的阔佬似的。

谈起家乡的嬗变,老人家说,20 世纪七八十年代,岱鳌还十分贫困,原因主要有以下几点:

村子处在丘陵地区,山是荒山,"黄泥夹乱石",田里漏水,是"筛子田";

田地少,4000 人的村子,田地只有 3800 亩,人均不到 1 亩,单产也低,1 亩田收不到 300 斤稻子;

村子处在枞阳、庐江、桐城三地交界处,这三地现在分别隶属于铜陵、合肥、安庆三个市,过去交通不便,位置很偏僻。村里人的思想观念也保守落后,很少有外出打工的,许多青壮年待在家中,"早上起了床,迈开脚,不晓得是往前走好,还是往后走好",除了种一点点田地,找不到其他事情可做,劳力大量过剩,挣钱找不到门路。

他说,现在真是好了,土地流转,由种植大户、养殖大户承包,村民坐收租金、入股分红不算,还从田地里解放出来,要么到外地打工,要么在村里的企业上班。"这不,我那老婆子这几天大清早就起来,到村里姚雨生承包的白茶基地摘茶叶,一天挣一张'毛老爹',喊都喊不回来。"

身为老党员、老村干,他对现在的村两委一班人很满意。"他们真心实意为老百姓办实事,群众拥护,我更是带头支持。"他说,岱鳌这几年的发展"很可以",水泥道路呈环线,家家户户住楼房,村子美得像画一样;贫困户脱贫,村子出列,村集体一年有几十万元的进项;村干部"能团结",齐心协力带领全村老百姓致富奔小康;支部活动也很多,经常开展学习。

在村里的安徽大鹏生态牧业有限公司,我遇到在公司当黄牛饲养员的脱贫户陈应富,请他谈谈过去。他开口就说:"以前愁都愁死了。"

陈应富家住横泊村民组,是2014年的建档立卡贫困户。当时,他的父母年纪大了,妻子得肺病,治了好几年还是去世了,两个孩子在读书,欠一屁股债。家境如此,自己又被死死捆在家里,日子过得苦巴巴的,"一天等不到一天黑"。后来,父亲过世,女儿出嫁了,儿子大学毕业后在杭州一家酒店当厨师,农闲时他就去常州打工。不想,2018年,母亲因为风湿病,突然半瘫痪,生活不能自理。他是个孝子,没考虑以后的生计问题,就匆匆忙忙卷起铺盖回乡了。

"一回村,村里的干部就上了家门,介绍我到陆大鹏办的养殖场当黄牛饲养员,一天上8个小时班,一个月工资3500元,活计不算累,在家门口上班,还能照顾母亲。"他接着说,"党的脱贫攻坚政策好,村干部实心实意为群众办实事,岱鳌脱贫了,我也脱贫了。"

岱鳌村党总支书记、村委会主任姚钱尧在一旁说:"应富现在走路都哼小调。"是打趣,也是实话。

在岱鳌村蹲点采访的几天里,眼中所见,皆是美景;耳中所闻,都是热乎乎的枞阳方言。岱鳌之美,在景,也在人心,在村民们对党的真诚感恩之心。

南宋张伯淳《唐多令·寄吴间》词说:"应与鳌峰人共语。"把鳌峰换成岱鳌:应与岱鳌人共语。与岱鳌人相语、相处,身沐和煦春风,心也沐浴在春风里。

唤醒盘活沉睡的资源

3月底,岱鳌馨悦白茶有限公司的茶叶基地里,40多人在采明前茶。大多是老头儿老太太,有本村本镇的,也有隔壁合肥市庐江县的,其中不少过去是贫困户。他们的儿女大部分在外上班或务工,自己在家里颐养天年,却劳作惯了,身子骨闲不住,茶季里帮姚雨生摘茶叶,点工,一天100块钱。

瘦而精干的姚雨生拿着笔和本子,在茶园里穿梭,忙着计工。以前他当小包工头,在外地做路桥、机电安装工程,带三四十个人干活,挣了一些家底。但是家里人和亲戚都在外地,家中只有母亲和岳母两个老人留守,日渐年迈的二老时刻牵着他的心,加上在外漂泊久了,想家,给别人打工时间长了,不想继续看别人脸色,想自己当老板。恰在此时,村里的干部打来电话,请他回乡承包集体茶园。

姚雨生心动了,结束了手头的工程,遣散了一班兄弟,带着妻儿回到岱鳌,在家乡一展身手。村干部带着他到浙江安吉考察茶产业,学习茶叶种植、管理、制作技术。请来省市农业和茶业专家到村实地考察论证。专家们认为,岱鳌的田地耕作层厚,土壤肥沃,富含氨基酸,水源固定,水质符合农业用水标准,适合种植白茶。

2018年,他承包了村集体190亩茶园,同时承包了农户家的210亩荒山荒地,种上安吉白茶、黄金叶、黄金芽,又在岱鳌山麓建了一座茶厂。今年3月21日,茶园开园,开始采摘,头茶价格每斤800—1000元,二茶每斤600—800元,三茶每斤300—600元,目前已产干茶100多斤,都销售给了朋友和过去与自己有业务往来的企业老板。

他说,村集体的茶园年租金是每亩400元,农户家的荒山荒地每亩每年租金300元,加上建茶厂、买茶苗等等,目前他的馨悦白茶公司已经投资270万元。岱鳌的水土特别适合种植茶叶,就拿白茶来说,岱鳌产的白茶,白化度、香气、氨基酸含量更高。他自己有一些人脉关系,茶叶不愁销路。村里人都支持他,干部几乎天天上门为他排忧解难,到了采茶和锄草季节,群众都来帮忙。他对公司的前景充满信心。

横泊组的汪飞,是村里另一个茶叶种植加工大户。他原先在常熟做服装生意,这几年服装生意不好做,一直盘算着转型。2019年底,村干部把他请了回来,承包了村集体的另一片茶园,有340亩。

姚雨生和汪飞是岱鳌的种植业大户,陆大鹏则是养殖业的致富带头人。

和姚雨生、汪飞一样,他也是村里的干部请回来的。过去,他一直在常熟做服装和布匹生意。2014年5月,在村干部的诚恳邀请下,他回乡创办了安徽大鹏生态牧业有限公司,专业饲养大别山黄牛。村里人称这种牛为"力牛",就是耕田出力的牛,是本地老品种,自然适宜在本地养殖。

陆大鹏租了村集体1600亩山场,又从土楼、许新、小黄、曾庄4个村民组70多户农户手中租了300多亩闲置地,建了占地200亩的牛舍,其他山场和田地全部种上苏丹草、甜高粱、墨西哥玉米等。2015年,他养牛60头,第二年增加到150头,后来最高峰存栏有200多头。牛养殖3年即可出栏,市场上的牛肉一般每斤45元,陆大鹏的牛吃的全部是草料,喝的是山泉水,牛肉质量特别好,吃起来喷香的,每斤均价65元,一上市就被抢购一空。这几年,他的纯收入每年都有60万。

陪同采访的姚钱尧,对大鹏牧业的情况,比陆大鹏自己还熟。

姚钱尧说,大鹏牧业有12个固定员工,分别负责种草、收草、施饼肥、草料加工、放牧和日常管理，其中有不少原来是贫困户，现在工资收入每年3至4万元不等。另外，还经常请季节性临时用工，多的时候一天有100多人。每年付人工工资60万元左右，每年付村集体山场和农户田地租金16万元有余。

陆大鹏说："村里的干部很贴心。我刚回乡时，他们帮我选项目，之后又请省市专家教我养殖技术，时刻关注着公司的发展，遇到困难，打一个电话，他们就来帮我解决。"

岱鳌村离麒麟镇镇政府14公里，距枞阳县城60公里，偏居一隅，过去交通不便，信息闭塞。虽然村内有山、有水、有林地，但村民穷，村集体更穷。2015年，村里的账户上只有9块钱。

村党总支第一书记、驻村扶贫工作队队长崔光庆说，2016年，村集体收入只有5000元，4015人的村子，贫困人口有461个，贫困发生率高达11.48%，被确定为省级贫困村。为了帮助岱鳌村打赢脱贫攻坚战，组织上派了包括他在内的3名扶贫干部到村工作。

崔光庆是铜陵市选派干部，来的时候是市农委副调研员，2017年4月到村任职。他说，刚刚来时，他有点不敢相信自己的眼睛，村子的贫困落后程度远超自己之前的想象：路是机耕路，弯曲狭窄，像鸡肠子，晴天到处灰蒙蒙的，一下雨就成了烂泥田。垃圾乱扔乱倒，到处堆积成山，苍蝇、蚊虫和塑料袋满天飞。田地是瘦的、漏的，山上是荒的、秃的。老村部又潮湿又简陋，被夹在两幢民房中间，好几个人挤在一间办公室里上班。村集体一穷二白，打一份材料的钱都拿不出来，遑论其他。没有任何主导产业，群众还在沿袭从前的耕作模式，种一点水稻和油菜。

他说到一个细节：刚来村里时，因为老村部房子不够，他借住在岱鳌小学一楼的值班室里。校园四周杂草丛生，值班室的门下边有一条好几厘米宽的缝隙，蛇和老鼠经常从缝里钻进来。每天晚上睡觉之前，他都要用塑料行李箱把缝隙堵上,再用椅子把门顶住。

崔光庆坦承,面对岱鳌的贫困现状,当时自己的心理压力很大,晚上经常睡不着觉。村子贫困如此,村干部也意志消沉,都感到前途渺茫。村干部工作积极性严重受挫的原因有两个方面:一方面,村里的工作好多年没有起色,发展找不到路子,在镇上也没有地位,心中郁闷;另一方面,他们的年收入不到2万块钱,根本养不了家糊不了口。

"不过,让我感到有希望的是,村两委的干部很团结,而且,在他们心里,是想带领乡亲们脱贫致富奔小康,干一番大事业的。"崔光庆说,"只要找准脱贫致富的路子,找到目标和方向,他们就会像火种遇到柴草,立刻熊熊燃烧。"

崔光庆到村之后,与扶贫工作队另2名干部和村两委成员一起,日夜到老党员、老村干、村民组组长和其他村民家中调研走访,了解实情,摸清家底,研究分析岱鳌贫困的原因,理清工作思路,最后达成共识:必须因地制宜发展村级集体经济,壮大产业,唤醒和盘活沉睡的资源,走绿色产业扶贫的路子。

岱鳌村有5000亩集体山场,分布在岱鳌山中,其中2000亩是公益林,另3000亩是经济林。公益林不能动,但经济林可以改造利用。他们决定做山场文章,选准产业发展带头人,请村里在外的能人回乡承包山场,发展种植业和养殖业。

他们筑巢引凤,他们热情似火,他们苦口婆心,他们望眼欲穿。于是,姚雨生、汪飞、陆大鹏这3位能人先后被村干部请了回来,种茶、养牛。村里全力做好协调、服务、保障工作,让能人大户安心发展产业。目前,这两大产业均欣欣向荣,发展态势喜人。

山场被盘活了,村集体有了固定收入,接着又建了100千瓦光伏电站,集体经济一年比一年壮大。2017年,岱鳌村集体经济收入4.5万元;

2018年,超过15万元;2019年,超过57万元;2020年,达到74万元。

产业兴,带来百业旺。能人大户鼓了钱袋子,村集体有了源源不断的收入,不少贫困户和村民在家门口找到了工作岗位。不仅如此,他们还把闲置的田地租给大户,有了稳定的租金收入;把扶贫小额贷款放到企业,入股做了股东,每年有分红。从土地上脱身出来,村里有70%的农民外出务工挣钱,盖楼房,买轿车。

脱贫户邢社英,此前就把5万元扶贫小额贷款放在茶业公司里,一年分红3000块钱。另外,经常在茶园里锄草、摘茶,一年收入也有万把块钱。

村民董菊芳说,白茶基地就在她家门前,她家的2亩多地以前是荒地,后来租给公司,一年租金有600多块钱。她在家带孩子,还在茶园里做做事,一年有一两万元收入。

陆大鹏创办牧业公司后,有13户贫困户于2017年各贷款4万元入股,按6%分红,每年光分红收益就有2400元。2018年,他又牵头成立畜牧养殖专业合作社,以公司+农户的形式带动4户村民养牛。他把小牛送给这些农户散养,每户10头,自己负责技术指导,负责统一销售,农户每户也出5万元入股。加入合作社的农户,养一头牛纯收入在3000元左右。他说:"只要牛不丢,就能稳稳当当地挣钱。"

用村干部的话来说就是:在企业的带动下,岱鳌村群众以土地经营权流转"获租金",扶贫资金注入基地"变股金",群众就地务工"挣薪金",盘活山场和闲置田地"分现金"。

崔光庆介绍,从发展经营主体入手,结合农村"三变"改革,依托"基地带动,龙头企业带动,专业合作社带动,能人大户带和群众自我发展"这种"四带一自"产业扶贫模式,岱鳌全村现在有15个家庭农场、2个专业合作社、3个农业加工企业、1个市级农业产业化龙头企业。21个产业主体,壮大了村级集体经济,促进了农民增收,有力地助推了脱贫攻坚。

除了引导能人大户种茶、养牛,村里还引导贫困户和其他村民发展媒鸭、龙虾养殖。

梨园组的余传圣,是2014年建档立卡贫困户,致贫的原因是妻子得了尿毒症,孩子又上高中。以前他在上海帮人送货,年收入3万元左右。妻子生病后,他不得不回乡照顾妻儿。村干部引导他养殖媒鸭,开始一年养6000只,现在每年养15000只,一年收入有10万元。他是一名党员,自己脱贫致富了,还带动2户贫困户就业,帮着喂鸭放鸭。

下洲组的朱永照,从相邻的阳和村入赘到岱鳌村,因为妻子有精神性疾病,两个孩子还在读书,过去家里很是贫困。一家只有他一个劳力,又不能出门务工,只好打打零工、抓黄鳝、钓龙虾勉强度日。后来村里引导他租了10亩田,在稻田里养龙虾。他又借钱买了一辆面包车,接送客人;加上家人享受产业发展、低保、残疾人生活补助、教育扶贫等一系列扶贫政策,他家大前年就顺利脱贫了。

2018年,岱鳌村高标准出列。贫困户于去年年底全部脱贫,胜利完成脱贫攻坚任务。

在岱鳌,村干部们轮流陪着我,看山,看水,看田园,看基地,看企业,看发展。他们像打了胜仗的将军,个个神采飞扬、信心满满,说话底气十足。有什么比家乡由穷变富、自己事业有成更让人快乐呢?何况,他们的工资收入现在是过去的三四倍。

身为第一书记、扶贫工作队队长的崔光庆,这个市里来的扶贫干部,在岱鳌一干就是4整年。把4年光阴奉献给岱鳌,他认为非常值得,既锻炼了自己,也和群众建立了深厚的情谊,是一生中难得的工作经历。他一直抱着这样的信念开展工作:做一名合格的党员,做一名推动特色产业发展的书记,做一个销售农产品的能手。

这些年,即使得了重感冒,连到食堂打饭都没有力气,他也不离开脱贫攻坚的战场。他先后争取产业发展财政补贴资金数百万元,力推岱鳌村特色产业从无到有,形成茶叶、黄牛、媒鸭、龙虾种养四大产业。他还帮助贫困户销茶售鸭,其中一次,他就帮余传圣销售媒鸭1560只,销售额7.8万元。

好搭档姚钱尧如是评价崔光庆:他对老百姓家"锅大碗小"了如指掌,对村里的经济发展做出了重大贡献。人品也好,虽然是处级干部,但与老百姓相处,亲如兄弟。他举了个例子:脱贫户吴德华,患脑梗塞中风后,记忆力严重减退,有时候连自己的家人都不认识,却对经常上门走访的崔光庆记忆深刻。每次看到崔光庆,老远就喊:"崔书记,来家里坐啊。"

来家里坐,多么亲切的乡音!

因为扶贫成绩显著,2018年和2020年,崔光庆两次获得"铜陵市优秀扶贫干部"荣誉称号。2019年,他被组织提拔重用为铜陵市市委农村工作领导小组办公室专职副主任。2017年至2020年,是扶贫工作队的一个任期,驻岱鳌村扶贫工作队3名成员,全部被评为优秀等级。

大师故里的美丽蝶变,"大师故里,福地岱鳌"

这是岱鳌村的美丽乡村建设主题,也是宣传口号。大师,当然指的是朱光潜,中国现当代著名美学家、文艺理论家、教育家、翻译家。他的故里,就在岱鳌山下的朱家老屋。福地,神仙的居所,幸福安乐的地方。今日的大师故里,不仅富,而且美,岂不是福地?

岱鳌富了,这还不够,还要美。尤其是美学大师朱光潜的故乡,更要美如仙乡,美如冠玉。

2017年,在镇村的共同努力下,岱鳌村被确定为省级美丽乡村建设示范点。这个中心村,辖7个村民组132户563人,朱光潜故里包含在内。先后整合、投入资金840万元,实施项目建设。新建了村党群服务中心,3层620平米,办公面貌焕然一新,办公条件大幅度改善,群众来村办事也更加方便快捷。新建绿色长廊一条,长2公里,两旁花木扶疏,田园如诗如画。新修通组主干道和通户路3.7公里,与"村村通工程"修筑的村道一起,在整个村子内,形成四通八达的水泥路网。开展房前屋后环境整治,规范各种杆线,对建筑立面进行统一改造提升,实现村庄内无乱搭乱建、乱堆乱放。彻底清除露天的和简易的厕所,建立"村收、镇运、县处理"生活垃圾收运处置体系,铺设污水管网,实施雨污分流,对沟塘进行清淤,安装路灯,修人行步道,建公共厕所……岱鳌一天天旧貌换新颜,从丑小鸭蝶变成了白天鹅,变成了古人帽子上镶嵌的碧玉。

在聊天时,戴杏琼说:"眼见着村子一天天好起来、美起来,我乐不思蜀,以后就扎根村里不回城里了。"

崔光庆说:"岱鳌如今山清水秀,人又淳朴,我现在双休日和假期回到铜陵市区,还真有些不适应。"

岱鳌现在的自然环境美,人心更美。这是美的两个层次,在岱鳌也实现了天人合一。

岱鳌有古风,村子里的人朴素、热情又和善。那几天我两次到朱光潜故里,那些不相识的人,操着枞阳话抢着和我说朱光潜小时候的故事,虽然方言不太好懂,听起来有些费力,他们的话语却暖如炭火。

与朱光潜未出五服的退休老师朱起,一边领着我在朱光潜小时候住的地方转来转去,一边解说。他说,朱光潜家原来有两幢房子,一前一后,茅草盖的,后面一幢有七间,房子早就拆了,后幢的地基还在。房子前面,小地名叫鹰猫地,有一口池塘。他还说,朱光潜很小的时候,念书很"懵",并不聪明。有一回被他父亲朱子香打了,钻进附近一个荆棘丛里哭,哭得昏天黑地,很伤心,最后吐了好几口浓痰。不想,从此就变聪明了。乡人都说:"朱光潜把糊涂痰吐掉了。"

朱起老师还把我领到他家,搬出一摞旧版书,里面有《康熙字典》残本,有朱光潜著作《写给青年的十二封信》的手抄本,里面或许有朱光潜的手迹。这些书有的发霉了,有的被虫子蛀了,他说,家里没有保管的条件,想把这些书捐给图书馆。

两次去,91岁的朱世青老人都坐在门口的小椅子上,埋头阅读旧版的《西游记》,也不戴老花镜,眼力好得很。他是朱光潜的侄子,村里人都说他和朱光潜长得很像。对比朱光潜老年时的照片,确实像。老人说了很多话,其中一句让我记忆犹新:"就是当皇帝,也要把'勤'字顶在头上。人勤快,到哪里都有的吃。"泥土一样质朴的语言,其中蕴含着金石一样宝贵的真理。

近几年,麒麟镇和岱鳌村把恢复和重建朱光潜故居提上议事日程,结合岱鳌山旅游开发,发展乡村文化旅游业。

据说,麒麟镇因"麒麟送子"的传说而得名。镇子与庐江县、桐城市毗邻,西南临菜子湖,东北倚岱鳌山,是典型的丘陵岗区。钟岱鳌山之灵气,得菜子湖之润泽,荫桐派之文风,麒麟人像所有桐城人、枞阳人一样,一代代持守"穷不丢书,富不丢猪"的古训,文化底蕴深厚,代代出人,光两院院士就出了3个。1953年2月,毛主席在视察安庆时专门问道:"安徽有一个叫光升的老先生,还在不在?在武汉革命政府时,我和他共过事。"毛泽东问起的这个光升先生,是著名爱国民主人士、教育家、法学家、中国同盟会会员,当过全国政协会员、安徽省政协副主席,家在麒麟镇阳和村,与岱鳌村相邻。

麒麟中心学校的校训就是"崇文、传美、务实、行健",主持工作的副校长刘忠告诉我,"崇文"就是崇尚桐城派,"传美"就是传承朱光潜美学。

  岱鳌山绵延数十里,有 9 座山峰,主脉在岱鳌村境内,其主峰龙王顶海拔 276 米,宛如一只巨鳌突兀而起,一进村,远远就能望见。其山脉生成于白垩纪中晚期的地壳运动,缘于郯庐断裂带上的一次火山爆发,形成了今天典型的喀斯特地貌。山中多奇石、溪流、古树、传说、古迹,人在山中,移步换景,素有"皖中小桂林"之誉。山中有三贞庵,是清代宰相张英的三个二世祖姑初建。清代雍正年间,十世孙张廷玉重修,并撰《重修三贞庵记》,其碑现存庵中。山上还有桐城派三大家之一姚鼐祖上的墓园,和明代中书舍人姚翠林的基地。这里还是新四军、游击队战斗生活过的地方,出过马哲聪、张亮侯、黄大荣等一大批仁人志士,埋葬着为革命英勇牺牲的朱锦铭、李景堂等先烈。区域内有自然景观和人文景观 70 多处,每年来岱鳌山观光旅游的人络绎不绝。

  2017 年 9 月,麒麟镇邀请专家开展岱鳌山生态旅游总体规划修编工作,启动旅游开发。目前,枞阳县正着手从 335 省道修建一条旅游大道,直通岱鳌山脚下。岱鳌村在山下修建了人行步道、停车场、旅游公厕,岱鳌山的旅游开发正式拉开序幕。岱鳌村在走乡村文化旅游的发展路子,以此推动乡村振兴,让刚刚富起来的村子和村民端起旅游碗,吃上山水饭。

  "鸣瑜合清响,冠玉丽秋姿",岱鳌未来可期。

宣城篇

水墨大南坑

你是问我对大南坑的印象?

这么说吧,大南坑啊,是一幅画,如一支歌,似一首诗……

我也知道,其实都是些庸常的比喻。但此刻,沿着泾县"美丽公路",傍着汀溪河,转过一道山脚,大南坑村展现在眼前的刹那,我的眼睛、耳朵,还有心灵,真的是看到了一幅画,听到了一支歌,读到了一首诗——

一座座山峦,在晴空下环列;一梯梯茶园,在春光里叠翠。宽阔的汀溪河,绸缎般的溪流,滑过满河的卵石,哗啦啦啦,奏响大南坑春天的乐章。一拨一拨远方的客人,眼里储满神往,走向一家家客栈,走向一处处农家乐,任性释放身心的疲惫与尘劳。满山满崖的杜鹃花,恣意绽放,通红似火,让一首远逝的歌谣,毫无预兆,从杜鹃花蕊里,风飘而来,直抵心田:

若要盼得哟,红军来

岭上开遍哟噢哦,映山红

岭上开遍哟噢哦

映山红

……

大南坑村隶属宣城市泾县汀溪乡,不远处就是"皖南特区苏维埃政府"旧址,沿着崇山峻岭、顺着叮咚溪流修筑的公路,也不知转了多少道弯,把这座皖南深山古老的村落接入时代的快车道。泾县扶贫局社会扶贫股股长陈绍祺,也是汀溪乡扶贫联络员,这位1989年出生、经历乡镇与县直多岗位历练的男孩,还有他的同事、1997年出生的政策宣传组的胡泽慧,一路说起全县扶贫、说起汀溪大南坑,滔滔不绝,如数家珍。陈绍祺告诉我,2017年,大南坑实现贫困村出列;2019年,实现建档立卡贫困人口全部脱贫。村级集体经济,从曾经一无所有的"空壳村"蝶变为年收入超过50万元的"经济强村"。

大南坑村原名大坑村,传说古时一颗陨石破空而降,砸地成坑,由此而有"大坑"村名。后来为了配合发展"汀溪兰香"茶业,多方申请改为"大兰村"。几经周折,申请的"大兰村",最终批复下来,却变成了"大南村"。

大南大南,既有方位气度,更兼山南之阳的意韵,虽与初衷稍违,却更风华谐和,OK!

十四座溪河桥

2017年5月,扶贫工作队王德斌、桂祖庆、宋伟进驻大南坑村。

王德斌是队长,桂祖庆是副队长,宋伟是专干。

这天,一大早,王德斌一行就挨家挨户,开始走访,了解全村群众生产生活情况。

一道三四米宽的小溪,横在脚下,挡住了去路。

"别急,你们等着,我先看,看能不能过去。"王德斌说着,脚尖点踩着露出水面、间距不一的石头,跳跃着走向对面。

"扑通",大家还没反应过来,王德斌已身子一斜,一下子滑跪在水里。

大家惊得啊呀一声,看着王德斌狼狈的样子,又忍不住哈哈笑起来。

王德斌从水里爬站起来,看看腿上手上的擦伤,笑着说:"没事,没事,开路先锋哪有那么好当的,反正湿也湿了,你们等着,我来把石墩支稳,你们再过来。"

王德斌一一支好石墩,又从水里搬来几块大些的石头,放到间距略大的石墩之间,看看一切稳妥,手一挥:"行了!"自己站在水里,看着大家一个一个从眼前的石墩走过。

上得岸来,王德斌拧干裤脚,穿着湿鞋,与大家一路说笑,继续向前走。

又是一道小溪。

只见溪水哗哗流淌,可左瞧右看,就是不见石墩。

大家你看看我,我看看你,最后把目光都集中到王德斌脸上。

刚才还与大家一路说说笑笑的王德斌,脸上有了一丝凝重。

"看来这里的过河石要么被水冲走了,要么就根本没有过河石。"王德斌说着,略思片刻,自己率先走进水里。

大家也都不说话,脱下鞋子,将裤脚挽到大腿处,跟在王德斌后面,涉水走向对面。

一路上,过了四道小溪,窄的五六米,宽的二三十米,除了王德斌滑到水里的那道小溪上,有几个有用没用装点着的过河石墩,其余几道,都只能涉水而过。

这下,王德斌不但脸色凝重,心也越来越沉重了。大家的心,也都越来越沉重了。

"与群众吃一样的饭,才知道群众吃得怎样;与群众住一样的房,才知道群众住得怎样。今天我们与群众走一样的路,才知道群众平时出行怎样。"王德斌感慨万端,"现在天气暖和了,就是蹚着溪水过河,也不会凉着什么。冬天呢? 学生娃们呢?"

"队长说的是,这里的村民,出行真是太不方便了。"90后专干宋伟,略显稚嫩的脸上,眉头紧锁着说。

大家点着头,沉重地点着头,继续进行预定的走访。

一行人来到大坑村民组陈国庆家。陈国庆一家五口人,父母年届八十,儿子读职高,爱人残疾,全家生活重担,压在陈国庆一人身上。2014年纳入建档立卡贫困户,通过低保、教育、产业等多项帮扶,2015年,达到脱贫标准的陈国庆,主动要求退出了"贫困户"。陈国庆告诉工作队,现在自己种植的茶园,加上护林员公益岗位,一年纯收入有2万多元,生活一点也不愁了。他还告诉工作队,自己想利用大南坑村茶叶和旅游发展的机会,扩大自己的茶叶种植范围,实现更多的增收。

王德斌对陈国庆脱贫又立志的做法给予赞赏,鼓励他好好干,有什么困难,直接找工作队和村里,"老陈,我们会全力帮助你的!"王德斌握住陈国庆的手,站起身说。

就在王德斌前脚跨出大门,后脚还在门里时,陈国庆突然压低嗓门喊了一声"王队长"。

王德斌回过头,看到陈国庆涨红着脸,欲言又止。

"老陈,有什么要求尽管说,只要符合政策,能办到的,一定给你办。"

"王队长,"陈国庆瞥一眼王德斌脚上已快蒸干的鞋,"王队长,你是不是掉到河里去了?"

王德斌抬抬脚:"是啊,老陈,先是掉到河里,又一路从水里蹚过来的。"

"王队长,有句话不知当讲不当讲,你们工作队要是能把河里都修上水泥墩,村民过河不湿脚,就是大恩人了!"

王德斌拉住陈国庆的手,紧抿着嘴,两个人的目光紧紧交织在一起。

"我们村民组到村部,进进出出要过四道溪河。三九寒冬,溪水特别寒,赤脚蹚水,冷得心都痛。学生娃冬天上学放学过河冻的惨相,你都不能看,看到你会寒心得想哭。"陈国庆说着,撸起裤脚,"队长,你看我这腿,青筋粗得像蛔虫,老寒腿,今天骨节酸痛得没法子,估计明后天又要阴雨了。"陈国庆放下裤脚,"都是打小踩溪水冻的,我们村里60来岁的人,天阴出门就要拄拐杖,不然老寒腿痛得都不能走路。"

陈国庆的话,句句扣在王德斌的心上,与王德斌一路的感受渗透相融。王德斌再次双手握住陈国庆的手:"老陈,你讲的话,我都记下了,你放心,我们不但会让每条路过的溪河处处都有过河水泥墩,还要力争在溪河上建起一座座桥涵,让村民,让娃娃们,可以甩手大摇大摆、欢蹦乱跳地走过河去!"

……

村部的灯光,彻底通明。

接连几天,工作队与村支两委白天进组入户,跑遍12个村组,走访数百位村民,察看所有道路与溪河的交汇处,听取村组代表的意见。晚上集中进行汇总、分析、讨论、决策。

"不要小看这些过河桥,这是政府惠民政策与群众所思所盼的对接桥,这是党心与民心的连心桥。"王德斌说。

"我们干!"村党支部书记陈发展、村委会主任黄业军,还有桂祖庆、宋伟握紧拳头说。

一座座溪河桥,一道道桥涵,在所有道路经过的溪河上,相继开工了。村民们欢欣鼓舞,积极自发投工投劳,挑沙子,扎钢筋,抬水泥,做护坡……投入150余万元,14座溪河桥终于全部建成了。村民们买来长长的鞭炮,桥面上爆竹的红屑,像怒放的心花,又如喜庆的红毯。大坑、马家、小坑、高山排、平坑等 5 个村民组 200 多户 500 多名村民出行难的问题,终于彻底画上了历史的句号。

大南坑,再也不会有新的"老寒腿"了。

这一天,是 2018 年 4 月,距工作队进村整整 320 天。

80 户农家乐

站在大南坑村部楼顶,举目四望。

水云间、沐野汀溪、外滩 1 号、简朴寨、青杉树、丁兰、水墨雅居……

一户户农家乐、一座座民宿,或依青山,或傍绿水,或掩翠竹,或近茶园,或徽派,或现代,或繁华,或简洁,风动旗帜,流芳溢彩。

一辆辆旅游大巴,一辆辆个人自驾车,鱼贯而来,接踵而至,泊进一户户农家乐庭院。"目的地在您的正前方,本次导航结束。"

一杯杯清茶递上来,满座散溢着兰花的芳香,闻一闻,荡气回肠;啜一口,贴心润肺。一路的俗尘,积年的心垢,渐渐被澄涤得了无痕迹,不见踪影。

青菜薹、毛竹笋、干豆角、野蕨菜、小土豆、鱼腥草,一碗碗山里土菜端上桌,满座沉睡已久的味蕾,瞬间被激活,重新找到小时候的味道。

40 出头的崔红,是"水云间"客栈的老板,满脸由心而生的灿烂笑容、一口带有黄梅腔软糯的普通话,让走进"水云间"的游客一下体会到什么是到家的感觉。崔红在福建厦门大酒店做过主管,在汀溪兰香茶业做过销售。2017 年,完成孩子陪读重任的她,通过竞标,承包起村里扶贫专项产业项目——"水云间"客栈,每年交村里 6.5 万元租金,一定就是 10 年,拿出早年在城市大酒店做主管的看家本领,她把"水云间"经营得红红火火,风生水起。"我家在马家岭村民组,背靠万亩原始次森林,是山的尽头,水的源头。"崔红话语里露出不经意的骄傲,说着咯咯笑了起来。"村里最长的溪流,就是从马家岭原始森林流出来的,比矿泉水还清。"宋伟补充解释道。

崔红的"水云间",现有近20张床位,客房的布置,大气时尚、繁简相宜,温馨的气息扑面而来,放松的情绪油然而生。室内与观景平台,用餐接待能同时满足200人。2016年,崔红参加了中组部、农业部联合举办的"全国农村实用人才带头人培训班",培训结束回到村里,结合大南坑茶旅文化实际,崔红创办了茶叶文化园,宣传茶文化,通过茶旅整合方式,发展农家乐,以兰香茶入菜,创新出茶叶煎蛋、兰香茶鱼、茶香鸡等系列茶菜,给游客留下了难忘的舌尖记忆。

2018年,崔红将"水云间"加入妇联系统"徽姑娘"项目,成为大南坑村所有农家乐"徽姑娘"项目的模板。"目前接待的游客,主要来自长三角,还有百分之三十,来自山东、湖北、江西等地,主要是通过口碑相传,带动人气的,很多都是回头客。"崔红说。为帮助贫困户脱贫增收,崔红还专门在"水云间"大厅设置了"旅游扶贫销售展位",茶叶、土鸡蛋、葛粉、手工米酒、蜂蜜、干豆角……把展柜装点得琳琅满目。"崔红人热情,有爱心,'水云间'客栈,带动8户贫困户增收。其中3户通过餐饮、保洁用工增收,5户通过帮助代销农产品增收,光代销农产品,一年就可为贫困户增收约30000元。"宋伟掰着手指说。

游人在村子里走。游人走在村子里。抬头,是纯净的天空;放眼,是新春的绿色。翠竹在春风里摇曳,茶叶在兰香里拔尖,溪流在卵石上挠痒,梦想在心灵上放飞。红豆杉、香果树、红楝子,把大南坑装点成一片绚丽的世界。

到处都是美景。到处都是故事。

"这个桥,是有故事的,'天为弓,地为剑,天下人,一碗面'讲的就是这个地方。"工作队扶贫专干宋伟驻村已经4年,不仅对大南坑的贫困户了如指掌,对大南坑的一草一木也是情有独钟,工作间隙,时常为游客当起义务导游。"这里原来是个拱桥,不过这个拱桥与众不同,圆拱的中间撑起一柱桥墩。也不知从哪一辈流传下来这句谶语,引得八方前来破解。据说在清末,一个河南来的方士绕着拱桥转了三天三夜,发现桥墩的顶端有个暗隙玄关,小心打开,里面光彩夺目,刺得眼睛一时都睁不开,里面一个石人,手里捧着一只大大的金碗,金碗里满满一碗金丝。"

"哦呀!"游客兴奋得惊叫起来。

"这个岭,是有故事的。"宋伟说,"这个岭叫九里岭,也有一句谶语,叫'上九里,下九里,宝物就在云缝里',据说是中原来的方士找到了宝物。"

"怎么找到的呢?"游客们来了兴致。

"每当雨后天晴,这个岭上就漫起云雾,云雾铺天盖地,就在我们脚下路边山谷里翻卷,人就像踏在云海边上一样,胆小的都不敢正眼去看。"宋伟绘声绘色地说,"也不知方士看到了哪道云缝,找到了宝物。"

一位游客打开手机:"你们看这预报,今晚有小雨,我们再多住一天,也体验一下这个云海奇观,说不定也能找到什么宝物呢!"

"赞同!哇呜!"几个女游客,把双手举过头顶,扭着身子欢呼。

余国富是大南坑村农家乐协会会长。这位57岁质朴干练的山里汉子,是大南坑农家乐发展的第一人。当年水墨汀溪景区开园,各路来宾游客无处用餐,余国富临时受命、连夜奋战,借来桌凳,租来锅碗,从此拉开大南坑农家乐发展的序幕。2017年,余国富又新建起"大南山"农家乐。"目前全村有农家乐87户。从发展来说,2017年之前数量不少,但规模不大,2017年以后,开始提档升级。现在最大的一户农家乐,有53个客房,可同时接待100多人住宿。"

"汀溪乡目前有200多户农家乐,5000多张床位,大南坑村占了将近一半。"陈绍祺说。

"是的。大南坑村农家乐全部床位已达到2400张,能同时接待10000人用餐,全年游客已达到40万人次。"余国富说。

"真是文旅兴村啊!"胡泽慧晶亮着眼睛,脸上泛着兴奋的光泽。

5000亩绿茶园

崔红家的新茶,已开始上市。

"正好,这锅茶刚做好,叶子还是热的。"崔红把放在地板上的塑膜袋拎在手里,掂了掂,放下,拿起玻璃茶杯,刷洗干净,"泡杯你们喝喝,这可算得上顶级的汀溪兰香了。"想想又补充说,"这全是手工做的。"

"就是你家海拔700多米那块茶园的叶子吗?"桂祖庆问。

"是的,就是原始森林那边的。"

"崔红是制茶好手,她制的茶,刚获得'第十届安徽泾县(汀溪)兰香茶旅文化节'名优茶评选金奖呢!"桂祖庆边对我说,边拿起杯子,"那我也泡杯喝喝看。"

茶叶在玻璃杯里,侧身、笔立、游刃、悬停,含情脉脉,窃窃私语。像一群舞者,把自己作为"茶"的清丽、含蓄、从容、淡定、天地之精气、自然之慧心,汉乐府一样,缓缓演绎。

明媚的阳光,在春风的引领下,从敞开的大门,像追光灯一样,打在玻璃杯上,也追光在我们心上,打开了我们心中尘封已久、没有世俗戒备的那块无限柔软。

大南坑村地处北纬30度神秘能量带,山环水绕,叠嶂重岩。海拔200至900多米,年均气温15度,土壤中有机质含量高达百分之六。独特的地质地貌,构成了众多相对封闭的生态小环境。晴时早晚遍地雾,阴雨成天满山云,是国家级保护动植物云豹、黑麂、斑羚、鹰雕、红豆杉、香果树、红楝子的快乐家园,更是5000亩茶叶生长的绝胜之地。"也不知多少代多少年了,反正听老人们说,我们村里祖祖辈辈都种茶叶,"崔红说,"我们这里茶叶有个特点,就是以花为伴、以泉为邻、以雾为友,深山幽谷,没有污染,所以品质特别好。"

"为什么叫'汀溪兰香'呢?"

"是因为我们山里兰花多,茶叶在生长过程中吸进了兰花的香气,还有就是泡在杯中,根根芽尖就像含苞欲放的兰花,再有就是大南坑村属于汀溪乡,所以就叫作'汀溪兰香'了。"黄业军说。

随着生态旅游市场的兴旺,大南坑村把旅游与茶叶结合在一起,提出了"因地制宜谋产业,茶旅融合促攻坚"的脱贫攻坚发展思路,大南坑村一家一户久远的茶叶种植,从此走进了融入旅游、形成产业、拓展市场的快车道。驻村扶贫工作队与村支两委形成一致意见:"按照产业兴旺的目标,挖掘大南坑村茶叶和旅游两大优势,落实项目资金,依托茶叶和旅游企业,拓宽村内产业增收渠道,带动贫困户脱贫增收。"为了把发展理念变为现实,工作队与村支两委积极与安徽翰林茶业有限公司、大南坑兰香茶业有限公司、沁园春茶叶合作社,以及村里茶叶大户沟通联系,协调29户有条件的贫困户,参与茶园建设、管理和劳务,共同打造830余亩的茶产业扶贫基地,带动了贫困户稳定增收。

崔红的"马家岭茶叶种植家庭农场",成立于2016年,流转茶山350多亩。从采茶、制茶、品茶、茶文化观光,逐渐形成了一整套体验流程。清明至谷雨前后,是采茶旺季,除了加入农场的村民和本村贫困户的用工,每天都有10多个外来工人。"外来工人大都来自泾县、宣城。"崔红说,"来体验观光的游客,主要来自上海、江苏、合肥,大多数是组织团建活动,感受原始的手工制茶。手工制茶,有手感,有温度,感觉整个人是与茶叶在对话。"崔红说着打开手机,手指在屏幕上划拉一番,"你看,这个,是南京一家企业协会,组织企业家来体验手工制茶;这个,是苏州火星人集成灶销售团队,这都是去年的照片。还有十来天,就又要进入旺季了,已有芜湖、宜兴的团建活动与我联系,准备过来进行观光体验了。"

大南坑的夜晚,月亮像一面古老的铜镜,照得溪水格外喧闹。举首对话星月,仿佛有些在仙境里穿越。晚上八点多,宋伟打开手机电筒在前面带路,我们走过一片小树林,走过一道四五十米长逼仄的跨溪吊桥,来到离河岸不远的余国富家。余国富正坐在矮凳上,纯手翻炒着铁锅里的茶叶。铮亮的铁锅、碧绿的茶叶、粗糙的大手,协同摩挲出沁人心脾的曼妙音乐。余国富从壁柜上取下一摞红本本,打开,"2005年,泾县'汀溪兰香'茶叶交易会名优茶评比金奖""2016年,安徽第五届'泾县兰香'茶叶博览会制茶技术标兵"……余国富在机器制茶与手工制茶之间,还是更喜欢手工操作,"特别是手工'造型提香',从形到色,都是再好的机器也不能比的。"余国富说。余国富自己种着20亩茶园,旺季来他家采茶的外地工人,有的在他家一干就是10多年。"采茶工人主要来自芜湖、湾沚、奚滩、弋江。"余国富妻子说,"湾沚的陶爱英在我家采了整整16年茶,算上今年,是第十七年,硬是从一个采茶大姐变成了采茶婆婆。前日已打过电话,过几天就会过来。"

午后的阳光,清澈如泉。拾步茶山,心旷神怡。大南坑的茶园,或成片;或分散;或气势浩荡,排布山腰;或化整为零,隐约草木。这是茶的天性,这是大南坑茶的性格表达。人在此时此地,也容易对人与茶的关系作一番哲学而浪漫的遐想。"茶"——人在草木中,人又在"茶"之中。究竟是什么,让"人"与"茶"这样密不可分?……一块路牌忽地进入视线:"战岭"。

"战岭？是一座山名吗？"

"是的，也是村民组的名字。前面这片茶山，就是战岭的。"宋伟说。

"这里历史上发生过什么战斗吗？"

"没有，这里有个故事，也是听村里老人说的，"宋伟说，"战岭原来不叫战岭，叫占领。说是很久以前，有个大地主，看到这块茶山茶叶特别丰嫩，就日思夜念想据为己有。有天夜里，大地主带着十几个家丁，抬着早就凿好的青石界碑，翻山越岭，累得腿脚发软，来到这块茶山栽下。第二天鸡叫，早起采茶的村人来到山上，刚准备采茶，狗腿子就指着界碑说，眼瞎啦，没看见这界碑？这是老爷的茶山，采茶不要紧，是要交租的！村人敢怒不敢言，自己的茶山，一夜之间就这样变成大地主的了。"

"是大地主占领了村人的茶山，所以叫占领？"

"是这样的！也不光是，故事没有结束。后来一天，一位路过的乞丐，成了村里的入赘女婿。乞丐力大无穷，有天听说了这件事，怒不可遏，不顾村民劝阻，双手拔起界碑，夹在胳肢窝下，翻过山岭，来到大地主家，喊一声，你家的东西，还你来了！听着，以碑为界，碑这边的茶山都是我的了。说着，嗵的一声，把界碑举过头顶，砸在地主家院门前。吃软怕硬的地主哪见过这样的奇人，早就吓得瑟瑟发抖，瘫坐在门缝后面……后来也不知什么时候，占领就变成了'战岭'。"

战岭的故事，在我脑中嗡嗡作响。新中国成立后，一切作威作福、不可一世、剥削人民的人，早已被人民打倒在地；人民的土地、人民的权利、人民的自由，早已全部回到人民的手中。这是中国共产党的伟大，这是中国人民的荣福。寻着溪流，我们来到山的高处，万丈光芒，倾泻而下，谛听着大南坑幸福的心跳。"大南坑村5000亩茶山，一年可产成品茶叶10多万斤，种植户纯收入，加上带动务工收入，保守计算，也超过5000万元。这还不包括茶文化观光收入。"黄业军说，"下一步，我们将带动农户从种植茶树开始,优选品种,利用山林天然的腐殖肥料,实行全人工锄草,提升茶叶品质,挖掘茶叶文化,将茶叶与旅游更加有机地融合,力争大南坑茶叶产业再上一个新台阶。"

滁州篇

清流关下有乐土

乐郊,语出《诗经》,意思就是乐土。

皖东滁州之西郊,有一座山名叫关山,也叫清流山。此山南起蚂蚁山,北抵龙亭口,逶迤数十里,在山下仰望,蔚然深秀,峭拔浑茫,自成一道天然屏障。南唐初建国时,即在关山中段设置清流关。这个关隘地形险要,南望长江,北控江淮,1000余年里,一直是兵家必争之地,是南北交通的咽喉要道,人称"金陵锁钥",又称通关的驿道为"九省通衢"。如今关隘已毁,遗址仍在,古驿道还保留着一段。古清流关以北,是滁州市南谯区珠龙镇北关村,因在清流关以北而得名。村子不大,面积16平方公里,有14个村民组2604人。村中山清水秀,土沃风淳,百姓安其居、乐其业,盛产草莓、火龙果、葡萄和蔬菜。

2021年春,油菜花灿然如绣缎时,我造访北关村,在村中流连,想到西周诗人说的"适彼乐郊",又想起韩愈在一篇文章里说的"兹惟乐郊"。

巧遇"中国好人"兰家萍

车子过了珠龙镇,进了北关村,竟然找不到去党群服务中心的路。

昨天我来过村里一次,还在关山上逗留,在清流关遗址怀古,在沈塘水库、扶贫产业园、党群服务中心体验多时。不是我记性不好,是因为下着雨,关山之下云雾迷离,所见道路、田园、人家、草树无大差别;加上油菜花起伏错落,清香从各个方向牵引着人的鼻子,叫人不辨南北西东。

328国道穿村而过,路上车如流水,雨下得大,好久见不到一个行人。终于遇到一个老大妈,撑着伞急急忙忙地赶路。大妈身高一米五五左右,年纪65岁上下,微胖,头发花白,面容和善,一看就是个诚笃的人,向她问道准没错。

一听说我要去村党群服务中心,大妈立即热情有加地带我去,说她正好要去那里办事。请她上了车,路上我问大妈贵姓,她说姓兰。我脑子里闪出一个名字,问她是不是叫兰家萍,她说是的是的。虽然猜中了她的名字,大妈却并不觉得意外,想来方圆百里内,她的名字和事迹是妇孺皆知的,像大明星一样,别人认识她,她不认识别人。

也真是巧了,来北关村采访之前,我做过一些功课,在新闻中看过她的事迹:善良农妇倾尽家财照料血友病养子30余载,2019年被评为"中国好人",并获第六届安徽道德模范提名奖。

对一个地方的印象,无非是地理山川、人文风俗,无非是人。因为与"中国好人"兰家萍的巧遇,于我很陌生的北关村,忽然就亲切、熟稔了许多。后来,我和兰大妈聊了很长时间,对这位农村老妇人愈加敬重起来。

36年前,一个7月的上午,兰家萍和丈夫张蔡林两口子各挑一担新麦去镇上的粮站卖。回村途中,在路边的草地上,他们发现一个被遗弃的男婴。当时孩子还在襁褓之中,一直在哭,嗓子都哑了。两口子那时候还很年轻,都是29岁,已经育有两个女儿。生性善良的兰家萍把弃婴一把抱到怀里。那一瞬间,注定了他们之间要结一世的母子缘,也注定了他们整个家庭马上就要进入与病魔长期作斗争的日子。

捡了个儿子,两口子欣喜若狂,视同己出,为他取名张店明。虽然家境并不宽裕,但他们精心养育他,比对两个亲生女儿还要疼一些。孩子3岁以前,活泼可爱,也给他们带来无穷的欢乐和希望。用兰大妈自己的话来说就是："这孩子怪聪明的，怪得人喜欢的。"但张店明3岁的时候，他们发现孩子的牙龈经常出血，皮肤也十分"娇嫩"，轻轻擦碰一下，就会血流不止。

两口子把孩子送到滁州市内医院检查和治疗，前后去了4次，限于小城市的医疗条件，一直未能查出病因，每次的花费要5000元左右。当时，小麦才2毛钱一斤，全家一年的收入只有千把块钱，为了给孩子治病，兰大妈家里渐渐债台高筑。

孩子的病不能不治，他们又带孩子去了上海的大医院。医生做过全面检查后，确诊为血友病。

兰家萍和张蔡林的文化程度都不高，不知道血友病意味着什么。医生解释说，这是一种遗传性疾病，病源可能来自母体，患者先天性凝血因子缺乏，也就是说有凝血功能障碍，身上一流血就止不住，需要长期输血和治疗，医治费用十分高昂，并且无法根治。好心的医生又偷偷劝他们放弃，说这个病是个无底洞，即使家财万贯也会被掏空。两口子一听，顿时像掉进了冰窟窿，抱着孩子泪水纵横，浑身瑟瑟发抖。他们不知道是如何走出医院，又是如何坐班车辗转回到家的，脑子里全是空白。

几十年过去了，快人快语的兰大妈说到这些，脸上非但不见一丝愁苦，反而一直笑呵呵的。她的乐观精神深深感染着我，也感动着我。

她说，那几年，亲戚朋友和村里不少人劝她把孩子丢掉，至少是放弃治疗。但她总是说："孩子已经被丢过一次了，如果我再抛弃，他肯定活不下去。我既然把他带回了家，就一定会给他治病，把他抚养长大。我吃干的他就吃干的，我吃稀的他就吃稀的。"

这么多年，家里为给张店明治病，欠了30多万元的债。一年中要去上海的医院一到三次，光是买药，一次就要8000块，经常性输血也是一笔很大的开支。为了给孩子治病，两口子没日没夜地劳作，兴田种地，卖粮卖菜，农闲时就到附近的工厂打短工。两个女儿，一个初中毕业，一个只读了小学，就外出打工，挣钱给弟弟治病。

兴许，命中注定他们和张店明就是一家人。

有一回张蔡林带孩子去输血，医院血库里的存血不巧告罄。张蔡林当即撸起袖子，请医生给自己验血，结果发现两个人竟然是同一血型。从此，父亲就成了儿子的免费"血库"。

两个女儿和儿子的感情也非常好，生活中对弟弟悉心照料。张店明10岁的时候，看到两个姐姐背着书包去上学，闹着也要去。兰大妈虽然担心他到了学校会磕磕碰碰，加重病情，可又想实现儿子的心愿。左右为难时，两个女儿自告奋勇，表示要每天背弟弟去上学。从此姐妹俩风雨无阻，轮流背弟弟出入校园，直到弟弟病情日渐恶化，不得不辍学回家。

无数人问过兰大妈，那天我也问过："你后悔不？"

兰大妈笑呵呵地说："我从不后悔。再苦再累，我都心甘情愿。"

她一直夸儿子孝顺："儿子对我们蛮好的。"

她举了两个例子。

一个例子：她和丈夫在地里劳作，张店明心疼父母，主动为他们煮饭。说是煮饭，其实就是把米洗好，放到电饭锅里，并不是通常说的烧饭做菜。对于常人而言，洗米入锅是件很容易的事，但对张店明来说，特别艰难。因为血友病，他的腿拐不了弯，也蹲不下来，走路直来直去的像根棍子。洗米，再把米倒进电饭锅里，这些常人5分钟就能完成的简单的动作，他往往要做个把小时。

另一个例子：为了给家里减轻负担，张店明跟人学会了理发的手艺。有一段时间，他在村里开了个理发店，为村民们理发。直到病情加重，才关了店门。现在，他又以微信朋友圈为平台，出售家里种的草莓。

兰大妈说，两个女儿前些年出嫁了，各自有了家庭和孩子，老两口子带着儿子过。她自己患有脑梗，但总体上说，她和老伴目前身体尚好，65岁了，还能吃能睡，能种田能打零工，尚能照顾儿子，而且对儿子的治疗也从未间断过。

她特别感谢党和政府对他们一家人的照顾。

2012年，珠龙镇和北关村给张店明安排了低保，一个月有五六百块钱生活保障补助。2016年，镇村又把他们纳入贫困户给予精准扶贫，在产业发展、生活和医疗上，给予全力帮扶。镇上还通过危房改造项目，给他们家盖了两间新房子。2019年，兰家萍被评为"中国好人"，并获得第六届安徽道德模范提名奖。

在脱贫攻坚中，北关村有68户贫困户，但北关并不是贫困村，大多数人家的生活其实早已达到小康水平。兰大妈家因养子生大病致贫，情况很特殊，得到的扶持也最多。

离开北关村好多天了，我时常想到兰大妈，想到她说的话，"我吃干的他就吃干的，我吃稀的他就吃稀的"。虽不是誓言，却胜过誓言。她的善良质朴，她的勤劳坚韧，她的乐观爽直，她的不卑不亢，这些优秀的品格一直在感动着我、激励着我。她脸上时时绽放的笑容，一朵朵的，温暖，纯粹，像新采的棉花。

"兹惟乐郊。"乐郊之上，有棉花一样的人民。

扶贫产业园里蔬果鲜

在滁州市的蔬果市场上，市民买草莓、火龙果、葡萄和蔬菜，首选珠龙镇所产。摊贩也以珠龙果蔬招徕顾客。珠龙果蔬，不施化肥，不打农药，色泽正，口感好，是滁州市民信得过的老品牌。

北关村邻近沙河集水库,是滁州饮用水源地二级保护区,限制工业发展,村里很早就大面积种植果蔬。全村范围内,原有草莓、蔬菜种植基地1000亩,效益一直很好。后来村里又引进火龙果、葡萄、油桃以及其他果蔬品种。果蔬初上市时节,村民们就在328国道边设个临时摊点,来往的司机和乘客纷纷停车采购,好卖得很。大量上市时,村民们才送到滁州市的菜市场,批发或零售。村里的经济发展,走的是"现代特色农业+乡村旅游"的路子。

2016年,为了帮助贫困户发展产业,从根本上脱贫致富,在珠龙镇党委政府的支持下,北关村流转田地150亩,兴建了一座扶贫产业园,引导贫困户入园种植蔬果。镇上派人大主席严加胜包点北关村,牵头建设扶贫产业园。他和村两委干部一起研讨、规划、选地、流转,利用扶贫项目资金搭建钢架大棚,从外村请技术人员来指导种植,日夜到贫困户家中一家家地做思想工作,劝说他们进驻产业园。

严加胜说,一开始,贫困户思想有顾虑,因为大棚蔬果投资比较大,有一定的风险。他和村里的干部反复上门,宣讲扶贫产业园产业政策,先后有16户贫困户动了心,入了园。另外还有不少非贫困户和种植大户入园发展产业,有些还是外村的。所有种植户入园,只用交田租,钢架大棚前4年无偿提供给他们使用,4年后1亩大棚一年上交1000元棚租,用于大棚维修、灌溉设施维护、支付产业园辅助性岗位人员(包括泵站管理员、保洁人员等)的工资。种植户购买种苗,镇村还给补贴。

几年下来,扶贫产业园的经济效益和社会效益是非常明显的。入园的16户贫困户,户均年收入在3万元以上,另外还带动80多位村民在产业园中就业,其中大部分是贫困户。

老庄组脱贫户李义军告诉我,他有3个孩子,大孩子11岁时得了白血病,治疗前后花了40多万,生活左支右绌,两口子一度面临崩溃。2017

年4月,经镇村干部的引导,他们家在扶贫产业园中租了6亩地,种植大棚葡萄。前两年葡萄还是苗子,没什么收成,第三年收入4万多元,第四年5万多。现在家庭收入逐年增加,家境大大好转,大孩子的病也治好了,在省城一所职业学校读大专,两口子心情好,越干越有劲。北关村主持工作的村党总支副书记谢应双说:"李义军既勤奋又聪明,爱钻研,喜欢看书,经常在网上查询实用技术资料和销售行情,还经常到外地参观学习,他的葡萄种植技术现在可以与请来的技术员相媲美。他自己干得好,还手把手教其他人。"

今年60岁的叶宝同,家住老庄组,几年前右肾癌变,做手术切除了,花了5万元钱,家里因病致贫。他们家4口人,只有五六亩田地,原先一直种水稻和玉米,年收入不到2000元。后来,他在扶贫产业园里种了4亩大棚葡萄,前年收入6万元,去年因疫情影响收入少了些,但也有4万多。除了种葡萄,他还在关山上放养了100多只羊,去年养羊收入有9万元,政府每年还给他3000元钱补贴。所以,叶宝同家去年的实际收入是13万。他告诉我:"我的两个孩子都成家了,大的在外面务工,小的在滁州市一家企业上班,收入都还可以。现在国家富裕了,党的政策好,老百姓获得的、享受的,比过去多多了。"

58岁的叶宝林不是北关村人,而是隔壁珠龙村的。他的妻子生病十几年,后来去世了,一个人带三个孩子,一儿两女,家境贫困,欠了好多债。听说北关村建扶贫产业园,外村人也可以入园,而且享受与本村人同样的产业帮扶政策,他就主动申请到园里种葡萄。他租了4.5亩田,有6个大棚,收入一直不错。除此,他还另外在扶贫产业园旁边租了2亩田,建了4个大棚种韭菜,亩均年收入超过1万元。北关村还从现代农业发展专项资金里给他补贴了2万元,用于搭建钢架大棚。他十分感谢党的好政策,感谢镇村干部和社会上的好心人。他说:"我家原先负担重,很贫困,镇上的两任党委书记先后包保我家,对我们进行精准扶贫,种水果种蔬菜给补贴,孩子上学享受教育扶贫政策。村里的干部经常问我有什么困难,帮我解决。"他接着说,村里的宏博砖厂老板杨继正,怕他轻视女孩子,不给女儿读大学,特意资助他家两个女儿读书,高中时每人每年给2000元,上大学后每人每年给4000元。谢应双补充说,杨继正不只资助叶宝林一家,还帮助了其他许多有困难的人家。

和叶宝林一样,华宗付也不是北关村的,而且不是珠龙镇的,是施集镇明张村人。华宗付过去在南方打工,学到了葡萄和蔬菜种植技术。2013年,他来到北关村,从农户手中租了10亩田地,种大棚葡萄和大棚蔬菜,这几年的年收入在20万元左右。他是北关村种植大棚蔬果的带头人,村民看他挣了钱,都跟着学,跟着干,他热心为他们提供免费技术指导。后来,由他发起,与北关村高庄组9户农民成立了葡萄种植专业合作社,引进早夏无核、巨峰、阳光玫瑰3个新品种,分别是早熟、中熟、晚熟品种,效益非常好。我笑问他:"你是外来的,他们不欺生?"叶宝林说:"怎么会?村里人不仅不欺生,还把我当老师待,经常请我去家里喝酒。"

扶贫产业园里有个挂着"创新火龙果园"招牌的园中园,面积40亩,是火龙果种植大户肖家林家的。他家的创新大红火龙果,品种是从台湾引进的,果大,清甜,挂果时间长,不需要人工授粉,种植第二年亩产5000斤左右。除了卖火龙果,他还供应火龙果苗子,远近不少人家从他家买苗子回去扦插。肖家林曾经发微信朋友圈说:"谁说农民种田挣不到钱?我种火龙果,刚刚在滁州市区买了第4套房子,8000元一个平方米,全款!"

在创新火龙果园附近,我遇到74岁的李远松,他正骑着一辆农用小三轮,载着工具去自家的火龙果大棚干活。他说,他有2个大棚,不到2亩,田租1326元,去年一个棚纯收入超过1万元。他告诉我,火龙果大棚里还可以套种西瓜、香瓜和蔬菜。

曹坊组的种植大户马风全,有11个大棚,种草莓,种火龙果,种彩色圣女果,平均年收入30万,去年收入43万,两年就可以在滁州市区买一套房子。

扶贫产业园里生机勃勃,长年有一百六七十人劳动。包括产业园在内,北关村蔬果年产值去年达到1800万元,纯收入1200万。镇村为种植户做好服务,协调用电、用水、用工,请技术员建厕所,搞好卫生保洁,随时解决遇到的困难与问题,让他们安心发家致富。2018年下大雪,压坏了不少大棚,镇上争取皖东农商银行无偿支援12万元资金,为大家修整大棚。同时,镇村引导种植户发展观光农业,吸引滁州市民到扶贫产业园来观光,采摘瓜果蔬菜,来产业园的市民和游客常年络绎于道。

严加胜和谢应双介绍,2017年,北关村68户贫困户全部脱贫。村里有70%的人家在滁州市区买了房子,有的甚至买了两三套。

在扶贫产业园内外,我看到的,是累累缀枝的蔬果,是产业兴旺的景象,是辛勤劳作的场面,是脱贫户和种植大户的笑脸;听到的,是对党的好政策的由衷赞美,是对真心为群众办实事的镇村干部的诚挚谢意。

北关的前世今生

蒙蒙烟雨里,我站在北关村党群服务中心前面的石牌坊下,看风景,看村人。

牌坊巍巍,上面刻着"山里人家"四个大字。极目处,关山连绵如翠屏,古清流关隐藏在密林深处。平畴旷野上,草木欣欣,开花的开花,发芽的发芽,满眼红肥绿瘦。一大群鸟儿在附近的林子里叽叽啾啾。

今天的北关村,产业兴村民富,道路宽路灯亮,山川秀环境美,村里的文明程度很高。2020年11月,北关村喜获"第六届全国文明村镇"光荣称号。在此之前,村里先后被评为"国家森林乡村""全省先进基层党组织""全省农村基层党建工作'五个好'村党组织标兵""安徽省文明村镇",市级的、区级的荣誉就更多了。

北关村的今日,是幸福小康的乐土,它的过去是个什么面貌呢?带着这个疑问,我访问了今年已经81岁的老党员、老村干王开先。

王开先念过几年私塾,读完了初中,是个知书达理的人。从1961年起到1991年,他当了31年村干部,先任团支部书记,后当民兵营长,1980到1988年任村党支部书记。老人家虽然年纪大了,但是身体硬朗,耳聪目明,思路很清晰,一打开话匣子就滔滔不绝。

他说,村里过去非常贫穷,村部是几间稻草盖的土房子,村干部都是在家里办公,会计账目也放在家里,村里开大会的时候要借人家的屋子。老百姓生活困难,田地本来就少,亩产也低,种水稻1亩能收300斤稻子就算好年成了。三年困难时期,就更困顿,没有饭吃,大家吃树皮草根。哪像现在,村干部在敞亮的三层楼里办公,村集体一年收入有好几十万。老百姓吃好的、穿好的、住好的、用好的,闲暇时还在新时代文明实践大舞台上唱歌跳舞,过着以前做梦都不敢想的好日子。

老人家动情地说:"当今社会,有习主席处处为老百姓着想,我们天天过着开心幸福的日子。真想再活五百年。"最后一句话,把我和在场的其他人都逗笑了。

谢应双介绍,北关村是移民示范村,村民中有不少是以前修建沙河集水库时迁移过来的。沙河集水库是滁州市的饮用水水源,因为坐落在饮用水源地保护区,村里限制发展工业,过去村集体收入一直是0。2013年开展新农村建设,村里成立劳务公司,承包路、桥、渠之类的小工程,当年收入10多万。这几年移民示范村项目多,劳务公司收入年年在增加。

2019年，村里出资，成立岭上硒谷农业种植专业合作社，专门种植富硒水稻，卖得很好。村里占股51%，大户和群众占股49%，每年村集体有20多万元收入。村集体又在穿村而过的滁新高速公路（安徽滁州至河南新蔡）附近，陆续建了4个高炮，租给广告商，前年租金是一个2.5万元，今年一个2.6万元，加上发包山场、水面的收入，前年村集体收入为54.28万元，去年71.6万元。

他说，村集体的收入，大部分投入了扶贫产业园里，另一部分用于改善村里的公共设施。

这些年，北关村整合资金，安装路灯270盏，铺设污水管网14.5公里，建农民公园2座，建新时代文明实践大舞台1个，实施农村安全饮水工程，全村所有人家全部用上了安全清洁的自来水，改厕230户，实现村级雨污无害化处理。

严加胜说，因为工作成绩突出，北关村党总支书记、村委会主任黄光军去年被南谯区委组织部门通报表彰，并被提拔为珠龙镇党委委员。目前，黄光军以镇上的工作为主，村里的工作由副书记谢应双主持。

他们的心愿

若是问北关村人，他们现在最大的心愿是什么，10个人就有9个人会说：开发清流关，发展乡村旅游业。

关于清流关，史书和古籍里有很多记载，民间也有很多传说。其遗址上，有一块标识省级重点文物保护单位的石碑，系滁州市人民政府1989年5月27日所立。石碑背面的碑文，对于这个古关隘的记载要言不烦，抄录于此：

清流关始建于南唐时期(937—950),自"南唐置关,以御北师",闻名于世。北宋庆历五年(1045),欧阳修知滁州时撰写的《丰乐亭记》记载:"滁于五代干戈之际用武之地也。昔太祖皇帝尝以周师破李璟兵十五万于清流山下,生擒其将皇甫晖、姚凤于滁东门之外。"是年为后周显德三年(961)。

至正十五年(1355),朱元璋部下常遇春,兵出清流关渡江取采石,攻灭张士诚,继北上灭元。明嘉靖年间始建关楼;明崇祯初年(1628),增建关券;明崇祯八年(1635),李自成与明兵部侍郎卢象升激战于清流关一带。太平天国东王杨秀清于咸丰三年(1853)五月攻克南京后,派罗大纲攻滁州,与清臣琦善部将胜保三千骑队大战清流关。

清流关古驿道为"九省通衢",历代为交通要驿,现存有古驿道和古关隘。

那天下午,我走了清流关残存的古驿道,观览了清流关遗址。古驿道四周是大片密密麻麻的原始次森林,主要种有楸树、油桐、黄连木、榆树、枫杨、苦楝、朴树、槐树,均高大蔚茂,年深岁久。驿道上草色青青,古人留下的车辙深深。两个当地的妇女,弯着腰在采金钱草和枸杞头,说金钱草可以泡水喝,枸杞头可以做菜做汤。

清流关遗址上,关楼和关券早已不存,但通道两侧的砖石墙还在,也留下不少古物,诸如古碑、饮马槽、门墩等等。据说,关楼和关券尚存时,每到中秋之夜,在一个固定的时间,月光会直直地穿过关券,把关隘两边照耀得亮如白昼。

此关的险峻,明朝南京兵部尚书程信之子、成化二年(1466)一甲二名进士程敏政,曾写过一篇《夜渡两关记》,记之甚详。文章里说:"前有清流关,颇险恶多虎。""山口两峰夹峙,高数百寻,仰视不极。""适有大星光煜煜自东西流,寒风暴起,束燎皆灭,四山草木萧飒有声,由是人人自危,相呼噪不已,铜征哄发,山谷响动。"又记此关月夜的美景:"行六七里,及山顶,忽见月出如烂银盘,照耀无际。"几百年前的文章,今天读来仍觉惊悚,也倍增神往之心。

为何叫清流关?当时我甚为不解,也忘记向村里人打听。我回来后一查资料,发现滁州古称清流,又称涂中、新昌,这才恍然大悟。

老村干王开先告诉我,他记事时,清流关的关楼就已经坍塌了,但关券的券顶还在,有百十米长。他小的时候,驿道上车水马龙,仍然很繁华。南面的人去北京,北面的人去南京,当年别无其他道路可走,都要从这里经过,不然,就只能长翅膀飞过去。关隘两边过去人烟密集,有很多客栈和店铺,是整个珠龙镇的亮点。就是现在,清流关也有名得很,每年都有许多外地人慕名而来。他又说,恢复古清流关关隘,发展乡村旅游业,是他余生最大的愿望,也是全村干群最大的心愿。

这几年,珠龙镇以及北关村为此做过很多努力,多次邀请客商来投资,还建了一个"古清流关"石牌坊。北关人相信,开发清流关要遇有缘人,在不久的将来他们的心愿就会实现。

他年再到北关村,再次"适彼乐郊",或许能够一睹古隘当初的雄风。

芜湖篇

"非遗"黄山村

这个黄山村，与那座世界历史文化名山没有任何关联。

但，这似乎毫不影响她的价值与意义。

如果你到过黄山村，我敢肯定，在日后的时光里，你一定多多少少有一种情不自禁的怀想，一种不忍释怀、恋恋在心的幽忆。

从南陵县城，沿着最美县乡公路——南（陵）丫（山）路，穿过最美高铁——京（北京）福（州）线戴公山特大隧道口高架，40分钟，就到了芜湖市南陵县何湾镇黄山村。

吴大帝孙权后裔族居的地方，诗仙李太白奉旨进京的地方。

孙氏宗祠华彩盖世，驿马古桥卧波千年。

黄山河，满载从丫山深处浸涌而出的泉流，从孙氏宗祠，从驿马桥下，千百年，不舍昼夜，汩汩流过……

黄山村的地名符号，与省级"非遗"藕糖禅意，两者叠加相融，一只形态丰满、引颈欢歌的金色蜗牛，作为黄山村的形象（商标），闪亮于村头，把黄山村富足、悠闲、文脉、绿色的神韵，向着远近宾朋尽情呈现。

场 景

随机1：黄山村为民服务大厅——

"喂，您好！是刘勤吗？是这样的，新冠疫苗免费接种开始了……本着自愿的原则……"

"喂,您好!是袁来兵吗?是这样的……"

"喂,您好!是许亮吗?……"

村里的卫生健康指导员孙敬婷正对着村民花名册,微笑着给在上海、常州、广东、杭州,以及县城里务工、陪读的一个个外出村民打着电话。每联系好一个,孙敬婷就轻轻放下听筒,在键盘上一阵吧嗒吧嗒,把相应的信息输入电脑。

"每个村民都电话通知吗?"我问。

"两条腿走路,外出的村民,就电话通知;其余的,组织进村入户,上门宣传。"一旁的村党总支书记耿和宝说,"反正必须做到一户不漏,一人不丢。"

随机2:黄山村驿马桥农业有限公司——

42岁的章玉英,正埋头清理公司场院里草坪上的落叶。章玉英家住黄山村湖连冲,当年丈夫遭遇交通事故,孩子在念小学,家庭全部的重担落在她一人身上。在上海做模具的本村村民孙致锋在镇村的感召引导下,回村助力脱贫工作,以村里的驿马古桥为名,创办了驿马桥农业有限公司,流转100多亩土地、60多亩水面,从事瓜果、鱼虾等种植养殖,成为黄山村农业特色产业扶贫基地,带动25户贫困村民受益或就业。

"现在家庭生活怎么样?"

"现在好了,早就脱贫了,孩子去年中专毕业,已能独立生活,负担一下减轻了。"

"你这里收入还好吗?"

"我在这里,修修草坪,给公司烧烧饭,一个月2500元,感觉很好了。"章玉英抬起头,脸上流露出发自内心的笑容。

随机3:黄山村电商直播间——

"丫山藕糖,享誉四方!黄山村木山冲是丫山藕糖的发源地,你看,不仅外形似藕,而且孔孔贯通,真的是好看又好吃。"

"丫山藕糖,不仅好看又好吃,而且是省级非物质文化遗产。生产全是手工操作,泡、晒、炒、煮、蒸、熏等十几道工序,传承至今天,已有600多年。"

驻村扶贫工作队队长靳瑞东、镇电商办志愿者郭林,正在黄山村电商直播间进行"主播带货",通过镇里的电商平台,将黄山村的藕糖、土鸡蛋、土鸡、果蔬等农产品销往四面八方。

平台数据嗖嗖攀升。直播的近20种特色农产品,2个小时,就有数千人观看,数万条点赞,直接成交额超过3万元。

"以前信息不通,加上疫情影响,村民手里的农产品卖不出去。外来的小贩开着三轮车,来村里收购,一只土鸡蛋只给两三毛钱,藕糖只卖到10来元一盒,还带买不买的,太黑心了。"村里扶贫专干黎存玉说。

"所以我们就想办法,不能让老百姓吃亏,不能让贫困户吃亏,扶贫工作队靳队长以前从没做过电商,为了帮助销售村里的农产品,豁出去自己学着做主播带货,没想到几次下来,竟成了网红。"村党总支书记耿和保说。

"电商还真是了不得!我家这次鸡蛋,平均卖到1块钱一只,孙凤家的,是头鸡蛋,就是母鸡第一次生下的蛋,卖到了1.5元一只。"黄山村寨山组的孙春梅咯咯笑着说。

"就是,多亏了村里电商,还有镇里陶书记,带人帮我设计包装,我做的藕糖,说出来你都不相信,一盒2斤装的,卖到68块钱一盒,都卖断货了。哈哈。"黄山村木山冲藕糖作坊老板说。

随机4:寨里自然村——

安徽师范大学教授们一行来到何湾镇黄山村寨里自然村。

教授们这次来,是想找一处有文化底蕴,有自然禀赋,当然,最好当地领导也有人文情怀的地方,联办一个大学生研学基地。前段时间,教授们已在一些县区察看了好几个地方,感觉都不太满意,有人推荐何湾不错,可以去看看,教授们一行就驱车过来了。

看了,细细地看了。

文化底蕴,当然没的说。黄山村是三国孙权后裔隐居之所。村里孙姓人家超过80%。孙氏宗祠的体量与堂皇,曾在皖南数一数二。村里的石拱古桥10多座,驿马桥始建于明朝正德年间,历经500年风雨,依然稳跨黄山河,是黄山村通往南山村的重要便道。寨里自然村背靠丫山。传说丫山是地藏王菩萨落云的地方,因为地力稍软,山峰被地藏王菩萨一脚踩下个大凹,形似一个"丫"字,丫山由此得名,地藏王菩萨也因之一步再跨九华山。"九华初步"摩崖石刻,依然漫漶在寨里旁边不远的石壁上。还有诗仙李白,在这里寓居多年,一首《别南陵儿童入京》,"仰天大笑出门去,我辈岂是蓬蒿人",机遇突来的冲天豪放就是从这里激发的。

自然禀赋,当然没的说。黄山河的水,源自丫山的清泉,水花翻波,清澈见底。黄山村的空气,经过丫山雾岚的过滤,在黄山村的上空,营造出天然的大氧吧。丫山奇妙的华东地区最大的喀斯特地貌,满山遍野从石林间恣意出落的牡丹花,成为黄山村与生俱来的照壁,"花海石林",美不可挡!

教授们一行细细地看,细细地听。何湾镇党委书记陶鹏飞一路诗意的介绍,引得教授们禁不住频频点头,连连称好。"这个地方底蕴深,风光好,交通便捷,民风淳朴,特别是有像你这样有情怀敢担当的书记,"一位稍显年长的教授,边说边伸出一只手,握住陶鹏飞的手,另只手在陶鹏飞的手背上不住地轻拍,"陶书记,我们就选你这地方做基地,怎么样?"

"就这么说定了!"陶鹏飞把另一只手也按在老教授的手背上,"还有,我们投资 100 万兴建的何湾镇新时代文明实践电影院即将动工,到那时,你们的研学团队的研学实践和文化生活,就更丰富多彩了。"

"太好了!"教授们全都鼓起掌来。

产　业

黄山村产业发展最大的亮点,是结合自然,突出绿色。

这也是驻村扶贫工作队两任队长王强和靳瑞东,与村支两委反复调研讨论的结果。

山清水秀,空气超好,是大自然对黄山村的馈赠。这里很多 80 多岁的老人,眼不花,耳不聋,背不驼,上山下地,身手依然麻利。

发展产业,脱贫攻坚,绝不能图一时之快,更不能以破坏生态为代价。陶鹏飞每次到黄山村提出的要求,成为黄山村支两委发展产业的自觉底线。

生态、特色、高效、现代农业,一个一个,被引进黄山村,成为黄山村产业扶贫的主力军。

3 月的春光,暖暖地洒在黄山村的村村舍舍和山山水水。

沿着洒满阳光的水泥村道,我们走向优鲜不二农业科技有限公司。

"优鲜不二农业科技有限公司,是镇里和村里联手招商引进的,隶属于上海梦龙农业投资公司。这都是他们种植的西兰花。"耿和保说着,跳下路边的菜田,折下一茎西兰花,再跳回路上递到我眼前,"公司注重品质,你看,这西兰花,花茎都老了,他们这是在养地,头几茬蔬菜,不去采收,都让它自然老在地里,改善土质,增强地力,确保产品绿色、健康、环保。"

"这一大片,"耿和保手指路两侧的山冲,画了个大大的圆圈说,"这一大片田地,土质和头批种植的西兰花都送检了,各项指标结果都好得出乎意料。"

横竖几座塑料大棚,在前方路侧亮亮地抢眼。

近了,一数,七座。

"张经理——"耿和保对着大棚喊一声。

不一会儿,从大棚里走出一位略显瘦小的年轻人,拍拍手上和衣襟上的土灰,笑着迎上来,白皙的脸上带着一丝腼腆。

"这是优鲜不二基地的负责人,叫张昌德,1980年的。"耿和保向我说着,又转向张昌德,"这是罗部长,作家,省文联和市扶贫办安排来我们黄山村采访,你看有什么可以介绍介绍的。"

"这些大棚占地有多大?是用来种菜的吗?"我问。

"一个大棚400多平方米,7分地,这都是用来育种的。"张昌德指指远处,"那个最大的棚,面积有1亩,是用来沤除虫剂的,用辣椒水进行发酵,过滤后喷在蔬菜上防虫,不用化肥,不用农药,确保环保。"说起自己的专业,张昌德脸上初时的腼腆云雾瞬间不见了。

"棚里都育些什么种苗?"

"青菜薹、红菜薹、大娃娃菜、莴苣、茼蒿,"张昌德如数家珍,"一切都按季节,根据季节来。现在正育七彩糯玉米、贝贝南瓜、西瓜红山芋。"张德昌说着,在前面引我们走进大棚,弯下腰,从土垄里扒拉出两个山芋种,抹去上面的尘土,露出艳红的色彩,"你看这颜色,像不像西瓜?所以叫'西瓜红'。"说着吧嗒一声,把芋种折断,"看到这里面了吧,别的山芋外表红,里面黄,这'西瓜红'里面也是红的,大城市的人最喜欢这个品种。"

"你这把它折断了,还能育种吗?"

"不要紧的,只要不腐烂就行。"说着,张昌德弯腰把手里的山芋种重新插进土垄。露出一抹红红的芋尖,像在催着张昌德,快把我盖上,快把我盖上,不要打扰我,我要安安心心育种啦。

"张经理,"一位看上去50多岁的村民跑过来,"张经理,我家老婆同意了,领种20亩,现在就签协议。"

"行!"张德昌点点头,"你去公司找小杨,先把协议写好,等会我来签字。"

张昌德说,西瓜红山芋,市场很畅销。公司今年计划种植500亩,鼓励村民自家认种,每认种1亩,公司预先支付200元,提供有机肥,全程进行技术指导,绝不允许使用化肥和农药。

"农户效益怎么样?"

"还不错吧!"张昌德说,"我们协议里都说好了,公司确保回收,每斤8毛钱。1亩地正常能收3000斤,好的能达5000斤,收入在3000元左右。"

"500亩,那光这一项,就能为种植户带来150万元收入喽?!"

"嘿嘿,"张昌德咧嘴笑笑,"村民家里的鸡粪、烧饭过后的柴火灰,也就是锅洞里掏出的茅灰,以前是污染了环境,白白倒掉了。我们现在也收购来,鸡粪做有机肥,茅灰用来撒在刚割过的韭菜上,韭菜不烂根,长得还特别嫩。"

"除了这些,还有哪些能带动村民脱贫致富的呢?"

"用工。"耿和保插话。

"是的,用工。现在我们常年用工10多人,都是村里的贫困户、留守在家带孩子的妇女。"张昌德说,"每到收割采摘期,用工50多人,本村劳力不够用,外村的劳力就来了。每天工资100至120元,有些妇女早上要送孩子上学,下午4点就要到学校接孩子,我们就灵活用工,按工时计算,一小时12至15元,让她们家庭就业两不误。"张昌德说着,眼里闪着希望的光,"公司已制订了计划,以黄山村为依托,向周边发展,到2022年,流转土地将达到3000亩以上。到那时,助力乡村振兴,我们就能做出更多的贡献了。"

"当初你们选中黄山村这个地方做基地,有没有什么别的原因呢?"

"当然有啦!"张昌德说,"这里土好、水好、空气好,你知道,做生态农业,首先就要地方生态好。这个地方的土质、水,还有空气,在其他地方是很难找到的!当时镇里招商的同志带我来这里,指着流出来的溪水,说这里的水质好得可以直接饮用,并立即捧起一捧水,咕咚喝了下去,一下子就把我们吸引住了。"

张昌德打开手机,划拉出一张图片:"你看,我们的'有机转换认证证书'是去年12月批下来的。"细细一看,上面基地地址,是南陵县何湾镇黄山村新塘埂村民组,基地面积153.33公顷,产品名称有青菜、青菜薹、油麦菜、圆白萝卜、香菜、生菜、苦菊、西兰花、红菜薹、娃娃菜、青大蒜……各类品种产量,累计近千吨。

"村里还有两个特色农业,体量比优鲜不二小一些,但用工和带动效果都不错,都是冲着我们这里良好的生态环境来落户的。"耿和保说。

放眼山冲向外望去,呈带状延伸的田地,在青山绿水间,一派生机葱茏。三两台挖土机,正在嗡嗡地进行农田基本建设水渠开挖,村民们抬起一块块水泥预制U形槽,精心地安放进开挖的沟渠里。一座一座小山村,两层三层的民居,仿佛一本本书,仿佛书本里一个个汉字,摊开在野花初绽的山麓,书写在树木掩映的春景中。两只燕子,斜斜地掠过大棚,欢快地呢喃,衔满春风,扣人心弦!

传　　承

黄山村木山冲的一户庭院。

三层的小洋楼,背山面溪,侧边是一排平房。楼房是住家,平房是作坊。

主人叫孙友庭,51岁,从老一辈那里传下来的藕糖手艺,在孙友庭夫妇手里变得更加名扬四方。

"木山冲是丫山藕糖生产最集中的产地,像他这样的藕糖作坊,木山冲有五六家。"耿和保说。

下午的阳光静静地洒在院子里,春风带着山野的绿色和门前溪水的滋润,越过院墙,微微在院子里拂过。

老篾匠纪炳庚坐在院子当中的一条长凳上,手握篾刀,把一截截竹子破成粗细宽窄不一的篾丝或篾片。

纪炳庚是邻村南山村人,77岁,祖传的篾匠好手艺。前几天应了孙友庭的请求,今天一大早就从南山村翻山越岭,赶了五六里山路,带着锯子、篾刀、刨子等一应俱全的工具,来到孙友庭家。

"打筛子、补篾箩、修簸箕。"孙友庭爱人孙云秀指着院子里的地上说。

"这都是做藕糖的用具,一季藕糖做下来,损坏了不少,趁现在闲,修补修补,到下半年做糖时就不用烦神了。"一旁的孙友庭接着说。

"做藕糖费体力,工具都磨成这样,人就更累了。做藕糖都是冬季,三九天,外面冷得人脚直跺,我家老孙却热得一头汗,只穿一件汗衫,一天下来,腰都直不起来。"孙云秀说。

"不然怎么儿子不愿跟我学做这个糖呢?太累了。"孙友庭说,"不过,祖传的手艺,现在又是'非遗',总不能在我们手里丢掉了哇。"

"小辈们怕累也正常。"走过来串门的一位大爷说,"不说做藕糖,老纪这竹篾手艺,怕也是没人愿学喽,说个不好听的话,以后没了老纪,这些做糖的工具,也怕是没人会修补喽。"

"一点不错,没人愿学,没人愿学喽。"老篾匠纪炳庚附和着。

"老孙,你带作家到作坊里看看。"孙秀云对孙友庭说。

我跟着孙友庭走进侧边的平房,孙友庭娓娓道来:"我十几岁就跟大人学做这个藕糖,藕糖什么时候开始传下来的,我也不清楚,据老辈人讲有好几百年了。说是几百年前,老祖宗躲避战乱来到这里,老祖宗原是水乡人,藕是家常菜。山里不种藕,为了让子孙记住自己的来路,老祖宗就想啊想办法,最后就做成了这种藕糖。"孙友庭说着,打开一盒藕糖,递给我们每人一根,自己拿出一根,咬一口,说,你看,这里全是孔,孔孔都像藕一样贯通,整根糖就像一节缩小的藕,吃着藕糖,就想到藕,想到藕,就记得自己的老祖宗是从水乡来的。

"藕糖的原料里有藕吗?"

"没有。这也是藕糖的与众不同。名叫藕糖,与藕一点也不沾边,目的又要让人想到藕,想想老祖宗,也真是煞费苦心了。"

做藕糖的时间在每年11月至次年1月,大约3个月时间。孙友庭的糖坊,已没了孙云秀说得当时那种热气腾腾、穿件汗衫也满头大汗的景象,所有的一切,都化归为休整中的沉寂。孙友庭从灶头开始,一一细说着做藕糖的工具与工序:"这是大蒸锅,这是大围箩,这是糖稀铲子。藕糖的糖稀是用丫山地产的优质糯米,用丫山流下来的泉水浸泡,再配上麦芽、金桂花熬制而成。水特别重要,只有丫山流下来的泉水,才能熬制出藕糖的糖稀,这也是藕糖能成为'非遗'的原因吧。"孙友庭说,"生产过程全是手工,动作要熟,要快,趁着热得烫手,九拉十八拽,形成支支七十二孔,孔孔一路贯通。稍冷后再熏蒸,纯白芝麻脱壳滚沾,一二十道工序,一环抢一环的。"

"一季下来,能做多少糖?"

"我们这个按锅算。去年做了81锅,一锅120来斤,81乘120,万把斤糖。村里其他几家,有两家一锅能做 150 斤。"

"收益怎么样?"

"还可以。袋装的批发 18 块钱一斤,零售 20 块钱一斤;精装的礼品盒,2 斤装,68 块钱一盒。一季下来,除去成本、人工,能净赚个十五六万,沾老祖宗的光,比外出打工要强多了。"

"要请人吗?"

"要请的。请了 3 个人,帮忙打下手。都是村里的,100 来块钱一天。"孙友庭说。

……

藕糖是省级"非遗",原始的手工技艺、原汁的生态风味,很受市场热捧。为做大这一"非遗"色彩的文化产业,黄山村已建起了"丫山藕糖产业园"。镇党委书记陶鹏飞说,既要把藕糖这个"非遗"传承下去,又要从家庭作坊式生产,走向产业化发展,挖掘藕糖中更多的文化元素,如故土情怀、游子乡愁,以及谐音"偶"在中国民间文化中的美学意义,让藕糖这个"非遗"地方特产成为孝敬老人、馈赠朋友的文化产品,真正让"非遗"活起来,成为宣传地方形象、助力乡村振兴的一张名片。

淮北篇

唱着过日子

> 村庄,果园,土地,当它们永久性地沉陷在地层之下,却把几代人对村庄的记忆坚固地留存了下来。
>
> ——题记

陈宏领一个电话叫回了老六

那是一个雨天。雨水落到地上,就变成哗哗哗的水流,水流漫过荒芜残存的屋基、瘦弱的树、千疮百孔的村路,一直流到低洼的水沟里。陈宏领站在"村前"的大路上,望着被雨水肆虐的变作荒地的村庄,再望向不远处在雨天沉默的刘桥一矿,嘴角挂出一丝苦涩的笑。

他无数次来看曾经的村庄了。自2015年从刘桥行政村村支书的岗位上退下来,他总喜欢在刘桥行政村管辖的地界上走走看看。当他路过一些村庄时,时常会被村民挽留下来吃顿便饭,拉拉家常。村民是真心挽留他,见到他,就一把拽住他骑的自行车,把车钥匙拔掉,不让他走。被挽留得多了,他也就留下吃顿饭拉拉呱。村民话说得掏心掏肺的:"你现在不是书记了,怕啥?俺们只是念着你的好,跟你拉拉呱嘛,又不是找你办啥事情。"就把他说笑了。

但今天这个雨天,他哪儿也没去,就站在村前的大路上看荒地,看雨。

曾几何时,村前这条通往矿区的大路,行走着下早班或下夜班的矿工,他们已经在矿上的浴池洗去了一身的尘土,干干净净地回到村庄温暖的家里,好好吃一顿,睡个足足的觉。或许是近水楼台先得月吧,1981年5月建成投产的刘桥一矿,自落户在濉溪县刘桥镇刘桥行政村地界上的那刻起,就是全体村民的兴奋点,仅刘桥行政村,就有100多位村民当了煤矿工人,成为刘桥一矿的上班族。当然,煤矿也占用了刘桥行政村近3000亩土地,让村民一下减少了一半的可耕地。好在,煤矿给农民带来了工作的机遇,给乡村人的日子带来了盼头。有的人家,父与子都是矿工。有的人,因为当了煤矿工人,有漂亮姑娘愿意嫁过来。对此,陈宏领是深有体会的,他们陈家七兄弟,就有4个在煤矿工作。高高的井架,源源不断长高的矸石山,是村民劳动时一抬头就能看到的地理坐标,也是大家极为关注的地方。因为,煤矿有村民的亲人,亲人正在地层之下挖煤。每每,地上和地下劳动的人,能彼此感受到汗水滚落时的辛劳。每当陈宏领下地干活,走在村前的大路上,就能感觉到地下几百米的掌子面,正走着自家兄弟,他们随着矿工兄弟们,正浩浩荡荡奔赴采煤区。

陈宏领拽回飘摇的思路,再把目光停驻在风雨中的那500亩废地上。时光真是一个多变的万花筒,扑朔迷离,神秘难测。刘桥一矿在红红火火采煤36年,为国家上缴利税十几亿元,完成了历史使命后,于2017年11月关闭。而先煤矿关闭之前,刘桥行政村的11个自然村,因为采煤沉陷,有的已经完全消失在了地层之下,成为一片泽国;有的成了低洼不平、满目疮痍的荒芜之地;有的只剩下影影绰绰的村庄轮廓。尚且存在的村庄,居民房屋墙壁已出现裂痕,成为危房,正等待着棚户区改造之后的集体搬迁。

让陈宏领感到庆幸的是,他家人老几辈居住的村庄西陈庄并没有沉陷在地层之下,只是变成了一片坑坑洼洼的荒芜之地。与之一同变作荒芜之地的,还有后陈庄。这两个成了废地的自然庄,连成了一片,面积有500多亩。而一路之隔的前陈庄,则完全沉陷在地层深处,取而代之的是一片深8米、170余亩的水面。

刘桥行政村的前陈、西陈、后陈、姚庄户等几个自然庄,是最早因为采煤沉陷搬迁的村庄。在脱贫攻坚如火如荼进行的时刻,让沉陷区的废弃村庄复耕还田,已成为村民早日脱贫、致富奔小康的关键所在。年届七旬的陈宏领,有着47年党龄,当了多年行政村书记,尽管已赋闲在家,但参加村里党支部学习时,他真真切切感受到,如何让沉陷的村庄,或成为良田,或成为养殖水面,创造应有的价值,是脱贫攻坚取得决定性胜利的关键。刘桥行政村缺少土地,离城区又近,除了水面养殖外,是禁养区。作为一名老党员,前任村书记陈宏领不知能为村里做点什么。他多次到"村庄"前面的大路上徘徊,想着前尘往事,想得他有点吃不好,睡不香了。

但今天站在雨中的"村前"大路上,他脑袋里翻江倒海想了一堆事后,只想给老六打个电话。

于是,在这个雨水哗哗有声的天气,陈宏领站在"村前"大路上——大路下面几百米处就是煤矿曾经的掌子面,望着烟雨蒙蒙的旧村址许久后,他终于拨通了老六的电话。

"老六,你快回来一趟。就现在。"

"老六"是陈宏领的六弟陈宇,是淮北市一家花木公司的董事长。他旗下有几家分公司,生意做得红红火火。接到大哥的电话,陈宇吓了一跳,以为出了什么事情。

"大哥,出什么事了?"六弟陈宇急忙问道。

"什么事也没有。我就在村前路上站着呢。你要有空,马上到村里来一下,我有事跟你说。"

陈宇正接待一批客户,大哥的电话让他中午饭都没顾上吃,就急急赶到"村里"。他明白,大哥所说的村里,不是他们搬迁后的新村,而是人老几辈居住的西陈庄。尽管村子没有了,但村庄的样子,一直烙在他们心里。

陈宇开车赶到时,见大哥一动不动站在村前的大路上,举着一把雨伞,双眉紧蹙。陈宇心里咯噔了一下。大哥这是遇到啥难事了?按理,不该有啥大事啊,大哥已经从村支书的位置上退休了,正在家带孙子安享晚年呢。

"大哥。"陈宇打开车门,紧走几步,站在大哥的雨伞下。

"你把这片地给盘了。"陈宏领朝着曾经是村庄的空地上一指。

陈宇以为自己听错了,他不解地看着大哥,想听大哥再说一遍。

大哥果然又说了一遍:"这片地总共有530亩,你流转下来,盘活它。这是咱后陈、西陈两个庄的地场,也是全村人的希望。我觉得你行,也只有你能行。"陈宏领说着,目光炯炯地看着陈宇。

对于大哥的眼神,陈宇是熟悉的。

陈宇比大哥小近20岁,常言说长兄为父,大哥当家立业的时候,他还在念小学。大哥当行政村书记的时候,他正在刘桥一矿当矿工。大哥的眼神有时是犀利的,因为大哥要处理事务,解决问题;大哥的眼神又是温和的,当他们几兄弟从煤矿下班平安抵家时,大哥看他们的眼神,欣慰中带着几分自豪。

此刻,陈宇读得懂大哥的眼神——欣赏和鼓励。陈宇早已从煤矿办了内退,白手起家开公司,目前已是一家公司的董事长。尽管他的企业做得成功,也算家大业大了,但对流转这500多亩土地,他心里没把握。这530亩的前村庄废址,地质太差了,要如何养护才能盘活它们?

而陈宏领的心里,对这片复耕还田土地的认识,比陈宇更清楚。这曾经的村庄,虽然复耕后成为基本农田,但这农田绝非那农田。他是庄稼人出身,他知道,废弃的村庄,因沉陷已变得七扭八拐,干时旱得寸草难生,涝时又是一片汪洋。要让其变为良田,需要重新下功夫。能盘活这片复耕还田的500余亩土地,非一般人能为。他已年届古稀,是做不到了,但他可以助力六弟,六弟陈宇能做到。

"这就是咱们家的地场,一排七户,住着我们七弟兄。尽管房子都是土墙瓦面,也是村里数一数二的好房子了。"陈宏领指着靠近大路的地方,从东朝西画了一个矩形。陈宇当然记得,他们陈家七兄弟的七座宅院,一溜排开,相当气派。那时候的西陈庄,土坯房占大多数,能盖成土墙瓦面的房子,已经算是好家业了——位于采煤区上面的村庄,沉陷现象很快出现了,已不是久居之地,哪家也不会在房子建设上多投资,早晚都要搬迁的嘛。

童年、少年、青年、成家、立业、生子,都是在这片宅院里完成的,对故乡的记忆,就是对西陈庄的记忆。陈宇知道,西陈庄的每一个人,包括他自己,都把这份记忆刻骨铭心地印在脑海中了。

"哥,你咋说,我咋干,我都听你的。"陈宇读得懂大哥的心思,尽管大哥不再担任村书记,但多年来养成的那份责任心难以更改。大哥打电话招他回来,其实已经胸有成竹了。

"现在是脱贫攻坚的决胜时刻了,咱们采煤沉陷区的刘桥村,6000多口人,建档立卡的贫困户有200多户,贫困户较多。刘桥村脱贫有两大难点,一个是咱村处于禁养区,不能建大型养殖场,除了水面养殖外;一个是土地少,也不能在土地上做大产业。但离城区近,村民就业的机会多。自从村里建了'就业扶贫驿站',贫困户就业机会增加了。眼前这片复耕还田的村庄旧地场,如果没人出面好好整整,早日成为良田,那不就相当于一片贫困的地场吗？人要脱贫，土地也要脱贫，如果让这片复耕后的土地一直荒芜着、贫瘠着，不相当于说咱刘桥村还没有彻底脱贫吗？"陈宏领的目光变得温润起来，"老六，我也知道，这对你而言，是件难事。因为，盘活这500多亩土地，是个填钱的活。"

"大哥，就算填钱，我也干。这是咱们的家园啊。相信我，过不了几年，咱一定证明给世人看，咱填的钱，是值得的。"仿佛怕大哥担心，陈宇又加了一句，"只要好好经营，咱填的钱，早晚有一天能挣回来。"

"好，好，六弟。我也得发挥余热。你有资金，我有人脉和基层工作经验，咱兄弟俩联手来干。你看，你给我封个啥官，我来帮着你盘活这500亩地。"陈宏领笑道。

"大哥，我已经想好了，这500亩地，就算我公司的分公司，你来当这个分公司的经理吧。"

"这个官不孬，我看行。"陈宏领朗声大笑起来。

"公司的名字我都想好了，咱淮北濉溪出过不少历史文化名人，竹林七贤中的嵇康就是咱淮北人，公司就叫'七贤公社'吧。"

"名字叫得响。那还得再加一个名字，就像刘桥一矿有主井、副井一样，咱也弄个副标题，叫刘桥村旅游扶贫创业园。"

"好，就按大哥说的。等条件许可了，咱们就去村部签协议。"

此时，雨水停了。废旧村址的低洼处已成泽国，几片残垣断壁显出铮铮傲骨，直戳人的眼睛。

兵马未动，粮草先行

总共530亩，流转承包时间为10年，每亩租金800元；刘桥行政村先期投资160万元，用于园区的硬件建设……在刘桥行政村村委会会议室，当陈宇在合同上挥笔签下自己的大名时,在场的人不由得拍手叫好。这片荒芜许久复耕还田的土地,即将迎来新生;这个曾经承载着两个村庄的地方,就要生长出新的生命。

签好合同,陈宏领陈宇兄弟俩再次来到曾经的西陈庄所在地。在"村前"的大路上停下车子,陈宇跟在陈宏领身后,朝"村庄"的深处走去。这是陈宇离家创业多年后第一次零距离察看生养自己的村庄。令他吃惊的是,复耕还田后的村庄,哪有田地的模样?荒草长得像树高,残留的墙根就像残缺的牙齿,显出颓败;一些碎砖烂瓦,东一堆西一坨;由于沉陷造成的地层变化,使南北高度相差一米四五;更有或深或浅的沟沟坎坎,纵横交错地趴在地上,像极了巨大的蜈蚣。

两兄弟沿着500亩地走了一圈,将近十里路,让他们出了一身透汗。在曾经是自家屋场的地方,陈宏领站住脚,叹息一声:"老六啊,这些年你一直和苗木种植与销售打交道,没想到,这片地的地质这么差。你心里可有负担啊?"

陈宇朗朗笑道:"大哥,我看你走路腿脚比我还快嘛。七贤公社的扶贫创业园交给你,我放心呢,哪有负担啊。"

陈宏领知道六弟这是在宽慰他。六弟的春之都建设工程有限公司有好几个花木种植分公司,分公司所租的地亩租赁费不但比这里便宜,而且是标准的可耕地,地肥苗就壮,比流转这些地划算多了。陈宏领也是庄稼人出身,他心里明镜似的,墒情好的农田和废旧村庄复耕的农田,相差不是一般的大,是很大;况且这还是沉陷区的村庄。就拿眼前这些沟沟坎坎来说,平整起来要增加多大难度和资金啊。沉陷区的地基受损严重,高低不平,如果不加以平整,修建排水设施,很难做到旱涝保收;旱涝不能保收,公司就得赔钱。尽管六弟陈宇这些年企业做得很好,但也经不住赔钱的买卖啊。

"等我安排好公司的事情后,和村里商量一下,我们就择日开工。在村里进行硬件设施建设的同时,我这边也开始平整土地,建喷灌设施。大哥不用担心,我自己做苗木花卉,咱不缺果木,我先把它们移栽过来。"似乎读得懂大哥心里的担忧,陈宇边说边指着"村前"的大路,"可以在园区中间建一个大门,我准备拉来一块大石头,找书法家题上字,写上'七贤公社'几个大字,竖在大门口东侧;另外再做一块牌子,写上'刘桥村旅游扶贫创业园',竖在大门西侧,让咱们的创业园成为有文化含量的园林,过不了几年,咱们曾经的村庄,会以一座集花木栽培、特色农业套种、观光旅游于一体的现代化园林模式,重新走进大众视野,成为皖北大地的亮点,从而让更多的人记住它!"

"招收工人的事,交给我。首先得让贫困户就业。"陈宏领说。

"那当然,要不怎么叫扶贫创业园呢?"陈宇说。

"老六啊,现在我的首要任务,是先去你公司旗下的分公司学习学习。"陈宏领笑道,"我虽然管过村庄,但如何管理一个公司,对我来说,还是白板一块。我帮不上大忙,但科学的管理技术、种植花木的技术,必须先学到手。这叫兵马未动,粮草先行。"

陈宏领第二天就去了陈宇位于淮北市的安徽春之都建设工程有限公司旗下的苗木种植基地,和分公司经理拉呱,探索管理经验;向工人学习花木的种植和管理技术。同庄稼打了一辈子交道的陈宏领,第一次得见那么多种类的花卉和树木,这让他开了眼界。待了一周时间,陈宏领心里有了谱。这是粮草先行的第一步。

第二步,就是为刘桥村旅游扶贫创业园找工人。

尽管不再担任行政村书记,但哪家是建档立卡的贫困户,哪家已经脱贫,哪些贫困户具备劳动能力,他心里还记着一本账。骑着摩托车,陈宏领开始了"巡访"。

老书记骑着摩托车走村串户,村民并不陌生;被人抽掉车钥匙,非得留下来吃顿饭,拉拉呱,陈宏领也习以为常。但这次有所不同,他要赶时间——创业园开工在即,他得把几个自然庄上的贫困户全走访个遍。在他心里,他还有个小偏袒——搬迁的后陈和西陈庄的村民,如果可能的话,他希望有更多的人到园区来干活。

巡访收获很大,有劳动能力的贫困户,当听老支书说可以到曾经老几辈居住过的地方干活,一下来了精神,踊跃报名。谁能承担哪项工作,陈宏领心里也有了底。50 岁左右、身体好、有机械操作经验的贫困户,就在园区开机器;年纪稍大的,就负责喷灌;年纪再大些的,就负责拔草;年纪更大些的,就打扫卫生。总之,凡是愿意来园区上班的贫困户,只要身体允许,人人有岗。

2018 年初冬,带着凉意的平原风从曾经是西陈后陈庄如今已复耕还田的 500 亩土地上空吹过,裹挟着按捺不住的生机。七贤公社——刘桥村旅游扶贫创业园正式开工建设。在第一批招收的 30 名工人当中,贫困户占了 20 余名。此刻,负责开机械的工人,驾驶着高高的挖掘机、推土机和压路机,把沟壑推平,将荒草除掉,从土里刨出树根断壁碎石烂瓦,让土地变回土地的模样。工人们搂草的搂草,平地的平地,捡石头的捡石头,人人顶着半脑门的汗水,个个眼睛放光,那些被搁置许久的农具,又扛在他们肩头;曾经疏离的集体劳动场面,再次浮现。西陈庄 70 多岁的赵新敏、赵寻英老两口,后陈庄六十挂零的赵云霞,姚庄户的,前陈庄的,路南庄的,桥南庄的……已经被分配到植树组、除草组、喷灌组、卫生组的贫困户们,忍不住围着陈宏领站成一圈,齐声喊道:"这多年没有的光景了,咋就像做梦一样又出现了?"

陈宏领幽了一默:"电视里不是经常播放穿越剧嘛。你这是一不留神穿越了。"

"那我们今后天天来干活,不就天天穿越了?"一阵爽朗的笑声,被风扯着在土地上滚动,轰然有力。

日子就要唱着过

2021年,刚刚进入春三月,七贤公社暨刘桥村旅游扶贫创业园区的花木,已经迫不及待暗香浮动了。大海棠、小海棠、七彩红枫、玫瑰,罗汉松、黄山松、石榴、月季、茶花、杜鹃、木槿、万年青、香樟等,6万多棵苗木,有的在打骨朵,有的刚冒新芽,有的含苞待放,有的吐蕊喷香,园区呈现一派勃勃生机。

陈宏领吃住都在园区,他雷打不动地早上五点起床,在蒙蒙亮的晨光里,先沿着园区走上一圈,是他最好的晨练。晨练结束,他在园区门口的大路上停下来,举目四望。

在陈宏领的习惯里,他仍然把园区门口的这条东西大路称为村前大路。大路朝西的方向,是采煤沉陷区形成的较大水面之一,正被一家企业承包了安装光伏发电设备。多年的基层工作实践告诉陈宏领,可耕地稀缺、采煤沉陷导致农民失地严重的刘桥村,最大化地利用沉陷区的水面养殖和做光伏发电,是脱贫攻坚取得全面胜利、村民致富奔小康的有力举措。除此之外,为老年贫困户提供就业岗位,增加收入,早日脱贫,也是扶贫工作的重点之一。让陈宏领欣慰的是,他负责的这个园区,不但为老年贫困户早日脱贫助了力,而且还让大家拥有了唱着过的日子。老伙计们一见面,说说笑笑,嘻嘻哈哈,东家儿女西家媳妇地拉拉呱,心情就好了,心情一好,身体也没毛病了。不但挣到了工资,还得到了健康。除非阴天下雨不用上班,平常老伙计们准能按时过来。骑着电瓶车,带着大茶杯、大草帽,悠悠哉哉来一个,潇潇洒洒来一对,一下子,整个园区都充满了欢声笑语。老伙计们最快乐的事,是站在园区曾经的自家门前,说起陈年往事,说到少年时光,说到小时候玩捉迷藏,甚至有人唱起了"大杨树,砍大刀,你的兵马尽俺挑"的童年游戏歌,仿佛大家都返老还童了,真有穿越的感觉。每每这时,陈宏领的眼眶会湿润好一会儿。他当了多年村书记,在如今发挥余热的古稀之年,他找到了新的感觉,那就是辛苦值得,付出值得,人生值得。

今天第一个来上班的,是赵新敏、赵寻英老两口。人还没进园,淮北大鼓倒先送了过来:"天上下雨地上流,两口子吵架不记仇。白天吃着一锅的饭,晚上睡觉搁一头。谁是谁非莫争辩,别为小事闹不休。千年修得共枕眠,万年修得手牵手……"

赵新敏是个欢脾气,喜欢说唱几句大鼓书。老两口虽说都是78岁的高龄了,但身子骨还算硬朗,平常爱说爱笑的。他们先喊了一声"老书记",给陈宏领打过招呼后,再把电动车放进车棚里。

陆陆续续地,老伙计们前脚撵着后脚,都来上班了。

进入园区前,陈宏领照例给大家讲一讲当日的工作要点。这时候,这位曾经的村书记,就像一位园林专家:"进入春季,是苗木生长旺盛期,也是苗木销售的旺季,因为临近植树节,栽种花木成活率高。但对于咱们这个扶贫创业园而言,还没到花木销售期——我们才刚刚运作两年时间,园内栽种的6万棵各类花木,才算稳住根,进入生长期。至少还得3年时间,这座总投资近千万元的苗木园区才能拉开销售和营利的序幕。现在,大家的主要任务是间苗、除草、浇灌、施肥、松动苗木表层土壤,增强通透性。追肥时,要根据苗木长势的好坏和树龄大小,区别对待。对长势差的苗木,还要在苗木叶面直接喷施肥料。有些花木,还要加固防风支架,要找到枯死枝、衰弱枝,及时修剪……老伙计们,我是否有些啰唆啦,这正印证了我们团结紧张、严肃活泼的工作状态嘛。"说到最后,陈宏领呵呵呵笑了。

"陈书记,你不多说咋行哪?我们一帮老脑筋,就靠你多说,才能记得牢,工作不失误嘛。"

"就是,老书记,你多说,我们才能长记性。"

"这个园子就是我们的家园,是我们老有所乐、老有所为的地方,我们的日子都是天天唱着过,如果不把园子修整好、管理好,大家好意思唱吗?还能唱出来吗?"

说到这里,哄哄的笑声就亮起来啦。

接着,一帮人扛着工具,照旧是说说笑笑朝园区里面走,边走边拉家常。身体好,有活干,不但快乐了自己,还给儿女减少了负担;少生病,不吃药,也是给国家减轻了负担。说的话都是欢乐的调子。一个老伙计,咯噔站在自家"门前"不走了,指着已经成为枫树园的地方说:"瞧,我家当年的屋场。就是这个土墙瓦面的农家院子,先是我在这里娶妻生子,然后又在这个院落,我给儿子娶回了媳妇。我亲家母前些年还笑话我们家拿搬迁当幌子,骗了两代人。要不是终于搬迁了,住进了新楼房,说不定亲家母的嘴还在啰唆个不停呢。"

话音一落,在场的人就哄堂大笑起来。陈宏领笑道:"在咱们刘桥村,岂止是你一家被人说成拿搬迁这个理由骗了两代人?哪一家没这个嫌疑啊。自从建了煤矿,谁家不是因为沉陷等着搬迁呢?相亲时女方家嫌弃房子差,我们给出的理由就是房子在采煤面上,没法建新房子,只能搬迁后才有新房子住,也是一句实话啊。没想到,新嫁的媳妇熬成婆,房子还是没有搬迁。再娶儿媳妇时,理由仍是一样样的,等着搬迁了才有新房住。哪是有意骗婚骗娶的嘛。"

嘻嘻哈哈,说说笑笑,不知不觉几个组的成员各自找到责任区,忙碌起来。

这时,陈宏领的手机响了。他一边接电话,一边抬头朝园区门口的大路张望。几辆小车开了过来,下来的人群里,六弟陈宇正在其中。陈宏领喊一声:"各组的组长,请跟我走。"

赵新敏、赵云霞、陈宏福等放下工具,跟着陈宏领朝园区大门走去。

来的一群人,陈宏领都认识。有淮北市扶贫开发局副局长王成,刘桥镇党委副书记、刘桥村包点干部梁煜,刘桥镇扶贫工作站站长、全国脱贫攻坚先进个人陈影,刘桥行政村驻村工作队队长、第一书记邓鹏,刘桥行政村现任书记赵存心。还没到园区门口,陈宏领就大声喊道:"请各位领导慢行,我找人拿胶鞋,园区都是泥巴地,不好下脚。"

王成哈哈大笑道:"老书记你的脚能沾泥巴,我们的脚就会对泥巴过敏了?"

一下把大家逗乐了。说说笑笑中,一群人走进园区。刚刚下过一场透雨,大路是柏油路,好走,园区可全是纯泥巴,一下脚,泥巴就把鞋帮吞没了。

一群人站在泥巴地上,王成说:"今天天气放晴,我们就趁着春光大好,来园区看看。现在的刘桥村,已经建成了刘伶公园、凤栖湖湿地公园等几大脱贫攻坚亮点,在这几项工程中,最有内涵和意义的是刘桥村旅游扶贫创业园。这得感谢情系家乡、回乡投资创业的陈宇。目前,陈宇的投资超过千万,而盈利还需待时日。我们不能让回乡创业的企业家担太多风险,要尽最大可能争取上面支持。现在园区是可耕地,许多项目建设受限,我们必须尽最大能力,争取早日在园区建成能行车走人的硬化道路,为园区发展助力。今后大家进园,无论刮风下雨,都不必再踩着泥巴糊进来。"

低调的陈宇一直微笑不语,这时插话说:"谢谢王局长,谢谢各位。在家乡创业我是心甘情愿,因为这片土地生养了我。虽然园区起步阶段有些困难,但过不了几年,我们就会有收益。有我大哥在这儿掌管着,乡亲们帮着守护着,天下哪有这么好的条件!我太有信心了。"

邓鹏的工作单位是淮北市教育局,这时他说:"对创业园我们也有构想。刘桥村旅游扶贫创业园,不仅是苗木花卉的种植基地,同时也可建成特色农业的种植基地。如果做得好,今年的暑假就可以接待学校组织的研学活动。我将为促进此事不遗余力。"

陈宏领率先鼓起巴掌:"感谢感谢。这一说,我们就更有信心了。这两年,我吃住在园子里,比其他人的幸福指数都高,因为我是真正住在当年自己的家园里啊。套种花生、红芋、中草药等经济作物,我们很快就会启动,保证耽搁不了暑期的研学活动。"

"哎呀,这么说来,我们庄稼人不仅学会了种植花木,还可以侍弄庄稼啊。唱着过的日子,比蜜都甜哪。"65岁的赵云霞忍不住感叹道。

78岁的赵新敏,一下来了精神,眨眨眼,一段大鼓书就哼唱出来了:

> 正二三月桃花红,
> 四五六月火焰生,
> 七八九月寒霜降,
> 十冬腊月水成冰。
> 几句话唱完了一年的景,
> 唱一段我老汉快乐人生。
> 自家门口能劳动,
> 花草树木都有情,
> 日子天天唱着过,
> 锻炼了身体好了心情。
> 党的扶贫政策就是好,

我七老八十还能干工挣收成……

　　栖息在园区的鸟儿,像欢快的精灵,振翅群起,呼啦一声冲向碧蓝的天空。
　　所有人都抬头向天空看去。其时,春阳哗啦啦泼洒下来,给每张笑意盈盈的脸镀上了饱满的金色。

附录

脱贫攻坚的"皖"美答卷
乡村振兴的"皖"美之约

2016年4月和2020年8月,在脱贫攻坚战的开局之年和收官之年,习近平总书记两次考察安徽,首站均深入贫困地区调研,作出一系列重要讲话,为我们打赢脱贫攻坚战、推进乡村振兴掌舵领航、把脉定向,给我们提供了强大的思想武器、明确的行动纲领、科学的方法路径。在省委、省政府的坚强领导下,我们深入学习贯彻习近平总书记的重要讲话指示精神,坚持精准扶贫、精准脱贫,奋力夺取了脱贫攻坚战的全面胜利,交出了脱贫攻坚的"皖"美答卷。

脱贫摘帽不是终点,而是新生活、新奋斗的起点。2021年2月25日,在全国脱贫攻坚总结表彰大会上,习近平总书记向全世界郑重宣告"我国脱贫攻坚战取得了全面胜利",作出"脱贫攻坚取得胜利后,要全面推进乡村振兴,这是'三农'工作重心的历史性转移"的重要部署。从"脱贫攻坚"到"乡村振兴",我们有了新目标、新任务,但脱贫攻坚伟大精神的传承没有变;从"扶贫办"到"乡村振兴局",我们有了新职责、新职能,但为人民谋幸福、为乡村谋振兴的初心使命没有变。面对第二个百年奋斗目标全面开启、农业农村现代化全面起航的新征程,安徽深入学习贯彻习近平总书记关于"三农"工作重要论述和乡村振兴工作重要讲话指示精神,坚决贯彻落实党中央、国务院和省委、省政府的决策部署,总结宣传好脱贫攻坚伟大成就,巩固拓展好脱贫攻坚成果,谋划实施好乡村振兴战略,发出具有安徽特色的产业强、生态美、乡风好、治理优、百姓富的新阶段幸福新农村的"皖"美之约。

一、总结宣传好脱贫攻坚伟大成就,全面传承弘扬脱贫攻坚伟大精神

脱贫攻坚伟大事业孕育了脱贫攻坚伟大精神,通过总结宣传脱贫攻坚伟大成就,传承弘扬脱贫攻坚伟大精神,用脱贫攻坚形成的好经验、好做法、好典型,继续引领乡村振兴的伟大事业。

回顾八年精准扶贫、五年脱贫攻坚,安徽如期打赢精准脱贫攻坚战,现行标准下484万建档立卡贫困人口全部脱贫,人均纯收入由2013年底的2132元增至2020年底的1.16万元,增长4.47倍;3000个贫困村全部出列,村均集体经济收入由2013年底的1.76万元提高到2020年底的33.83万元,增长19.2倍;31个贫困县实现高质量摘帽。大别山等革命老区、皖北地区和沿淮行蓄洪区区域性整体贫困彻底解决,长期困扰贫困地区群众的一大批难题得到历史性解决,群众的获得感、幸福感、安全感显著增强。省委、省政府圆满完成了向党中央、国务院签订的脱贫责任书目标任务,交出了一份中央放心、人民满意、可载入安徽发展史册的优异答卷。

回顾八年精准扶贫、五年脱贫攻坚,安徽聚焦精准,形成了政策、责任、工作、投入、监督、考评、帮扶、社会动员等一系列系统完备的攻坚体系,建立了省市县乡村五级书记抓扶贫等一整套行之有效的体制机制,创新了产业就业扶贫、扶贫小额信贷、光伏扶贫、驻村帮扶、扶贫项目库建设、建档立卡数据质量监管、第三方监测评估、志智双扶、疫情灾情有效应对等一大批特色做法,锤炼了一支能打硬仗、能打胜仗的扶贫铁军,为巩固拓展脱贫攻坚成果、全面推进乡村振兴积累了宝贵经验、奠定了

坚实基础。

回顾八年精准扶贫、五年脱贫攻坚,我们深刻体会到,打赢脱贫攻坚战,习近平总书记关于扶贫工作的重要论述和考察安徽重要讲话指示精神是根本遵循,以习近平同志为核心的党中央坚强领导是根本保证,以人民为中心的发展思路是根本立场,精准扶贫精准脱贫是科学方法,五级书记抓脱贫攻坚是重要保障,社会力量广泛参与是强大合力,锐意改革、勇于创新是强劲动力,严格监督考核是有效办法。脱贫攻坚战取得全面胜利,关键在于以习近平同志为核心的党中央举旗定向、掌舵领航的坚强领导,在于省委省政府的统筹全局、谋划长远的周密部署,在于广大干部群众万众一心、攻坚克难的顽强拼搏。

二、巩固拓展好脱贫攻坚成果,坚决守住脱贫攻坚战的胜利果实

巩固拓展脱贫攻坚成果是守住八年精准扶贫、五年脱贫攻坚战果的关键之举,我们坚持"防、稳、帮"协同推进,让脱贫基础更加稳固、成效更可持续。

坚决守住"防止返贫"的底线。全面小康社会一个都不能少,这是底线任务,也是底线要求,我们坚持"三措并举"防返贫。一是坚决防好"规模性返贫"。全面梳理可能造成规模性返贫的风险点,积极探索多部门联动、多方协作模式,研究制定切实可行的应急预案、政策举措和帮扶措施,构建反应灵敏、响应迅速的预警机制,坚决守住不发生规模性返贫的底线。二是着力抓好"动态监测帮扶"。落实"早发现、早干预、早帮扶"要求,对监测对象精准定位到户到人、把帮扶措施精准落实到户到人,坚持"数据分析"和"基层走访"相结合的方式,逐户逐人跟踪监测、识别标注和动态管理,按季度开展调度推进,确保返贫风险动态清零。三是切

实用好"大数据管理平台"。充分发挥全国防返贫监测系统和安徽脱贫攻坚大数据管理平台的作用,及时开发相应工作模块,积极推进部门之间数据共用共享,运用信息化技术进行预警,为监测帮扶提供大数据支持。

坚决筑牢"稳定脱贫"的防线。对脱贫县、脱贫村和脱贫户坚持扶上马送一程,通过"三个确保"稳脱贫。一是确保落实"四个不摘"要求。保持政策总体稳定,坚决防止各级松劲懈怠、政策脱钩、驻村工作队离岗、贫困反弹,脱贫户、边缘户帮扶措施继续制定实施。二是确保巩固"三保障"和饮水安全成果。进一步健全了控辍保学、因病致贫返贫风险防范、农村脱贫人口住房安全动态监测、农村供水工程长效管理等四项工作机制。三是确保产业持续发展、就业保持稳定。持续深入推进"四带一自"产业发展模式,脱贫地区特色种养业实现稳定提升,新型农业经营主体与脱贫户利益联结关系更加紧密。继续开展"三业一岗"就业帮扶,持续加大务工就业政策支持力度,就业人数保持稳中有升。

坚决统筹"低收入人口帮扶"的战线。坚持把做好农村低收入人口帮扶作为工作重点,积极构建"三项机制"强帮扶。一是探索建立"帮扶对象主动发现"机制。坚持"主动申报、主动排查"相结合,基层扶贫专干、驻村工作队、帮扶责任人以及村两委干部进村入户开展核查核实,及时发现、及时纳入、及时帮扶,实行动态监测、动态管理、动态调整。二是探索建立"风险预警研判和处置"机制。借鉴防止返贫监测预警机制,积极研究建立监测指标体系,通过大数据分析比对,系统主动提示预警,立即"点对点"进行数据反馈,基层第一时间进行核实处置、及时反馈处置结果。三是探索建立"资源统筹和分类施策"机制。统筹完善最低生活保障、农村特困人口救助供养、临时救助、社会救助等各项救助政策,多部门协同开展工作,及时有针对性地开展分类专项救助,做到应保尽保、应救尽救、应兜尽兜。

三、谋划实施好同乡村振兴的有效衔接，全面推进乡村振兴战略

实现巩固拓展脱贫攻坚成果同乡村振兴有效衔接，全面推进乡村振兴，是党中央赋予我们的新任务、新使命，我们坚决贯彻落实党中央决策部署，主动探索创新，全力以赴促衔接、谋振兴。

实施"五大行动"。一是实施脱贫地区乡村特色产业发展提升行动。健全完善"四带一自"产业帮扶机制，实施扶持壮大村集体经济"百千万"、特色种养业提升、光伏提升、乡村旅游提升、农村商贸流通提升、消费帮扶提升等"六大工程"。二是实施脱贫人口稳定就业提升行动。大力推广"三业一岗"就业帮扶模式，千方百计稳定就业，支持以工代赈中优先使用当地脱贫劳动力，统筹用好乡村公益岗位，继续实施"雨露计划"和农村创业致富带头人培育工程。三是实施农村生态保护提升行动。实施重要生态系统保护和修复工程，健全重要生态系统保护制度，深化新一轮林长制改革。大力实施乡村建设行动，推进"三大革命"，建设美丽乡村。四是实施脱贫地区基础设施提升行动。谋划一批重大基础设施建设工程，推动"四好农村路"高质量发展，加强中小型水利建设，实施"快递进村"工程，推进农村电网巩固提升，加强通讯、广播电视等基础设施建设。五是实施脱贫地区公共服务提升行动。加强乡村寄宿制学校、乡村小规模学校、职业院校建设。建立三级医院对口帮扶重点县医院长效机制，建设标准化村卫生室。健全低收入人口住房安全保障长效机制。加强村级综合服务和农村公共文化建设。

做好"五大衔接"。一是做好财政投入政策衔接。保持财政支持政策总体稳定，调整优化乡村振兴补助资金，继续实行涉农资金统筹整合

试点政策。二是做好金融服务政策衔接。完善针对脱贫人口的小额信贷政策,再贷款帮扶政策在展期期间保持不变,继续支持脱贫地区企业运用"绿色通道"政策实现上市,探索农业产品期货期权和农业保险联动。三是做好土地支持政策衔接。过渡期内继续安排新增建设用地专项计划指标保障乡村重点产业和项目用地。四是做好人才智力支持政策衔接。建立健全引导教师、医生、基层公务员和事业单位人员等各类人才服务乡村振兴长效机制。五是做好社会帮扶政策衔接。继续坚持定点帮扶、县域结对帮扶做法,开展"千企兴千村"行动。

推进"五大振兴"。一是聚焦"产业兴旺",推进"产业振兴",实现"产业强"。坚持产业、就业、创业一体发展,生产、生活、生态一体推进,一、二、三产业融合发展,推动农业转型升级。积极开展"双招双引",把工商资本引向农业、把优秀人才引进农村、把市场意识引给农民,促进农业高质高效,让农业成为有奔头的产业。二是聚焦"生态宜居",推进"生态振兴",实现"生态美"。积极推进乡村建设行动,健全村庄人居环境管护长效机制,让"美"可持续。抓好美丽乡村中心村建设,注重彰显"一村一景、一村一韵"的"个性美",促进农村宜居宜业,让农村成为安居乐业的美丽家园。三是聚焦"乡风文明",推进"文化振兴",实现"乡风美"。保护传统村落,传承农村优秀传统文化。加强农村意识形态阵地建设,继承好脱贫攻坚打造的新时代讲习所、扶贫夜校等创新举措。持续倡导邻里互助、尊老爱幼、讲究卫生、保护环境的良好风尚,把"美""种"在民心。四是聚焦"治理有效",推进"组织振兴",实现"治理优"。加强基层组织建设,吸引更多有知识、有能力、有意愿的年轻人、致富带头人成为基层组织领头人。创新乡村治理方式,发挥好农村"五老理事会"等群众自治组织以及乡贤的作用。强化驻村工作队建设,持续发挥"传帮带"作用。五是聚焦"生活富裕",推进"人才振兴",实现"农民富"。积极培育农村本土实用人才,引导各类人才返乡下乡创业就业。大力发展新型职业农民,从制度层面解决双向居住、双向就业的问题。进一步完善利益联结机制,逐步提高农民群众工资性、财产性收入比例,稳定实现持续增收、逐步致富。

后 记

这一次的写作,对于我们而言,就如打了一场硬仗。

时间紧:2021年2月中旬才接到任务,5月底要求全部完稿。

任务重:作为安徽省文联"记录小康工程"重点创作项目之一,要求以文学的形式,讲好脱贫攻坚中的安徽故事。

难度大:脱贫攻坚是一个宏阔的题材,相关的各种体裁的文学作品也有很多,全省各地都有不少的扶贫经验值得书写,但不可能面面俱到,我们的写作从哪里着手?奋战在扶贫一线的普通人,难以计数,他们的奋斗精神,可能更多地体现在一件件平凡的具体事务上,他们并没有过于灿烂的光辉,也不高大,他们就如河里的金沙,如何在这样短的时间里淘沙见金?这对我们是一个巨大的考验。

8年来,江淮儿女披荆斩棘、栉风沐雨,发扬钉子精神,敢于啃硬骨头,攻克了一个又一个贫中之贫、坚中之坚,实现了"户脱贫、村出列、县摘帽",全省农村贫困人口全部脱贫。这是一个了不起的成就。国之大事,前所未有。在这样的历史时刻,作家不应缺席,作家又怎能缺席?让我们来担纲此次写作,记录小康工程,讲述安徽故事的任务,对我们来说,是一种信任,是一份责任,更是一种光荣。

因此,领受到任务后,我们虽心中忐忑,但脚下生风。

2021年2月22日,正值农历辛丑年正月十一,按传统习俗,还在新年当中,省作协主席许春樵、省作协秘书长李云分别带队赶赴皖南皖北,《我们的村庄——脱贫攻坚中的安徽故事》写作组成员第一时间迅速深入江淮大地的村村落落。

好在我们写作组4位成员都出生、成长于乡村,近2个月的时间里,我们深入全省16个地市中的"我们的村庄",从淮河岸边的庄台到长江之滨的圩区,从大别山的小山村到淮北的采煤塌陷区,一路聆听着扶贫路上的那些平凡英雄的战贫壮举,我们一次次惊讶,"我们的村庄"是如此美丽,"我们村"的故事是如此精彩,我们更一次次感动于"我们的村庄"中那些奋斗者的精神,他们平实的讲述,经常会让我们泪流满面。

作为村庄的孩子,"我们"离开"我们的村庄"已经多年了,这一次的采访与写作,让我们与记忆深处的父老乡亲再次重逢,也较为全面地了解了当下中国农村的巨变,星星还是那颗星星,但村庄已经不是那从前贫穷的村庄,如今,"我们的村庄"有信心,有希望,更有激情,已经把小康的憧憬变为现实。

我们还记得,那个春天的上午,春阳暖暖,皖北平原上,麦苗起身,桃花、杏花、梨花开得灿若云霞,看着乡亲们扛着锄头下地,我们忍不住想迎风吼一嗓子,想和他们一起高举起锄头,翻挖开田里沤了一冬的新泥。我们村庄好风景,这才是我们所有人都可以回得去的故乡,是我们所有人的诗和远方。

该书池州、亳州、蚌埠、淮南、六安篇由余同友撰写,淮北、宿州、阜阳由苗秀侠撰写,黄山、芜湖、马鞍山、宣城由罗光成撰写,安庆、合肥、铜陵、滁州由储劲松撰写。

感谢省文联、省作协给予我们这样一次写作体验,感谢给我们采访提供帮助的省扶贫办、各市宣传部、文联、扶贫办以及社会各界人士,更感谢那些接受我们采访的,在脱贫攻坚一线奋战多年的工作队员和父老乡亲。

《我们的村庄——脱贫攻坚中的安徽故事》写作组
2021年5月30日